文科班

徐伏武 ◎ 著

图书在版编目（CIP）数据

文科班 / 徐伏武著. -- 南京 : 江苏凤凰文艺出版社, 2025. 4. -- ISBN 978-7-5594-9126-8

Ⅰ. I247.5

中国国家版本馆CIP数据核字第2025K3K705号

文科班

徐伏武 著

出 版 人	张在健
责 任 编 辑	孙楚楚
特 约 编 辑	王婉君
封 面 插 图	王音球
装 帧 设 计	融蓝文化
责 任 印 制	杨 丹
出 版 发 行	江苏凤凰文艺出版社
	南京市中央路165号，邮编：210009
网 址	http://www.jswenyi.com
印 刷	苏州市越洋印刷有限公司
开 本	880毫米×1230毫米 1/32
印 张	8.875
字 数	180千字
版 次	2025年4月第1版
印 次	2025年4月第1次印刷
书 号	ISBN 978-7-5594-9126-8
定 价	68.00元

江苏凤凰文艺版图书凡印刷、装订错误，可向出版社调换，联系电话 025-83280257

序　言

文 科 宣 言

在这个社会里,不乏一群喜欢思考且善于思考的人,他们总是喜欢思考人生的大问题,比如"我们从何而来?又从何而去?"于是,渐渐地,一种使命感、崇高感、悲壮感油然而生。似乎人类社会几千年的文明史中没有解决的问题,都在等着他们去寻找答案。于是,这群人为了高考,开始以一种全新的心态,读文学、历史、哲学,这个文科老三门,并以人类社会独有的政治、经济、文化等人文社会科学为研究对象,手不释卷,乐此不疲。于是,不知不觉地,他们用书本中的世界来认识现实中的世界,用想象代替了事实,用真理驱逐了谬误,用思想指导起人生。在资本充斥的世界,在理科叫响的社会,他们用不同于理科的方式坚守着中华民族的精神家园。他们从生命的深处意识到把他们紧紧团结和凝聚在一起的信念,是作为中国人的自信和自豪,是对祖国的热爱和忠诚,是对高尚美好生活的向往和追求,是他们齐心奔赴的诗和远方。

文科班

文科是人文科学的简称。英文是 humanities，词源是 human(人)，这是最简单而又最贴切的关于文科的解释。爱文科、读文科的本质，就是爱"人"、爱生命。一个爱"人"而又认真生活的人，他来到这个世上就会生活得有意义。

文科生阅读的书大多被称为人文典籍，像"十三经"、《文选》《古文观止》《史记》《资治通鉴》《太平广记》，等等，其中就记载了一个民族在其历史进程中所拥有的思想、行动、信念、遭遇和奋斗。这些书籍构成了一部人类精神史。优秀的文科生必然是伟大经典的优秀读者，优秀的文科生必然对其所在的传统文化有着精深的把握。

一个民族悲喜交集的命运就写在她的史学著作中、她的哲学著作中和她的文学作品里，这是毋庸置疑的事实。只可惜，我们今天恐怕很少能看到一个大学生、中学生静静地坐在家中温馨的书房里阅读司马光的《资治通鉴》、翦伯赞的《中国史纲》、"四大名著"或者冯友兰的《中国哲学史》了。这样的阅读似乎已经与我们渐行渐远，不再是我们今天文化生活的必备内容了，我们必将因此而失去文史哲的阅读所能给予我们心灵的滋养。在基础教育的领域中，情况也是如此，如果我们在中学里听一堂语文课，面对教材所选收的文学作品时，许多老师就从语法或修辞的角度对课文进行肢解，蚕绩蟹匡，穿凿附会，然后要求学生逐条记忆。在这样的语文教学中，真实的、原本有活力的作品消失了，学生记住的就是千篇一律的答案，而这就导致了人文精神的萎缩或消亡。

序 言

当文科生从史学或文学著作中读到了大悲大喜时,他们时而哭泣、时而欢笑,外人一看大叫一声:"书生!书生气!这个人居然用书本上的虚幻代替了世界的真实!"然而,我想说,这些守护思想的书生们,正是我们这个时代最可亲可敬的人!

古有"修身齐家治国平天下",亦有张载的"横渠四句"——"为天地立心,为生民立命,为往圣继绝学,为万世开太平",而作为一名文科生,自应成为嵇康、颜真卿、顾炎武、林则徐、谭嗣同、秋瑾、鲁迅这样的人物,他们有傲骨而无傲气,品行端正而又有民族气节。他们以礼待人,以理服人,文质彬彬,温文尔雅,用书生之柔弱之躯,探求一个时代的真理,这样的文科生是不是我们心目中的偶像?

他们才思敏捷,满腹经纶。他们知道:没有太史公司马迁,就没有《史记》,而没有《史记》,我们何以追溯三皇五帝的历史,何以祭祀炎黄太庙?没有"诗圣"杜甫,何来"诗史",又哪来"三吏三别"这样的写实诗篇,我们又如何能清楚地知道"安史之乱"下唐朝社会民不聊生的社会现实,从而痛定思痛?没有五四运动和陈独秀、李大钊、鲁迅、胡适等人参与的新文化运动,中国人民的思想便难以解放,中华民族谈何复兴?这些古圣先贤都为中华民族作出了伟大贡献。诗书继世,弦歌不辍,这是文明的光芒,是文化的灯火,是让我们相亲相认、共同前行的精神血脉。

令人遗憾的是,今天的社会普遍崇拜物质享受和理性主义,而轻视了本民族的文化精神,人们甚至力图将这种理性主义普遍运用到社会生活中,在这种集体无意识的状态中,人们回避了一切有关"心"的问题,在这种情况下,蕴涵着人文精神的文科和文科生们不可避免地被边缘化了。然而,铁一般的事实是:"心"是扔不掉的!当我们遭遇有关国运之大事时,它就真实地出现了,心灵的难题无法用数理化公式来解决。也许你的思考很周密,解题很顺畅,智商很高,能在国际上拿到很多大奖,但是心灵境界与智商高是两回事。我们提高我们心灵的境界,才是我们人生的重大任务,个人如此,一个民族也是如此。这时候就必然地将我们引向对民族文化生命的讨论之中,而对民族文化生命的讨论,就是探讨一个民族的文化精神,探讨这个民族安身立命的根本。

我们这个民族的"命"是什么?是文化生命,一个没有文化生命的民族是不会把教育看成"命根子"的。今天的家长往往只是在"我们的下一代要有生存的能力"这个意义上理解教育,而老一辈人喜欢怀念他们的中学时光和中学老师,因为他们在青春年少时,就建立了自己的精神家园。在这个家园里,充满了尊师重道、真诚友爱、勤奋好学、胸怀理想、崇尚实干等精神,他们在聚会时,同老师亲密交流,同学间畅叙同窗之谊,他们有不同的人生际遇,有下岗的、当官的、做学者的,但是,他们在交流时,互相之间没有贫富、等级、尊卑观念,而是畅谈生活的意义、对未来的筹划、对过去的怀念、他们的精神力量以及对社会的基本判断,他们谈论的那些事情,就是永远挥之不去的精神

序　言

家园。

早前的学生，他们的父辈，特别是受到文科熏陶的社会公民们，当他们开店时，定会在大堂的墙上写上"童叟无欺"的字样；他们在办民营医院时，定会在门诊大厅悬挂一块"生命至上"的铜匾；他们在建民办学校时，定会在教学大楼上镌刻"有教无类"，这就是上一代的学生，尤其是上一代文科班学生的涵养和风度。

"追求真理，崇尚辩论；诊断时代，引领社会；关怀天下，关注国运"，这就是文科生的追求。从历史事实中，我们发现思想、表达思想、扩散思想。因为，我们曾经为人类的思想开启过智慧的境界。一个民族的生存与消亡，就看这个民族文化的生存与消亡。而只要文化在，一个民族的精神家园就在。她靠谁来守护？中国历史上向来是靠在野的士大夫们来守护。他们通过讲学的方式、创办书院的方式来守护，像应天书院、岳麓书院、嵩阳书院、白鹿洞书院、阳明书院，等等。如果我们做出了哪怕只是一点点微小的努力，如果这种努力幸而对别人也产生过一丝丝积极的影响，那就是作为一名文科生此生最大的幸福。

优秀的文科生传承着中华文化的精髓，是中华民族的标杆，他们如一泓清流静静地流淌在社会大潮中，奋力洗尽世间的铅华、浮躁和污浊，他们于群山之巅俯瞰苍茫大地，自历史长河洞见激荡风云，他们是传播文化的舵手，是文明的守望者，他们总会在危急时刻站出来，胸怀"国之大者"全力拯救苍生。

愿当今在高考"3+3"学科模式取代文理分科模式,分为"历史方向"和"物理方向"后,人人皆可为文理兼备的书生:既有理科生的素养,又有文科生的情怀!唯有如此方能背靠深厚的传统,面向星辰大海;方能登上更巍峨的高峰,描绘更壮美的风光,书写更恢弘的气象。

以上就是我写作长篇小说《文科班》的初衷。《文科班》描写的是平江省九龙县政协举办的1989届国栋文科班180名文科生报考文科、复习文科、用所学文科知识服务社会,并在其一生中奋楫争先、殊途同归的故事。作品强调了文科教育对于个人和社会的重要性,展现了文科精神的力量和魅力,倡导莘莘学子为社会进步和发展做出贡献。全书分"梅""兰""竹""菊"四部,"梅"部含"引子"和"尾声","兰""竹""菊"部是全文主干,各分五章,共十五个章节。

作者二十世纪八十至九十年代连续担任十届高三文科班的班主任兼语文老师,是一名汉语言文学专业本科毕业的文科生,把这本书写出来,是作者在走过青春岁月之后又重逢青年时期的自己。《文科班》饱含了作者对任教过的文科班的深深的缅怀,对文科、文科班和文科生由衷的挚爱,表现的是矢志不渝、奋力弘扬文科精神的志趣和情怀!

欢迎品鉴,祈盼赐教,不胜感激。

宣言并序。

徐伏武
2024年8月1日完稿于文萃苑

目　录

001　梅篇一　引子

011　兰篇一　南都师范大学中文系学生的一封信

019　竹篇一　开班在垛中校园
065　菊篇一　老板盛英俊的奋斗泪泉

082　兰篇二　南都大学历史系学生的一封信

091　竹篇二　一迁体育场
126　菊篇二　学者司马茂盛的鸿篇巨著

132　兰篇三　西南政法学院法律系学生的一封信

141　竹篇三　再迁卫校
165　菊篇三　校长朱红梅的杏坛耕耘

176	兰篇四	中山大学地理系学生的一封信
186	竹篇四	三迁总工会职校
230	菊篇四	县委书记余江的爱民情怀

237	兰篇五	浙江大学哲学系学生的一封信
247	竹篇五	末站文化馆
266	菊篇五	法官王中华的柔情断案

| 272 | 梅篇二 | 尾声 |

梅篇一　引子

虎踞宾馆坐落于南都市中心，是一家历史悠久、文化底蕴深厚的仿古建筑园林式宾馆。今天，她迎来了一位尊贵的客人，他就是总部设在迪拜的盛茂全球贸易公司总裁盛英俊，此刻，他刚品尝完海鲜自助餐，呷了一口伊丽莎白·雅顿红酒，就一边观赏着红山风景区，一边跟他的三十五年前的九龙县政协国栋文科班的老同学贺南翔打电话。贺同学是南都大学历史学院考古与文物系教授、博士生导师、平江省文化与自然遗产研究所所长、南都大学考古学会夏商周考古专业委员会主任、十卷本《中国考古大全》作者。贺教授为人豪爽，交游甚广，多年来，一直跟当年的国栋文科班师生保持联系，他有国栋文科班两个班级中的绝大多数师生的联系方式，盛总裁在十五年前的国栋文科班二十周年师生联谊会结束后，就一直与贺教授保持联系，每次从迪拜、德黑兰、利雅得等地归来，他都喜欢找贺教授茶叙或餐叙。贺教授对中华璀璨文明了然于怀，如数家珍，常常使盛总裁颇为感怀，为自己当年因家庭贫困而未能考上大学感到沮丧和心痛。他非常羡慕谈吐时文化底蕴深厚的文人雅士，特别是他的同学中那些后来考上大学文科的，现在多是才高八斗、学富五车的专家学者。每每出差到北上广、苏锡常等城市，他都要翻一翻 2009 年那本由他全额赞助的、在师生联谊会上印发的金鼎彩印《师生通讯录》，找到在这些城市工作的老师和同学，邀请他们到当地最好的酒店款待他们。他很好学，在同他们的交流中，自己也学到了很多文史哲、经济学、法学、新闻传播学、管理学、金融学甚至是中医学等方面的最新前沿理论，常常感觉受益匪浅。这次他到南都市是参加中国国际经贸研究会的年会，想到距离上次师生聚会已经有十五个年头了，他想邀请老师和同学们拨冗在 2024 年 10 月 1 日国庆期间，在南都市再举办一次师生联谊会，当然，人少的话，搞一次小型餐叙也好，因为他听说在老家的老同学已经不多了，大多数同学分散在全国各大中城市，甚至在海外。贺教授欣然接受请托，非常赞同盛总裁的想法，立即开始联系老师和学生，向他们发出邀请函文：

兹定于 2024 年 10 月 1 日中午 12 时，在南都市圣和府邸豪华精品酒店（地址：黄河路 38 号），邀请平江省九龙县 1989 届国栋文科班老师和同学餐叙，敬请光临。谨邀人：盛英俊。2024 年 8 月 1 日。

这座酒店是由贝聿铭建筑事务所设计，建立在古城皇宫遗址上面。远看像一把太师椅，背靠江山，与南都状元第只一墙之隔。皇朝博物馆和它是同一座建筑,周边还有兰卉新村纪念馆、平江省博物馆、南都市图书馆、织造博物馆、美术馆、潮人聚集地1918,民国老街在隔壁,门前的黄包车和劳斯莱斯像是一次穿越时空的对话。

转瞬间,聚会时间已到。2024年10月1日上午9时起,南都市黄河路上的圣和府邸豪华精品酒店内的罗马书屋,这座拥有典藏逾万册,处处充满迷人而又复古魅力的酒店图书馆大堂,陆陆续续迎来了来自海内外各地的原九龙县国栋文科班的老师和学生。他们风度翩翩、儒雅隽永、文质彬彬,真乃"气质美如兰,才华馥比仙"。他们中有:

江淮大学校长朱守湖;

晋南市教委主任、语言文字学家司马茂盛;

平江省政协常委、佛教协会会长虞普照;

滨江大学教育研究院教授、博士生导师、教育科学与管理系主任暨高等教育研究所所长、校务委员会委员、学术委员会委员、《教育的本质》作者孔令学;

英国伦敦大学帝国学院教授、博士生导师、三卷本《中外文学比较》作者、词人成志斌;

美国科学院海外院士、西南大学政府管理学院教授、博士生导师、西南省社会风险研究基地主任、《社会风险论》作者吴天华;

长江大学新闻传播学院教授、博士生导师、中国社会科学杂志社社外评审专家,2009年起享受国务院"政府特殊津贴"、《新时代传播新使命》一书作者殷俊；

西京大学教育发展委员会海外部主任、中美地方交流协会副会长左文军；

淮海师范大学海外教育学院博士生导师、海外孔子学院联盟副理事长王荣；

蔡元培与近代中国研究中心主任、《蔡元培高校管理学》作者、作家李宗武；

澳大利亚悉尼大学海洋地质学硕士、职业教育学博士彭雅云；

平江省黄海市中学校长朱红梅；

江海大学旅游研究所所长、中国地理学会旅游地理专业委员会主任、《徐霞客外传》作者姚志文；

南开大学哲学系教授、《易经新论》作者周泓军；

汨阳市人民检察院检察长王中华；

西南省鄂寨市委书记余江；

《海滨之声》广播电台俄语播音员、一级翻译葛玉媛；

《姑城日报》副刊总编、高级记者高琪；

沪城东华证券公司总裁胡本爱；

黄海市国投集团财务总监、民盟平江省委委员高才广；

淮阳市省四星高级中学学科带头人、语文特级教师卜嘉玉；

西海省果树市第一高级中学校长、正高级英语教师吴华；

冀北省开台市私立浩博实验中学校长、浩博房地产开发有限公司董事长、经济学博士李守双；

……

九龙县明星城酒店集团总经理张道华亲自驾驶商务车，带来了九龙县的部分同学，他们是：

九龙县开发区润阳光伏厂办主任王本龙；

九龙县芦蒲镇七里村种粮大户崔大勇；

城东农贸市场水果经营部法定代表人赵德彬；

九龙县七里桥镇卫生院院长潘安娥；

旭日鞋业门店店主胡仁华；

九龙县肥料种子批发总公司总经理、稻蟹混养研究所所长徐建䰵。

岁月在来宾的脸上刻下了沧桑印记：鬓角都已斑白，眼角露出鱼尾纹；有人已经发福，有人眼袋很重，但是，总体上还是活力十足、精神矍铄，充满能量和热情。

同学们正寒暄间，一位国字方脸，花白头发，眼睛深邃而明亮，架一副金丝近视眼镜，着一身宽松蜀锦汉服的长者搀着一名身着儿童西装的英俊小男孩出现在同学们面前，大家定睛一看，原来是三十五年前的语文老师兼总班主任东方曜老师，罗马书屋立刻响起了欢迎的掌声。东方老师向大家介绍他的孙子东方壵壵——南都市苏苑小学六年级学生，今天放假，他带着小孙子一起来参加师生聚餐了。不一会儿，住在南都市女儿家的原文科班数学老师赵京带着他的小外孙来了；从上海赶来的、满头银发的英语老师王丽妩带着她的小孙女来了；后来改教从政，做到长洲市委常委的政治老师祁立春带着他的孙子来了……书屋里瞬间欢快热闹起来。

高挑明亮的罗马书屋中庭，遵循贝老名言——"让光线来做设计"，无数小孔把阳光射进来，上万册图书和书香茶韵的装饰都在试图还原民国时期的旧貌。在书屋的负一层就是老南都橘暮特色餐厅，这是一座小型罗马建筑，城堡型样式，有着厚重的大理石墙体和拱形砖块结构造型，门窗成筒型拱，不仅具有美感，还给人一种敦实、稳固的感觉，小孔让光线射进室内，形成明亮对照效果，神秘而庄重，墙体四周绘画和雕塑充斥其间，美轮美奂。

今天，盛英俊同学为每一位嘉宾定制了八百八十八元的套餐。首先是六味小龙虾，小龙虾分经典的香辣、蒜蓉、藤椒、十三香以及不常见的清水、咸话梅冰镇，六种口味随你挑选。师生们先尝咸话梅冰镇小龙虾，掀开盖子，还未入口就嗅到了话梅的酸甜香气，活泼的话梅酸味和冰镇小龙虾的紧致肉感平衡得刚刚好，令人意犹未尽。十多位教授、专家、学者都是美食爱好者，他们不会错过藤椒口味。此口味下料略猛，比花椒油清爽却回味绵长，教授们的舌尖感觉酥酥麻麻的。九龙来的同学只喜欢原汁原味的清水龙虾，他们是古潟湖之子，非常讲究食材的新鲜与品质，不加一滴油，却最能品出小龙虾的鲜美。同学们在尝过六味龙虾后，举起状如牛奶、汁稠醇香的黄桂稠酒，向四位老师敬酒。接下来,金汤肥牛、杏鲍菇炒酸肉、泡菜鱼片、金陵双臭、黄豆焖猪手、六合活珠子、一品炖素鸡依次端上桌来。此刻,四位老师起身回敬学生,只见这些在高校课堂为大学生授了几十年课的教授们和所有同学一起毕恭毕敬站起来,双目注视老师,把杯中的"小甜酒"一饮而尽。

套餐中最珍贵的菜品上来了:新鲜的款款厚切的三文鱼刺身,给人的感觉就是满口深海味,慢慢品尝下来,金枪鱼、八爪鱼、鲷鱼等品质上乘,美食家们完全没有踩雷。这时,贺教授朗声对着话筒:"今天虽然不是正式的师生联谊会,是盛总请大家小酌,但是,算起来也是我们离开国栋文科班三十五周年了,而且距离上次2009年二十周年联谊会也已经过去了十五年。时光飞逝,当年为国栋班前后奔走、操心劳碌的县政协陈鲲鹏主席、杨自豪副主席、教育局李端伦局长、垛中唐校长、苗校长,还有我们的原国栋文科一班语文老师兼班主任孙鸿儒老师、我们的夏阳同学已经离我们而去,让我们全体起立默哀三分钟,以表达我们的哀思。今天,师生重逢,非常难得,我借歌抒怀,抛砖引玉。"

于是,轻灵飘逸、馨心淡雅的电影插曲《昨夜星辰》便飘荡在"罗马书屋"和餐厅里:"昨夜的,昨夜的星辰已坠落,消失在遥远的银河。……爱是不变的星辰,爱是永恒的星辰,绝不会在银河中坠落。常忆着那份情,那份爱,今夜星辰,今夜星辰,依然闪烁……"荡气回肠、如泣如诉的歌词,听得师生们热泪盈眶,大家默默感叹岁月不居而情谊永存。

接下来,又一道美味佳肴红柳枝羊肉串上来了。大家品尝着羊肉串,听着南都市江岸区中学校长梁海燕登台献唱姜育恒的《再回首》:"……再回首,恍然如梦;再回首,我心依旧。只有那无尽的长路伴着我。曾经在幽幽暗暗反反复复中追问,才知道平平淡淡从从容容才是真。再回首,恍然如梦,再回首,我心依旧……"大家向老教授孔令学看去,这一对曾经相思过的情侣,那段青春期萌动的情愫让他们永世难忘。只见梳成三七开、满头银发的孔教授刚吃到嘴里的一块烤羊肉,一半在外,一半在内,瞬间定格,袅袅余音萦绕彼此心房,轻柔如水,幽兰飘香。

酒店最拿手的特色菜北京烤鸭上来了。现场片皮儿烤鸭继承了老北京味道的精髓,烤鸭色泽红艳,片片连皮带肉,一口下去,满嘴生香。四位小朋友特别喜爱吃北京烤鸭,小嘴油光闪亮,吃相可爱。这时,《海滨之声》广播电台俄语播音员葛玉嫒落落大方登上舞台,自告奋勇演唱一首2024年流行歌曲、歌手石雪峰原唱的《这条路上我们一起走》:"这条路上我们一起走,这条路上我们手拉手,这条路上我们共患难,这条路上我们绝不能回头。我们同心走向心安大道,我们带着中国的丝绸,复兴的号角已吹响,我们要迎接大地丰收,这条路上我们一起走。"激昂慷慨的旋律,打动了每一位师生的心。他们知道,中国悠久的传统文化这颗"心"是扔不掉的。几十年来,大家对民族文化生命的研习并实践甘之如饴,坚韧不拔。相信只要中华文化在,中华民族的精神家园就在。

享用完正餐,还有甜品档等着大家,诚意满满的"老南都橘暮特色餐厅"就连甜品的供给都暗藏着惊喜,3套不同的甜品套餐轮流供应,给大家随机的惊喜、醉心的甜蜜。

此刻,室外的罗马花园流水潺潺,师生们享用了饕餮盛宴后,又移步"罗马书屋",在一张张小书桌前坐下,畅谈上次联谊会后各自的人生道路。四位老师是当年文科班最年轻的老师,现在都已退休在家含饴弄孙、颐养天年,因为是中学高级教师职称或者是正处级干部,都拿着一笔不菲的退休金,每年都能出去旅游几次,远的到了东南亚、欧洲、非洲、南美洲等国家,尽情领略异国风光,感受异国风情,身心得到莫大的愉悦。四位老师脸色红润,身板硬朗,步履稳健。更为可贵的是,他们"腹有诗书气自华"。学生中的教授、学者、专家、校长、中学老师们无不表露出知识分子的气度,他们丰富的学识和内涵浸溢全身,就像一座座知识的宝库,无尽的学识在他们身上熠熠生辉,无论是谈及哲学、历史还是文学,他们都能舌灿莲花,妙语连珠。几十年的高校讲堂授课经历,或者是登上中央电视台的"百家讲坛",无不体现他们为守护中华民族精神家园、为人类文明进步事业作出的巨大贡献。鄂寨市委书记余江在二十周年联谊会上的讲话,众人记忆犹新,座谈中,他朴实谦逊,继续以一份真情实感,表达了一名人民公仆的为民情怀,所有同学都钦佩他的坦诚无私和执政能力,坚信他为官一任,必定造福一方。几位生活在老家、从事普普通工作的同学,他们过着平凡的生活,善良、勤奋、厚道、朴实无华。有道是,平民百姓是国家、社会的基石,平凡劳动是人生的真谛,平淡岁月是生活的美丽。

此刻,原国栋班总班主任东方老师起身,他请同学们起立,跟他一起朗诵范仲淹的《岳阳楼记》。于是,罗马书屋仿佛又回响起三十五年前同学们的琅琅读书声:

"……嗟夫!予尝求古仁人之心,或异二者之为,何哉?不以物喜,不以己悲,居庙堂之高则忧其民,处江湖之远则忧其君。是进亦忧,退亦忧。然则何时而乐耶?其必曰:'先天下之忧而忧,后天下之乐而乐'乎!噫!微斯人,吾谁与归?时六年九月十五日。"

东方老师问大家:"最后一句可改为什么时间?"众人齐声曰:"时公元二〇二四年十月一日。"众笑然。

餐叙结束。东方老师搀着孙儿垚垚回到他们在吴邺区的"锦绣文苑"小区。晚上,垚垚问爷爷:"爷爷!你们这些人,三十五年前是怎么聚到一起的?"一句话,让爷爷陷入沉思之中。他从书橱上拿出一叠厚厚的信封和一盒相册,慢慢地给孙儿讲述三十五年前九龙县政协举办的高考国栋文科班的往事。突然,一只封信从他的手中滑落下来,他赶紧拾起来,拂去尘埃,打开信封,展开信纸阅读起来……

兰篇一　南都师范大学中文系学生的一封信

　　垚垚问爷爷："这是谁写给您的信？"爷爷回答说："这是一位大学教授写给我的。以前，他在我任教的班上做班长，是一位才貌双全的小青年。当年，他在班上还与一位女同学谈过恋爱呢，可惜，后来没能走到一起呀。"爷爷叹了一口气。

东方老师：
　　您好！
　　我是在9月1日到南都师范大学报到的。走进这座有着百年历史的南都师大校园，感受最美东方校园南都师范大学孔园校区，其迷人的魅力真的是震撼到我了：中国古典式的红墙黛瓦、亭台殿阁配以假山流水的园林造型，在色彩艳丽的小楼映衬下，这所有着沧桑历史的校园，想不美都难。南师校园中有棵百年历史的银杏树颇为引人注目，历经无数风霜雪雨，愈加高耸挺拔，彰显着十年树木、百年树人的南都师大精神。阵阵微风吹来,黄色的银杏树叶,一片片缓缓落下,像是给地面铺上了黄灿灿的地毯。沿着操场绕南师一圈,音乐学院的素雅,紫陵女子学院的古典婉约都存档在这一片绿荫之中。依水傍堤、堆石造景而成的"德风园",典出《论语》"君子之德风,小人之德草,草上之风必偃",园中还立有孔子像。水泥甬道,曲径通幽,伴随着鸟语花香,是我每逢考试周放松身心的不二去处。古色古香的民国建筑风格,展现了南都师大悠远漫长的建校历史。东方老师,我诚挚邀请您能拨冗来我校孔园一游,我定当全程陪侍左右,保证会让您感到不虚此行。当然,您曾经就读的北都师大校园也是一座美妙无比的高等学府,可我总觉得南都师大真的是有着一种沉郁的古典美。像我这样在小县城长大,出生在小业主家庭里的孩子,还算是比较清纯文静的,但是,当我置身在提倡"性雅说"的清朝古文大家陆缘曾经拥有的这座"孔园"中时,更觉得它的清灵隽妙,无与伦比,更加净化了我的心灵和体魄。南都师大将是我青春绽放的校园,我感到,再也找不到比南都师大更加动听的大学名,她是国家"211工程"首批重点建设高校,也是平江省高水平大学建设高校。

不过,这个夏末秋初您不能来,俗称"火炉"的南都的夏天特别炎热,四十摄氏度的高温天气持续已经多日。晚上,我跟同学们都睡在泼过水的篮球场上,每人拿一张席子垫在水泥地上当床铺,因为宿舍里没有空调,也没有电扇,像蒸笼一样,热得使人无法入睡。

东方老师：南都师大学术研究风气很浓，再也不是我们在国栋班时只靠死记硬背的那种学习方法了。首先是教授们讲课就比较放得开，因为他们看的资料多，观点也新颖，常常能言人所未言，独辟蹊径，开拓新路。像王宏旺教授研究五四运动，就提出了一个新观点，认为五四运动和工运关系并非传统说法认定的那样。他讲课的时候一边和学生讨论，一边让学生到民国史档案馆查资料，从民国时期创办的报纸、杂志中去寻找蛛丝马迹来支撑自己的新观点。好在我校的校训就是"正德厚生，笃学敏行"，"笃"就是敦厚诚实、忠信的意思，王教授也没有因为提出与正统观点相悖的理论而受到校方的任何指责和批评。这学期，我修读了唐珏教授的"文学概论"课，上课时，我曾对他讲的一个观点特别有感触，他讲到恩格斯曾经提出过一个观点，即"文艺批评的标准应该是历史观点和美学观点的标准"。美学观点也就是对作品的艺术形式及其审美特性进行分析评价，关注艺术价值和审美价值。历史观点主要运用历史唯物主义观点对作品的思想内容进行分析评价，探究它的社会价值，上述两者是紧密结合的，而在这之前，我们沿用的文艺批评标准能把许多艺术上非常好的作品都排斥掉了。唐教授指出，你要否定一件文艺作品，就可以说，理论上不行，其实这个理论上的不行，有的是按照特定的理论来定的，而文学家的笔端，流淌出来的是他对生命意义的领会，他是凭借这种领会来描写现实生活的，因此，这种描写就不是对外部现实的简单模仿，而是让现实生活的意义在他所创造的形象中透露出来。我们在文学阅读中所获得的最高享受是什么,是对意义的领会,是对我们自己的生活的意义的领会。我听完唐教授的课深受启发,就想写一篇论文,题目初定"文艺批评的标准究竟是什么"。下课后我问唐教授,他写不写阐述这种观点的论文,他说他手里课题很多,来不及写这类文章,于是,我才提笔写了这篇论文,发表在《光明日报》上。从此,我在听课的时候留意如何把老师讲课的精髓和精见一眼洞穿,牢牢把握并加以消化。也许有时候,好的论文选题就深藏其中。

东方老师:南都师大真的很开放,跟我们国家改革开放的大气候一样,一切都是崭新的,催人奋进的。新颖的观点、激烈的思辨层出不穷。这对于我们这一代大学生的成长是非常有利的,因为我们可以听到不同的声音,可以多角度地去思考、认证、解析,坚持通过自己的材料和逻辑得来观点。老师们搞学术研究的勇气和热情,我非常钦佩也受益无穷,受他们的影响,就在前几天,我还在《书评》杂志上发表了一篇反弹琵琶的文章,或者说是一篇逆向思维的文章。东方老师,您教我们鲁迅作品时,一再强调鲁迅是伟大的现实主义大家,他针砭时弊、一针见血,批判封建入木三分,好像他的作品就是纯现实主义手法的,但是听了几堂教授们具有批判性思维的课程后,我有点异想天开,去专门研究了他作品中的浪漫主义色彩,这一观点本身还是有点创新的,我的论文题目是"试论鲁迅小说中的浪漫主义",文章比较长,但杂志社全文照登了。

我们中文系也办了一本叫作《朝阳》的刊物,我任"朝阳"文学社社长。第一期就刊登了诗人海子的抒情诗《面朝大海,春暖花开》,在校园引起了强烈反响。诗人对质朴、单纯而自由的人生境界的向往,对永恒和未知世界的探寻精神,以及对世界的祝福,深深地感染了每一个南都师大学子。学生会的黑板报办得有声有色,每两个星期更新一次,学生都踊跃投稿,诗、散文、小说、书法、绘画,图文并茂,吸引了很多学生驻足浏览。学生还自发组织了不少兴趣小组,定期交流切磋,其中以中文系的朦胧诗社办得最好,社刊上常常发表北岛、舒婷、顾城、江河、杨炼等诗人的作品,他们以各自独立又呈现出共性的艺术主张和创作实绩,构成了一个"崛起的诗群"。他们是一群对光明世界有着强烈渴求的使者,他们通过一系列琐碎的意象来含蓄地表达出对社会现实的反思,开拓了现代意象诗的新天地、新空间,读他们的诗,是一种真正的精神之旅,是生命与心灵的交流与对话,让人脱俗,他们的诗不再是以前的那些面目可憎、语言乏味的教条诗,赢得了南都师大学子的青睐和好评。

东方老师:我们没有机会接触港台文化,但对港台文化很感兴趣,觉得它是一股新风。香港借助区位优势,流行文化风靡亚洲,从"四大天王"到"四大天后",从张国荣到谭咏麟到梅艳芳,他们的歌曲广为传唱,首首经典。我还买了一个小收录机,当我漫步在校园里,我把它拿在手上,有时播放卡拉扬,有时播放小泽征尔,尽情欣赏西方古典音乐的演奏,特别是贝多芬的《第九交响曲》,给了我信心、力量和意志,对伟大的古典艺术作品的热爱,就是对人生真谛的感悟和领会。《上海滩》等影视剧留给我很深的记忆。

东方老师:有人说,中文系的学生小说看多了,容易感情丰富,情绪冲动,甚至多愁善感,伤春悲秋,在谈恋爱方面高出其他系一筹。开学时,辅导员就宣布纪律:在校期间不许谈恋爱,否则会受到惩罚,毕业时分配工作会被隔离得很远很远。但是,老师说归说,个别同学照谈不误。

南都师大星期六晚上的娱乐活动就是跳舞,跳交际舞,男生女生、老师学生,甚至系领导、大学校长一起跳,我校著名的具有士大夫风度的老校长孔繁信校长也时常来跳一会儿。舞会都是团委、学生会共同组织的。大家都很保守,对跳舞的兴趣不算高,班级里都要动员,还要求党员、团员带头跳。外文系的学生在跳舞这方面特别活跃,他们受西方文化影响比较深,在跳舞这方面还带了个头。每到周末,大学生俱乐部就设在食堂,晚上吃完饭就把食堂腾空办舞会,先跳三步、四步,然后伦巴、吉特巴,最近又风靡霹雳舞,有几个教职工的孩子,最早跳起了霹雳舞,这种舞以其律动感和节奏感特别强烈的特点,深深地打动了年轻人的心。电影《摇滚青年》的上映更是将霹雳舞推向了巅峰,陶金成了我国第一位霹雳舞王子,这种与传统习俗南辕北辙的舞蹈样式,使人看得眼花缭乱,眼冒金星。

东方老师:令人咋舌的是,在大学校园里,大学生竟然也会伴随着强烈的音乐节奏,身体做出十分夸张的扭摆动作,这就是刚刚流行的迪斯科舞。据说是香港的张国荣的一曲《Monica》(拉丁文"参谋者"的意思,又指美丽的金发女子或是被宠坏的大小姐)率先风靡香港,而后开始在中国内地流行的。在歌舞厅里跳 disco(迪斯科舞)使人忘记了自己的身份、地位、学历,忘记一切有碍于你放开手脚狂舞乱跳的人格面具。大学生们穿着 T 恤衫、牛仔裤与高帮运动鞋,步入舞池,找到了心跳的感觉。我也跳了几回,可以说,迪斯科舞是一种个性绽放的人的颂歌,基调是热情和健康的,它能解放自己的心灵和身体,充分表达自我,也可宣泄自己的苦闷和无处投诉的心情,成为健康美与心灵美的颂歌,给每一个舞者带来了美的享受。

一学期学习下来,我觉得一个人,特别是青年人还是要到大学里来一趟。大学最重要的是提高了自身的学习能力,有了一个获得海量信息的渠道,特别是读了大量的书籍,能给人以启迪,给人以力量,能打开新的视野,分析问题、解决问题的能力也提高了,所以,我一定要在这个校园里博览群书,决不错过伟大的作品,它们是一种养料,我的心灵因此才有可能变得丰富起来,也许还汲取了力量。我认为,我们这个年代,大城市、小城市与农村的差别还是很大的,上了大学以后,思考问题的角度、深度、方式、背景,处理问题的能力都不一样了,特别是我跟来自不同地域,有着不同家庭背景、不同家庭经济条件的同学朝夕相处,收获很多。通过交流,可以获取各种信息,彼此就一些问题的看法、观点交互碰撞，能得到正确的结论。特别是专业学习，这是上大学的一个很重要的理由。只有通过专业学习才能提高自己处理问题的能力、判断信息的能力，形成正确的"三观"。物质享受对我的诱惑力不大。像现在我们房间住八个人，分上下铺，显得非常拥挤，宿舍里没有书桌，只是多放了一张双人床用来放行李包，有时还能从木质床里爬出臭虫来。用饭盒吃饭，饭盒就随便往桌上一放，弄个馒头，喝点稀饭，基本上就吃饱了，但是，精神的追求以及按照自己的理想去奋斗，这才是我上大学的最大收获。我是坚决不会考虑去下海做生意的，我不是那块料，我既然选择了汉语言文学专业，我就一定要把这门学问学习到底、研究到底，看看汉语言文学究竟是怎么一回事。毕业后我肯定会从事与中文专业相关的工作，比如作家、记者、编辑、教师，等等，甚至从政！从政在中国文化中一直都是主流的、效率最高的为民服务的方式之一，在政界为老百姓服务，干出一番事业来，这也是我的主要价值取向。

东方老师：南都师大校园很美，期待您的到来，我在校园等您！

顺颂

冬安！

您的学生：孔令学

1990年1月20日于紫陵孔园

竹篇一　开班在垛中校园

"爷爷,您是怎么遇上这些学生的呢?"东方老师告诉孙儿垚垚:"我是在一个叫作九龙县的小县城里遇见他们的,是县政协主席陈鲲鹏为了九龙多出人才、快出人才,力主举办高考国栋文科班,才让大家走到了一起。"爷爷陷入沉思之中。

九龙古潟湖在秋高气爽的季节,诗情画意美不胜收。美得就像一个情满意足的少女,文静、内敛、气质如兰。那温情脉脉、清澈见底的河水,倒映着绿树、砖桥、蓝天,也倒映着茅舍、篱笆、柳荫。人们在岸上行走,画面在水下晃动。"郎在此岸垂钓,妹在对岸择藕,郎儿不必眼向上,偷看水下一样",古潟湖水清如镜,如诗如画。

"王小华投河了!"一声凄厉的喊叫惊动了九龙县古潟湖旁的小沙庄。村书记潘明光刚好路过河边,二话没说,便脱掉补丁套头衫,立刻跳下河,死死地拽住王小华的一只手,将他拖到码头上,做起人工呼吸来。不到一分钟,王小华口吐黄水,两眼微睁,看到父母家人、众邻居围成一圈看着他,他"哇"的一声大哭起来,边哭边喊:"我要复习!我要再考一回!"父母亲含着眼泪,头点得像拨浪鼓一样,连声喊道:"好!好!孩子,我们答应你!现在回家就是砸锅卖铁也要让你再考一回!"王小华这才坐起身,挤了挤身上的烂泥水,跟着父母亲回到他家那间砖墙茅草屋。

20世纪80年代初,九龙县连续四年被平江省评为普及小学教育先进县,1986年又被平江省表彰为基础教育先进县,然而,从1981年起,九龙县的高考录取率却一直很低。1987年全国参加高考228万人,录取62万人,录取率为27%;1988年参加高考272万人,录取67万人,录取率为25%;1989年参加高考266万人,录取60万人,录取率为23%。1986年至1989年,在四至五名考生中才能有一人被录取为大学生,多数人名落孙山,而九龙县的录取率比全国录取率还要低,参考的考生中只划到八至九名考生才被录取一人。

然而,高考虽是那个年头人生中的一道坎,但是迈过那道坎,前路坦荡,一片光明,就等于捧上了"金饭碗",从此可以更好地为国家、为人民贡献自己的聪明才智,而个人也有了一份稳定的工作,所以考上大学成为每一个有志青年矢志不渝的奋斗目标。

淮东大平原上的九龙县,有一座九龙古潟湖,湖荡相连,水网密布,渔舟荡漾,碧波澄澈。湖水像一盆琼浆玉液,源源不断地蔓延到周边千里荡滩、万顷芦荡。那一块块漂浮在水面上的垛田,形状各异,大小不等,四面环水,互不相连。水网迷宫,舟行其中,"闻其声不见其人,见其人不可速达"。沟河纵横,圩区棋布,长堤环绕,绿树掩映。"稻麦蒲柴藕,鱼蟹鳖蛋虾",古潟湖神奇莫测,闻名遐迩,有"水乡西湖"之称、"龙宫水府"之誉。

距离九龙古潟湖二十里地就是九龙县城。古因垛田成片,又是冯姓人家居多,故县城老街又称"冯垛"。此时,冯垛街上,九龙县教育局大门外,人头攒动,喊叫声此起彼伏:"孩子要考大学!""孩子要复读!""局长要办实事,不能耽误孩子前程!"这样的场面已经持续三天了。这一天,教育局分管教学的副局长李端伦的台历上的日期是:1988 年 8 月 1 日。此刻,室外热浪滚滚,室内,李副局长把电话打到了九龙县政协主席陈鲲鹏的办公室。

8 月 4 日,在九龙县城通往彩云公社的一条沙石子铺就的公路上,李端伦踏着自己的一辆崭新的永久牌自行车,骑行了 10 华里的路程,来到了彩云中学。此行的目的是落实陈鲲鹏交给他的一个任务,那就是为筹建九龙县政协高考班而来物色高考班的各科任课老师。李副局长来到彩云中学是想借调高三语文老师东方曜,可是当他在校长室向校长吕云泽说明来意后,当即便被吕校长断然拒绝。原因是,该校的语文老师奇缺,"一个萝卜一个坑",调走高三文科班语文老师,语文课谁来上?全校的语文老师中民办老师转正的占了大多数,像东方曜这样的科班出身、师范学院毕业的语文老师凤毛麟角,只有两名,都在高中部的语文教师岗位上。第一次交涉无果而终,李副局长只好蹬着自行车原路返回县城。

1984年恢复成立的九龙县政协,由县委原副书记陈鲲鹏任主席。陈主席早年做过大队书记、公社书记,是一位"泥腿子"干部,对社情民意非常熟悉,谈起话来很接地气,三言两语能把挑大河工、插双季稻、排涝抗旱、上交公粮、收"两上缴"等"三农"工作的意义说得老百姓心服口服,个个都跟他奔,他具有很强的组织能力和号召力。这几年,他又注意到很多农家子弟想跳出农门,唯一出路就是考大学或者中专,这样才能把农村户口转为城镇户口,才能当干部、教师、工程师甚至科学家,但是苦于学习条件差,任课老师不齐全,信息闭塞,导致高考录取率很低,一大批中学生望着高校大门只能发出绝望的叫声。但是,也有一批学生心有不甘、百折不挠,还想找一个地方复习,以便来年再战。可是原来的学校又不让复习,说是会影响应届生学习,结果投靠无门,只得蹲在家里自习,学习效果很差,结局是考了一年又一年就是考不上。

陈主席看在眼里急在心上。他知道,书记、县长都是外来的干部,重点都扑在工业、农业上,哪有心思过问到高考落榜生的问题,更何况"铁打的营盘流水的兵",书记、县长一般在当地只待上两三年就要提拔到市里或者外县去了,只有他这个土生土长的工农干部永远在原地踏足,所以老百姓有个什么难易事总喜欢找他聊。这几年,他一直在关注着落榜的这些孩子,发现不少孩子头脑聪明,很爱学习,又很乖巧,真是上大学的好苗子。平江省地处沿海地区,经济较为发达,教育资源丰富,文化氛围浓厚,学生成绩优秀,但苦于录取率低,他们一个个就垂头丧气回家了。为此,他也曾跟中学校长们聊过,看能不能把离高考录取分数线差二三十分的学生插进应届班,让他们再听一年课,参加来年高考,可校长说,上级教育部门不准这样做,因为这样做会引起应届生家长和学生的反对,他们会向上级部门"告状",上级查下来,这些校长可是"吃不了兜着走"。插班这条路看样子行不通,能不能专门办一个高考落榜生补习班或者复读班?不,他认为这样不好听,会挫伤孩子们的学习积极性,他想孩子将来考上大学了,为国家作贡献,就是国家的栋梁,所以要办的这个班,就叫"九龙县政协国栋班"。这些天来,他经过深思熟虑后产生了这个想法,他同副主席杨自豪商量,看能不能以县政协名义,先牵头创办"国栋文科班",期望九龙能多出几个人才。杨副主席曾是县里的省重点中学巨龙中学语文教师,是一位无党派人士,也是一位热爱教育事业、一心想造福乡梓的好领导,于是两位领导一拍即合。在向县委书记周侃侃请示并获得同意后,就跟教育局商议在1988年9月借冯垛中学校园里的两大间教室,先开办两个"高考文科复习班"试试,待有条件后,再着手开办两个"高考理科复习班",但是直到这两个文科班的学生高考结束了,理科班也没能办起来,原因是教数理化的高三老师奇缺。昨天是李副局长带着陈主席的指示去彩云中学"挖"东方曜做文科复习二班班主任兼语文教师,结果吃了个闭门羹。

冯垛中学位于县城南部,原来是只招收冯垛镇上的学生,后来又慢慢地面向全县招生了,教师大多数是大专以上学历,师范院校毕业。到了1984年,教育局为了增强垛中师资力量,又从九龙县高级中学调进来一批骨干教师,其中就有历史教师褚寅恪、地理教师鲍霞客,他们都是平江师范学院毕业生。奇怪的是,他们两人在给学生上历史、地理课时,却不带课本和备课笔记,就这么在课堂上上演脱口秀,但是条理清晰、板书工整,按照教材上的要求,一堂一堂地讲下来,有时还能超出大纲,讲一些中外历史各阶段的比较、航空航天展望等有创新内容的好课,这就赢得了学生的好评,他们成了高考文科班的顶梁柱,而这两门课又正好是全县各完中的短板,再加上在全县范围内,选配了一批语文、数学、政治、外语四门课的骨干教师,就把垛中文科班教学水平提升到全县一流水平,甚至把九龙县高级中学文科班都甩出去一大截。

李副局长是分管全县教学业务工作的,他深知有一大批文科落榜生,大多是在历史、地理两门学科上栽了跟头,被拖了后腿,如果能让他们再复读一年,补上这两门短板,同时在其他四门学科上再提高一些成绩,就一定能考上大学。但是,要配好国栋文科班两个班的师资,在1988年的九龙县教育系统谈何容易。自1977年国家恢复高考后到目前为止,才有了五六届师范院校的毕业生来到九龙,他们刚刚踏上教师岗位,逐步地把全县各个学校各门学科的师资配齐,哪有多余的老师调来开办国栋班啊!每当夜深人静的时候,李局长的面前仿佛有一大批像嗷嗷待哺的婴儿一样的高考落榜生,瞪着一双双渴求知识的大眼在盯着他看,有时在睡梦中会被投河的王小华一声又一声的"我要复习!""我要考大学!"的凄厉喊叫声惊醒。

几天前,在政协囊贤会议室开会时,他已经答应了陈主席、杨副主席的嘱托,一定要在较短时间内把师资配齐,把国栋文科班办起来,虽然昨天第一炮没有打响,人没有借到,但想到全县大局,想到为本县培育人才,想到终会有一批孩子能通过复读一年跳出农门,跨进高校大门,改变他们的人生命运,特别是能考上文科大学的孩子,学成之后,将在文史哲方面有所研究,有所建树,那必将对国家的人文学科做出一定的贡献,也能树立良好的社会风气,引领人们共同守护中华民族之精神家园,其意义是无与伦比的,他就决心豁出去了。

今天,他又来到了彩云中学,想出了一个折衷方案,让东方曜老师每周一、三、五在彩云中学高三文科应届班上语文课,每周二、四、六在县政协教文科国栋班语文课,这就使得吕云泽校长无法再阻拦了,这样,第一个国栋班教师终于借调成功。在接下来的一个月里,李副局长把兆海中学校长汪奋进借来教英语,这个汪校长爱人在县中教化学,夫妻长期分居,而且一分就是十余年,儿子又正在准备考高中，本来说什么也要辞掉校长调回县城，现在正好借国栋班创办的机会，先借调来教英语。汪校长在平江师范学院学的是俄语，英语还是他在海陵中学念高中时的英语底子，后来，他主动安排自己上兆海中学高三年级的英语课，硬着头皮逼自己记英语单词，自学英语语法，早晨在中学校园后面的树林里练英语口语，对着收音机校正自己的发音，这样，好不容易教了几年高三英语课。好在乡镇中学学生英语基础差，汪老师有时候有一些不正确的发音，学生也听不出来，这就使他在后来的国栋文科班英语教学中闹出了不少笑话。数学教师请的是教师进修学校的夏榆槐，他原本是给全县初中数学老师培训班上课的，因为教师进修学校的老师相对宽余些，所以李副局长一个电话就把国栋班的数学老师敲定。

政治老师调的是县中高三政治教师谢梦友，此人原本是黄海师专的大学教师，不知是什么原因，他先被下放到九龙县西部芦苇荡里的荡中中学，再后来落实政策调到县中任教。垛中的两个王牌老师，褚寅恪和鲍霞客，他们也欣然同意带国栋班课，因为可以得到一笔加班费，一节课补助一元二角。

一共办两个班，已经从彩云中学借调过来的东方曜做二班班主任，现在还差一班的班主任人选。李副局长把全县的在职教师捋个遍，再也调不出一个多余的教师了，结果在县政协杨副主席推荐下，请来了一位退休了的老教师孙鸿儒。杨副主席年轻时在巨龙中学做语文教师时，就听说巨南中学有一个老学究,名叫孙鸿儒,古文功底扎实,能把唐诗宋词倒背如流,退休后正在家里写《红楼梦》研究方面的书,杨副主席用了政协的那辆破旧的苏联产拉达牌小轿车,轰隆轰隆地开到巨南村把孙老师接到县城。孙老师面目清癯,身材瘦弱,看上去有点像蒲松龄,走起路来直打晃,看到杨副主席亲自来接他到县城,邀他担任一班班主任兼语文教师,顿感受宠若惊。这位曾在运动中受过冲击的老教师,猛地抖擞了精神,大有东汉马援的"丈夫为志,穷当益坚,老当益壮"的气概,慨然应允,于是国栋文科班的教师班子终于搭起来,接下来就是招生了。

自从1977年恢复高考以来,通过高考录取新生在社会上已经产生了正能量。一年一度的高考也就自然而然成了全体国人特别是应往届高中学子的期盼,因为高考是到目前为止最公平的选拔录用方式,有识之士不会质疑高考这一形式本身,它不是一场普通的选拔考试,它承载着社会流动和社会公平,它向无数人展示了天道酬勤的铁律,它让无数人实现了自己的梦想,它不论出身贵贱,不论钱财多寡,使得一些人能够跳入龙门,保障了真正有本领的弱者有了翻身的通道,高分数能够换来一纸好文凭,一个够高的分数能够跨进名校的大门,几年之后,选择工作或者事业的机会就会不一样,人生的起点也就会不一样。而且高考胜出,至少说明在此之前的数年时间内,你主动学习的能力,分析问题的能力,知识的积累、理解、掌握的能力,你忍耐寂寞的能力,抗拒诱惑的能力,应对挫折的能

文科班

力,自律的能力,等等,大概率高过那些止步于大学校门之外的同学。

九龙县政协是县里的四大班子之一,政协主席跟县委书记、县人大主任、县长一样都是正处级,因此,由县政协牵头举办国栋文科班,它的权威性、真实性、可靠性是无人敢质疑的。当李副局长指示承办单位冯垛中学在县城大街上的大旱桥洞、体育场、人民路的梧桐树上,甚至在县政府大院的围墙外张贴招生广告时,一时间九龙县城沸腾了,人们奔走相告,喜形于色,没几天好消息便传遍城乡,各个中学的文科落榜生都知道了这个消息。

1988年9月10日,九龙县政协国栋文科班报到的日子。位于冯垛中学师生食堂和猪圈旁的总务处,被前来报名复读的学生和家长挤得水泄不通。巫会计办公桌前人头攒动,手举着五百元报名费的农村老大爷、老大妈一个劲地向前挤着,生怕名额已满,他们的孩子报不上名。县城最西边古潟湖边上的一位终日捞鱼摸虾的老渔民李宏明老大爷穿着的高筒靴上沾满了污泥,他这是起了个大早,扳了几回罾才捞上来二十多斤杂鱼,刚在老街夹沟子上的鱼市口卖了七十六元钱,才凑齐了五百元复读费,赶来冯垛中学的。他儿子李宁泽今年高中毕业参加高考只考了402分,而文科录取分数线是506分,差了一百多分,儿子要复习考大学是好事,要支持,可家里一时凑不齐五百元的学费,李大爷劝儿子缓一年再复读,哪知道李宁泽抡起斧头,跳上船头,对着身穿皮裤衩要下田采藕的老父亲大吼一声："把复不把复？不把复我就把船头给砍了！"情急之下，李大爷只好举手告饶，答应去亲戚家借钱，这才把李宁泽手上的斧头夺下。今天他背着鱼篓走了三十多里地，赶到垛中帮儿子报了名。抱着读书能从糠箩跳进米箩的想法，从县城西边荡口到东边沿冈地带，从北头大唐宝塔到南边大溪河畔，穿着补丁衣服、卷着裤腿的老大爷，脸上布满皱纹、一脸苦相的老大妈，领着十八九岁的儿子、女儿吵吵嚷嚷着从四面八方拥进冯垛中学校园。

人群中有一位穿着得体、举止文雅的长者，看上去是体制内的人，他就是县里某局党委副书记张俊仁，今天他也领着闺女张雅菲报名来了。他女儿学习不是很用功，把大把时光用在了穿着打扮上。就这么一个宝贝女儿，含在嘴里怕化了，捧在手心怕摔了。本来学习成绩只是中下等，高中毕业文凭也是县中校长看在她父亲的面子上给她的，因为她的历史、地理两门课不及格。如此说来，高中毕业给她找个事业单位上班，这对于张副书记来讲也不算是多大的事，怎奈家族里至今还没有出过一个大学生，张俊仁的兄弟姐妹中就数他家经济条件最好，他女儿最有条件读书，于是夫妻俩一再做女儿工作，好说歹说劝她复习一年，考上个大学，哪怕是中专，也好荣宗耀祖。这不，今天夫妻俩分别跟单位请了一天假，就领着张雅菲报名来了。这时候，张雅菲站在校门外，嗑着瓜子儿，在等着父母亲拿来报到通知单送到她手上，因为她听县中的同学说，报名处离猪圈很近，那里猪屎味特熏人，她怕闻那种味道。

第一天报名结束，巫会计整理了一下报名费收据，数一数竟有一百二十张，说明有一百二十名学生报了名。冯垛中学校长唐宝哲是位老革命，也是位老教育工作者，原来在山东威海某地中学做校长，年纪大了想落叶归根。他老家在九龙县草丰乡，属县城东部地区，回来后就先安排在县城东部的省重点中学巨龙中学当副校长，两年前调至冯垛中学做校长。现在他打了两个电话，一是打给李副局长的，一是打给县政协陈主席的，告诉他们报名情况。李副局长听后说，差不多了，一个班六十名学生正好，老师上课、改作业不吃力，叫他们不要再接受报名了。陈主席听后说，明天继续报名，能报多少报多少，让想考大学的孩子一个都不能落下。唐校长左右为难。他是搞学校管理的，对教育工作十分了解，知道一个班的学生数在六十人左右为宜，人数多，坐在教室里上课嫌拥挤，作业也不好写，这就可能会影响到教学效果。可陈主席毕竟是县里领导，又做过县委副书记、组织部部长、公社书记，在九龙县官场上是个说一不二的大干部，他发话了，让继续报名，你能挡着不执行？更何况陈主席这样做又是为全县渴望上进的小青年好，所以唐校长就不敢怠慢了，他只好再把电话打给李副局长，转达了陈主席的意见，李副局长也不敢违拗，考虑再三，只好让唐校长找个大一些的教室，准备一个班招九十名学生。

九龙县地处平江省北部平原地区，属于长江水系，是该地区"三大洼"的下洼，平均地面只有 1.74 米，汛期雨水偏多易成涝灾，加上上游客水压境，下游海湖顶托，因此形成了涨水快、退水慢、高水位持续时间长的状况，对低圩区影响特别大，而县城更是"三大洼"中的"洼中洼"。三年前，九龙县境遭受特大暴风雨袭击，持续两个半小时，造成全县12.4万亩小麦倒伏，近六百间房屋受损，暴风雨间隙期间，草丰乡草丰小学的操场上，出现了万只蛤蟆聚集经久不散的奇观。这场大雨也把冯垛中学校园变成了一片汪洋，校园浸泡在水中达数月之久，大水退后校舍损坏严重。

　　这场特大暴风雨，震惊了海内外，西欧某国驻华大使馆人员也知道了这一情况，他们向九龙县热情地伸出了援助之手，捐款五十万美元，先建造了第一栋教学楼，由于赶工期，地质情况没有认真勘探，导致教学楼建成后，向东南方向倾斜，成了一座歪楼，但是总体结构没有发生变化，经专家评估后可以使用。这幢楼成了初中部的教学楼。虽然楼上有两间教室可以腾让给国栋班使用，但是教室空间不大，难以容纳八九十名学生，唐校长又把大楼后面几排平房教室挨个寻了一遍，也没有找到一间空教室。最后一脚踏进教师家属区，家属区住房都是由原来的教室改建的，一间间大教室被红砖、砂石料隔成了教职工住宅，在家属区东侧还有两大间教室没有被隔断，里面堆放着好多体育器材，唐校长命人搬出杂物，腾出两大间空房做了国栋班的两个大教室。

　　第二天照常报名，人流量已经没有昨天大了，断断续续又有一批学生报名，都是来自偏远乡村的农家孩子，男生大多穿着粗洋布褂裤，脚上蹬着蓝布鞋或破塑料凉鞋，带他们来报名的父母亲穿的衣服比他们还要破旧，老大爷们用一块旧披肩挂在两肩，挡着赤裸的上身，腰间用一根粗布条系着大腰短裤，脚穿草鞋，用一根扁担挑着米袋和被子从县城东边的沙土地上走来，然后都很艰难地从裤腰上那个用针线缝着的布口袋里摸出五百元钱递给巫会计。直到夕阳西下，再也看不到有人挑着被窝行囊来了，报名处这才关上了门，巫会计把开出的收据存根一点，又收了六十人，这样，一共一百八十名学生缴费入学。

9月12日开学了。这些从全县十多所完中毕业的文科应届生们，当然也包括插在应届班复习过一年乃至二三年、四五年的老生，这时又重新拿起课本。清晨，从冯垛中学家属区腾出的两间教室里传出了青年人的琅琅读书声。

国栋班学生中只有少数学生家住县城，大多数学生都来自农村，冯垛中学食堂可以为他们代伙，解决了他们的一日三餐，但住宿是要自理的，要他们自己在校外租房住。于是，校门外的横沟大队社员家的房子就成了他们的首选，有一人租一间房单住的，也有两人合租一间的。自招生广告贴出来后，横沟大队的社员们就嗅到了商机，他们知道，校园里的学生宿舍紧张，会有大批学生要在校外租房，于是，他们在自家的宅基地上砌了好多间只有一两个平方米的"鸽子洞"式的小房子，以备学生来租。中学大门斜对面的一位姓业的供电局职工，在房前屋后接上了二十五间小房子，一个月下来，房租就能收到好几百元，乐得他都快不想上班了。

　　李宁泽在父亲帮他交过学费后，就赶紧让父亲回家去了，他租了业家的一间"鸽子洞"，找了几张旧报纸把墙的四壁糊上一圈，还找了《人民画报》上的几位中国女排运动员的肖像画贴在报纸上，而郎平跳起来扣球的照片更是贴在自己的枕头上方，他想象着自己也能像女排一样在明年的高考中发挥超常，金榜题名。此刻，他支起蚊帐，放开行囊，收拾停当后，翻开历史课本看了一会儿，就到"小胡子"刘老板开的小面馆，要了一碗阳春面和几片薄薄的熏烧猪头肉吃了起来。本来今天他父亲在垛中食堂已经帮他交了伙食费，可以在食堂吃晚饭了，那是一搪瓷缸稀粥、一只白面馒头加上一碟三搭菜，可他嫌喝稀粥喝够了，想吃面条和熏烧肉。李宁泽上面有两个姐姐，都已经出嫁到外乡镇，在他念高一时，两个姐姐就时不时地瞒着父母亲赶到古潟湖中学给他一些零花钱用，父亲靠打鱼养家糊口，没有多余的钱，但靠着姐姐的接济，李宁泽在古潟湖中学念书时在班上过着中上等的生活，早上能跑到校门外买一根油条、一块米饼包着吃，晚上临睡觉前能吃上几块饼干或者一块鸡蛋糕，而别的同学要么倒头睡去，要么就只能吃上半碗焦屑（炒小麦面），最多也只能拌上一小汤匙白糖。从高二开始，他就常常在下午二节课后，溜到校门外的桌球房打上两个钟头的桌球，晚上上自修，别人在温习功课或做作业，他却喜欢看一些言情小说。还喜欢看金庸的武侠小说，像《天龙八部》《鹿鼎记》《射雕英雄传》《倚天屠龙记》等，金庸的武侠小说他几乎翻了个遍，书中的故事和人物早就烂熟于心，碰上班上的其他武侠迷，那谈论起来是眉飞色舞、脱口而出，而学习成绩就渐渐地一路下滑，到了高三，上数学课时就如坠入云里雾里，有好多题目简直是一窍不通，加上文科要背的几门也不肯花时间去背，到了下学期，课也不想上了，溜到乡文化站录像厅去看武打片，经典武侠片《太极神功》看了十遍，故事情节了如指掌，《木棉袈裟》的台词能倒背如流。结果，在7月7日到9日三天胡写乱画，连自己都不知道答案是什么，名落孙山早就注定。8月底9月初看到有几位考上大学的同学到九龙汽车站乘上了去远方的汽车，他突然心血来潮摩拳擦掌，要向他们学习，正好垛中要举办国栋班，他死活要上，可渔民父亲知道，自己的儿子不是块读书的料，在垛中校门外打台球，还跟人家打过几场架，想到这里就灰心丧气，可李宁泽硬要复习，不让复习，就抢起斧头要劈他的渔船，闹得家里不得安稳，只好东拼西凑了五百元钱交了学费，让两个姐姐家各出五百元，做了他一学期的生活费，这才有了今天的样子。

二班班主任东方曜在黑板上写下了今天的临时课程表：上午语文、历史，下午地理，共三堂大课。任课老师们纷纷亮相：班主任的语文课首先开讲，这个小青年，1978年曾以九龙县文科应届生身份考上黄海师范学院，这在当年可是一件了不得的稀罕事，因为那是恢复高考后的第二年。我国高考曾在 1966 年到 1976 年停了 11 年,1977 年 10 月 21 日,全国各大报纸公布了国家决定恢复高考的消息,当年冬天,由各地、市组织初考,由各省、自治区、直辖市组织统考。1978 年的考生总人数是恢复高考后二十六年内最多的一次,因此,说 1978 年的高考是空前绝后的,是千军万马过独木桥,毫不夸张,而 16 岁的东方曙,在读过五年制小学、两年制初中、两年制高中后,以高中应届毕业生的身份,与众多的老大姐、老大哥同场比拼,居然能够脱颖而出,考上了黄海师范学院,真的值得点赞,值得骄傲,更让人拍手称奇!这时的东方老师已在乡镇中学教过五年书,近两年在彩云中学教的是高三年级语文课。

今天国栋班首堂语文课,一班孙鸿儒老师上的是《红楼梦》赏析,直把学生听得云里雾里,但学生们还是佩服孙老师能把《红楼梦》中的诗歌一首接一首地背出来,把书中的人物关系理得清清楚楚,将人物的内心世界剖析得淋漓尽致,能使听讲学生与书中人物同悲同喜。二班东方老师上的是《行路难》三首中的第一首,"金樽清酒斗十千,玉盘珍馐直万钱……"在介绍了李白写作该诗的时代背景和个人遭遇后,东方老师又为学生逐字逐句疏通课文重点字词的正确读音和诗句的含义,接着东方老师开始讲课文的中心思想,他说该诗抒发了诗人在求仕道路上遭遇艰难困苦后的感慨,反映了诗人在思想上既不愿与权贵同流合污又不愿独善其身的矛盾,正是这种无法解决的矛盾所激起的感情波涛使这组诗气象非凡。……令这些学生都没有想到的是,东方老师让他们集体朗诵全诗后,又把最后两句"长风破浪会有时,直挂云帆济沧海"单独朗诵了三遍,并且指名孔令学和卜嘉玉两位同学分别联系当下自己复读争取参加明年高考的实际情况,说说对这两句诗的感悟。渐渐地,学生们明白东方老师为什么要挑出第六册课本的后半段的古文《行路难》作为开学第一节语文课的内容所蕴含的意义了,原来东方老师是希望学生们要学习大诗人李白在逆境中不畏艰险,艰难前行,坚信自己一定会成功的奋斗精神。东方老师板书整齐工整,笔画收放有力,字如其人、大大方方,他很讲究板书艺术,授课之中似不觉察,可一旦讲完课时,黑板上便形成了完整的课文提要和字词重点,使学生对这一课时的内容一目了然,东方老师在课堂上用一口流利的普通话讲课,既生动传神又感情充沛。

　　第二节课,二班是褚寅恪老师的历史课。这位"文革"前毕业的老牌大学生,讲授历史已经到了炉火纯青的地步。他头戴一顶鸭舌帽,背着双手,一步一踱地走上讲台,一个转身,快捷地在黑板上写下了五个正楷大字:"中国的农业",直让学生大吃一惊。同学们在应届班上历史课,历史老师都是在第一节课的黑板上写下"夏朝"或者是"史前时期"等字样,然后按照历史脉络,从古到今,娓娓道来,这样学生也容易记忆理解。殊不料,褚老师从种子、农具、耕作方法等方面,列出一个大表,然后再讲从夏朝到清末的农民、农业、农村的变化,再依次讲下去,这样横竖成行,正楷字体,就像刻版印刷一样。这样的历史课,同学们觉得很新鲜,从未见过,国栋班学生瞪大了眼睛,一秒也不敢放过黑板上的每一个字,最后在"铛铛铛"的下课铃声中才长长地吁出了一口气。

上午两堂大课一下子在两个班引起了轰动,特别是对来自乡镇的同学,他们对县城里的文科老师如此高超的教学水平和教学艺术赞不绝口,啧啧称奇,觉得进县政协国栋班复习是走对了路子,对明年参加高考争取榜上有名充满了信心。中午各班临时值日生从学校食堂里抬出了三只大木桶,一只装着全班住堂生的九十个饭夹子,一只装着黄芽菜烀粉丝,还有一只桶盛着只在汤面上漂着几片青菜叶子的清汤水。匆匆吃完饭,大多数学生都要到校门外的租住屋里睡一个小时的午觉,少数学生舍不得放弃这段时光,还待在教室里或看书或做练习题,实在困了,就在桌上趴一趴,打个迷糊眼儿。

下午两个班都是地理课,鲍老师安排测试。鲍老师说起来也是一个很有特色的人物,他上有七十岁的老母亲要服侍,下有刚刚呱呱坠地的胖小子要喂奶粉,家务事把他忙得团团转,可他这一阵子却整天笑得合不拢嘴,因为再婚后养下了小二子,为了养家糊口,他主动要求任教高三应届班两个班、政协国栋班两个班的地理课。照理讲,这样的家里家外的繁重担子应该压弯了他的腰,可是,且慢,他精力过人,浑身有使不完的劲,这恐怕和他少年时期生活在古潟湖畔经常吃鱼虾蟹鳖大有关系。他老家在湖边上的小沙庄,1972年高中毕业后,高校停止招生,他就在芦苇荡里放鸭子,他一边放鸭子,一边在船上看书,手中始终没有放下过书本。鲜美的湖鲜营养价值极高,由于常年进食这些高蛋白低脂肪的鱼虾湖鲜,使得鲍老师的脑袋特别聪明,看书过目不忘,三位数加减乘除脱口而出,秋天的螃蟹到他手里掂量一下,他就能知道几两几钱,甚至到了毫厘不差的程度,湖里打鱼人都称他叫"鲍灵光"。1977年恢复高考,他一举夺魁,考上了平江师范学院地理系,毕业后,娶妻生子,妻子又贤惠又能干,刚刚又生下一个八斤多重的胖小子。就在他为家庭、事业忙得团团转的时候,他又鬼使神差地迷上了麻将,昨夜打到子夜才睡觉。今天上午忙了半天,竟把下午两个班要用的地理测试题给忘了。眼看着离上课时间只有半个小时了,他急忙拿起一张蜡纸在钢板上刻了起来。他想一开学就给学生一个下马威,便想出了几道高深的题目,比如:1. 推测鄂霍次克海成为"太平洋冰极"的原因;2. 根据材料说明阿尔及尔与塔曼拉塞特气候特征的差异,并分析成因……十道题一挥而就,然后拿到文印室印刷。文印室里摇印刷机的临时工吴大妈看到鲍老师来,就知道他的卷子急着要用,因为他做事都是临阵磨枪,不到关键时刻,是看不到他的身影的,于是赶忙接过蜡纸,贴在摇滚机上飞快地摇起来。一百八十份试卷十分钟摇出来,鲍老师以百米冲刺速度飞奔到一班,放下一半,又赶到二班,让学生从前到后传过去。就这样,赶在下午两点半上课铃声响起,带着油墨香味的测试题便分发到了学生手中。学生一看都傻了眼,这十道题大部分以前连听都没听过,更不要说写答案了。就这样,整整两节课时间,大多数同学也只能勉强答上一两道题目,大眼瞪小眼干坐了一百多分钟。鲍老师这一个下马威,吓得所有学生毕恭毕敬,规规矩矩,从此以后不敢造次,教室里鸦雀无声。

　　第一个上课日就这样结束了,接下来是晚自修。冯垛街上电力不足,经常停电,学生们每人都准备了一盏罩子灯。今晚照旧停电,晚自修的铃声敲响时,两个班的一百八十盏罩子灯齐刷刷亮起,把整个教师家属区东区映得红彤彤一片。教室里只听到翻书和笔头与纸面摩擦的声音。唐宝哲校长别着双手,右手夹着一根香烟,慢悠悠地走过来了,他见到国栋班学生如此紧张地学习,无比欣慰,走上前来,递了一根烟给在场的二班班主任东方曜,小青年老师从不抽烟,便婉拒了唐校长的好意。看着二班学生上自修人数比一班多,而且又寂静无声,唐校长对这位在两个学校上课的东方老师有了初步好感。

　　第二天上午,二班的第一节课是英语课,不肯做乡镇中学校长的汪奋进老师走进课堂,用英语跟同学们打过招呼就开始讲课了。正在这时,复读生张雅菲敲了敲教室前门,迈着细步走了进来。她小小的脸蛋,绢眉细目,樱桃小口,上身穿着浅红的外套,内罩一件大红衬衫,绿色荷叶边小翻领翻在外套的领子外面,整个一个楚楚动人的样子。她父亲张俊仁担任某局党委副书记已经十多个年头了,母亲在街北头人民商场上班，家庭条件在全班属上等。零花钱尽她花，她除了买一些搽脸的脂粉外，还喜欢买一些小说书看。去年在应届班时，她不知道从哪里搞到了一本小说书，书名叫《第二次握手》，书中苏冠兰、丁洁琼、叶玉菡三位科学家之间的爱情故事让她情窦初开，隐隐约约知道了世界上还有"爱情"这个玩意儿，并且还知道了爱情不全是甜蜜的，还有苦涩的，正如该书的扉页上写着的恩格斯语录"痛苦中最高尚的、最强烈的和最个人的乃是爱情的痛苦"。凭着她父亲是国家干部的缘故，她也曾在机关大院里的小电影放映室里看过几场外国电影。其中的一些拥抱、接吻的镜头，都会让她感到无地自容，但还是坚持睁大眼睛把这些个镜头认真看个够。本来，她今年在县中毕业，找个银行或者供销社的工作就算了，可她的父母亲却非要她再复习一年不可，她拗不过父母亲强求，只好硬着头皮来上课了。昨天，她跟李宁泽坐着一张凳子，好歹听了一节课。褚寅恪老师在历史课上把历史内容横过来讲，她还是头一回碰到，本来让她从夏朝开始竖着记忆历史脉络就头疼，现在这样横着讲，更是让她觉得糊里糊涂、不明就里。这个李宁泽上课像蛆一样不停地头动脚摇，还时不时地用胳膊肘触碰到她，让她感到很吃惊，很好奇。李宁泽出生在湖荡里，小时候一天三顿离不开鲜美的鱼虾，却也生得皮肤白皙、五官端正、聪明伶俐，就是文化成绩跟不上。也想学习，可就是每次考试总在及格上下，特别是数学，更是他的短板，数学书对他来讲就像是一本天书，横着看竖着看,他都看不懂。这次是他自己抢着大斧头要砍船头系缆绳的木头桩,吓着了父母亲,才答应他来复习的,想不到,昨天开学第一天,进来的一个个学生都找到位置坐下了,他一人坐了一张长板凳,好在时间不长,张雅菲进来了,看也没看他,就挨着他大大方方地坐了下来,李宁泽瞥她一眼,觉得她长得娇俏可人,竟然好长时间还不过魂来。

这时候,学生们突然哄堂大笑起来,原来汪老师讲英语课文把"Thousands of years ago, the Egyptians believed strongly in life after death"一句中的"Thousands of years ago""数千年前"翻译成"一千年前",这才把李宁泽想入非非的思绪拉回到课堂上来。

国栋班已经步入正轨,每天上课、晚自习在有条不紊地进行着,同学之间也相处和谐,从教室到宿舍两点一线,每天都在循环往复。两个星期后,冯垛中学校门口挂出了两块饸板,左边一块写着"热烈欢迎县政协领导莅临指导",右边一块写着"国栋班学生决心不负重托,力争明年高考再创佳绩"。一辆苏联产的拉达牌小轿车驶进校园。县政协主席陈鲲鹏、副主席杨自豪和政协秘书长朱建华下了轿车,在教育局金杯牌大面包车上坐着的教育局局长胡政宏、副局长李端伦赶忙跳下车,在前面引路,校长唐宝哲更是不敢疏忽,生怕出半点差池,一边开道,一边介绍用美元建起来的歪楼。校园里原来都是红砖红瓦的平房,这栋歪楼虽然歪,但有一种鹤立鸡群的感觉,所以唐校长估摸出政协领导一眼就会看上这栋歪楼,想必也想听听这歪楼的事儿,于是就边走边说,直到进了家属区,众人转弯抹角缓步而行,才来到了设在垛中家属区里的两个文科班。先进一班,孙老师迈着蹒跚的脚步,走上讲台,大喊一声:"全体起立,欢迎陈主席一行莅临视察!"教室里立即响起了"哗啦啦"的掌声,这些青年学生从来没有看见过县里的大干部,看到陈主席一行的到来,感到很好奇,直把一对大巴掌拍得通红。陈主席和杨副主席都梳着大背头,中山装上的风纪扣锁得紧紧的,虽然同学们看不到他们的一双脚,但也猜到了肯定是蹬着一双擦得油光闪亮的黑皮鞋,这些大干部的风度、仪表一下子就让同学们肃然起敬。陈主席一行从前到后、从上到下看了教室几眼,又盯着全体学生看,只见齐刷刷地站立着的几十名二十岁上下的青年人,充满了青春的朝气,个个脸上早已褪去了两个多月前落榜时的忧伤神情,纷纷绽开了笑容。隔了几户教师家属用房,陈主席一行又来到二班视察,看到的情况跟一班一样,这样才放下心来。

这位陈主席从政一路过来,总喜欢在大场合说上几句话,今天到他亲自创办的国栋班,面对一群生龙活虎而又文质彬彬的青年学生,他更是兴致高涨,欲罢不能。赶忙让李副局长通知唐校长,让两个班的学生集中在一个教室,他要对学生训话。在两位班主任的吆喝下,180名学生都挤在了二班教室里。陈主席先让杨副主席讲,杨副主席懂官场规矩,干部越大越是排在后面讲,起压阵作用,他是副职,应该由他先讲。到底是老教师出身,他一下子就在心里打出了腹稿,他要讲四点,于是便清了清嗓子,站上了讲台中间的位置上。杨副主席身材高大,气宇轩昂,长长的头发向脑后梳去,头发上好像还抹了点发乳,油光闪亮着。这位杨副主席还兼职县书法家协会主席,行草隶篆样样会,特别是行草,当属全县第一。这时候,湖中菜市场刚刚竣工,菜场负责人请他题写门楼上的五个大字"湖中菜市场",他拿起大号毛笔,运足腕力,蘸上饱墨,一口气写下了这五个大字,遒劲有力,笔锋犀利,像五个金刚大佛跃然纸上,直把从工商局来的一帮人佩服得五体投地。后来菜场把它烫金装裱起来,悬挂在菜市场西大门,大门对着县城中心路湖中路,每天熙来攘往的路人经过此门时,都喜欢抬头仰望一下,便觉得咱九龙人有了文化自信。

现在,他清过了嗓子,大声地对同学们说道:"同学们,我要向你们提出四个关键词:第一,目标。总体来说,高考是一个人的人生转折点,同时也是走向成功的起点,大体来说主要有以下几个作用,对你能不能考上好的大学,将来能不能找到好的工作有着十分重要的作用;意味着你比别人选择人生道路要多一条;通过高考进入好的院校,对于你日后的发展会起到意想不到的帮助效果,因为好的学校各方面资源是非常丰富的,比如馆藏图书、体育设施、人际关系,等等,现在既然明确了要复习一年参加明年高考的志向,那么从今天起,你们就要明确一个目标,那就是要日日增分。如何增分?要每时每刻埋头做作业,抬头听老师讲解,不放过每一个知识点和难点。要准备一本笔记本,专门做'错题集',把每一道错题都收集起来,直到搞懂弄清为止。第二,意志。为了达成目标,一定要有坚强的意志。我可以接受失败,但决不接受放弃,永不放弃自己的执着与信念,经过一番磨炼,遇到困难迎刃而上,自己便是成功者。第三,方法。认真研究今年高考考试大纲,不做超纲的题目,讲究备考方法,平时要多跟老师交流,与同学交流,形成思维碰撞,产生思想,积淀素养,同时要多做模拟试卷,做到见卷不慌,见卷即喜,才能成竹在胸,在高考考场上沉着应战。第四,情怀。你们已经是具有一定文化知识结构的读文科的学生了,因此要有大格局,格局就是眼光、气度和胸怀。文科生要将目标投射于社会、国家、民族、世界,因此写作文要立意高远,思想深刻,这样的高考作文才能拿到高分。最后,我还要告诉你们,你们选择文科,是很有意义的,因为文史哲能滋养一个人的心灵,在你们将来的人生道路上,顺利地度过一生的人少之又少,我们总会有坎坷,当命运中的坎坷到来时,我们心灵的力量面临着最大考验,而要经受住这个考验,靠的是什么?靠我们所属民族的文化精神,靠民族的悠久文明和伟大的人文典籍,而你们选择一生学习文科,学习文史哲,就能获得心灵的滋养,就能消解掉人生中一个又一个艰难险阻,争取到人性的自由和解放,所以学习文科的人,是很有福气的,这一点,你们将来会逐步感悟到的。"

　　杨副主席一番激情洋溢而又充满哲理的讲话,博得了全体学生的热烈掌声。青年人血脉偾张,摩拳擦掌,跃跃欲试,教室里的青春气息逐渐浓烈起来。

这时候,陈主席走上讲台,也不要唐校长、李副局长介绍,就直接自报家门,滔滔不绝讲了起来:"我叫陈鲲鹏,县政协主席,以前做过县委副书记、组织部部长,还有下面几个乡和公社的党委书记。我不是科班出身,文化水平不高,是一名工农干部,在九龙认不得我的人还不多。今天,我首先要向为同学们成功举办国栋班而吃了好多辛苦的垜中校长、老师们,县教育局胡政宏局长、李端伦副局长等同志表示衷心感谢。我还要向给同学们上课的七位老师鞠一躬,'天地君亲师',在古代是要在学堂里为你们供奉牌位的,你们就是像孔子那样的老夫子,而学生就是你们的'三千弟子'。当然,哪些是'七十二贤人',现在还看不出来,请你们无论如何要把这些学生当作你们自己的孩子一样无微不至地去关心、爱护,让他们成人成才,在这里,我要给老师们压一压担子,就是说,明年这些学生要有一大半甚至70%以上要进各类大学……"

"哗!"教室里顿时一片惊叫声,这个升学率是九龙历史上从来没有过的,好多学校的高中应届生考大学几乎是得了鸭蛋,就连县中、巨中的文科班也至多考上三五名学生,当然理科班要多一些。陈主席要求国栋班学生明年要考上一大半,那真是登天一般难,但也如同一声惊雷,炸醒了师生们,特别是在场的从不同学校抽调来的七位老师,更觉得肩头的担子沉甸甸的,一个个不知不觉地低下了头,感到压力千钧。

陈主席话锋一转又面向学生讲了起来："同学们！高考是一种公平的竞争，它给了你们所有考生一个平等竞争的机会，在这里你们不用看别人脸色行事，不用找别人帮忙，别人也帮不上你的忙。目前，还没有发现有比高考更好的人才选拔方式。所以，对于你们来说，高考就是你们人生中最重要、最公平、最公正的一次考验。当然高考的征程从来都不是一帆风顺的，你们要从现在起，沉下心来，相信自己，排除杂念，放下包袱，轻装上阵。古人说，穷不读书，穷根难断；富不读书，富不长久。读书是发家之本。有的学生跟我说，'陈主席啊！你不晓得读书有多苦啊！我读得头生疼、腰稀酸，睡不着觉，吃不好饭，要不是将来没有文凭就找不到好工作，我才不读这个倒头书哩！'你们看，这是人说的话吗？做哪样事情不苦啊？我就不信，学习的苦，难道比我们庄稼人挑几百斤重的秧把下田栽秧还苦吗？难道比我们庄稼人半天头挖出了几块田的墒沟还苦吗？"

说到这里，全体学生哄堂大笑，大家都被陈主席的这些质朴的话语感动了。接下来，陈主席又为同学们讲了他在乡镇工作时，在抗洪救灾、四夏大忙、计划生育、挑大河工等工作中遇到的难事、险事，讲了他是如何化解矛盾迎难而上，最后拿到了上级奖给他的一面面锦旗和奖状的，以此来鼓励学生们要在学习中不怕困难，起早带晚，风雨无阻，攻坚克难。最后，他向学生们表达了殷切的期望，他说："我将随时随地过来查看你们努力付出后的每一次摸底考试的成绩单,分享你们带给我的种种感动,明年我将亲自送你们走向实现梦想的考场,我更等待着你们向老师、家长、自己交出的那一份优异的高考答卷!"

陈主席语重心长的一番教导深深地感染着每一个学生,教室里又一次鸦雀无声,一片寂静。大约静默了一分钟,突然,陪同的垛中副校长王东殿一个箭步跨上讲台,他是教政治的,讲起话来很有鼓动性,他想借这个机会,把高三年级考前宣誓动员会上常说的几句誓词再重复一遍,以激发学生的学习热情。于是,他高举拳头,带领学生一起高喊:"我们豪情万丈,我们热血满腔,我们争分夺秒,我们不负众望。珍惜三百天,让梦想张开翅膀;奋斗三百天,让未来充满希望;拼搏三百天,让人生走向辉煌;冲刺三百天,让自己绽放光芒!"

学生们虽然没有了两个月前当应届生时那种英姿勃发、天真无邪的精神面貌,但在经历了高考的第一次打击、人生的第一次失败之后刚有点消沉的念头时,现在又被王副校长的这几句领誓燃起了激情,仿佛以往的底气、勇气、豪气以及决心、信心、雄心又回来了。就这样,通过一个上午的视察活动,县政协领导非常满意同学们的复读状态,带着一百个放心回去了。

国栋班进入到按部就班的上课、早晚自修、回宿舍就寝三部曲,每天教室、宿舍两点一线。没有体育课,没有娱乐活动,同学之间也逐渐从陌生到熟稔。李宁泽的同桌张雅菲也慢慢了解到她身边这位同学的身世,当她得知他的复读费还是靠东拼西凑才得来的,生活费也是靠两个姐姐资助的,就感到很惊讶。她是家中的娇小姐,父母亲都有稳定的收入,她过着饭来张口、衣来伸手的生活,她身上的一件丝绸方格裙子就够李宁泽一个学期的生活费了。看着他白皙的面孔、端正的五官、瘦高的个子,她好像有点喜欢上了这个湖荡里来的小青年了,特别是当他无意间看着她的时候,就露出了甜甜的笑意,还露出了两个深陷的小酒窝。从此,她便天天不是带一只鸡蛋糕,就是带一块茶酥饼给李宁泽吃,李宁泽也来者不拒,吃得很惬意,他对张雅菲的好感也与日俱增。两个人的数学成绩很差,当从教师进修学校调来的夏榆槐老师在黑板上写下"函数"两个字就要开讲时,他们就开始在小纸条上写下了一些卿卿我我的文字。

垛中教导处代管国栋班的教学工作,他们从浙江苍南县订了1988年高考第一次摸底考试试卷,本来是专门给应届班的两个班级学生订的,现在又追加了一百九十份,准备在九月底来一次应届、往届将近四百名学生的大摸底测试。国栋班学生的学习节奏像闹钟上的发条一样,已经紧了又紧,每个学生的课桌上又像高三应届生那样摞起了高高的书堆。晚自修每个人一盏罩子灯已成为标配,当停电的一刹那间,两个教室内便立刻响起了划火柴的"嚓!""嚓!"声,教室里又是一片灯火通明。有一部分来自贫困家庭的学生,连煤油都打不起,罩子灯也没钱买,就只能点燃蜡烛看书写作业,蜡烛冒出的黑烟,用不了多长时间,便把人的两只鼻孔熏得乌黑。

　　这天晚上，自习课下课的铃声已经响起。李宁泽用了一个晚上复习了南北朝这段历史，北朝（439－581）承自十六国，有北魏、东魏、西魏、北齐和北周王朝，北魏分裂为东魏和西魏，北齐取代东魏，北周取代西魏，北周灭北齐，这一段分分合合、上上下下的北朝史，直把他搞得头晕目眩，更有世族、齐民编户、依附户及奴婢等社会阶层的划分，把他看得晕头转向，好不容易理出个大概，下课铃声就响起来了。他收拾整齐书包，把一本世界地理的书又塞了进来，想回宿舍再温习一番。在昏暗的灯光下他走出垛中校园，经过"小胡子"刘老板的面馆，看到了下自习的同学纷纷踏进面馆，这时一股酱麻油味飘了过来，他咽了咽唾沫，摸了摸包里一块用油纸包着的鸡蛋糕，这是上晚自习前，张雅菲硬塞进他的书包里的。他心想，再看一阵子地理书，然后倒一杯热水就着这块鸡蛋糕吃了睡觉。正当他放下书包，拎起水瓶时，没有闩上的门突然被推开了，李宁泽抬头一看，竟然是张雅菲。他吃惊地问道："你来干什么？"张雅菲脸上露出了红晕，大大咧咧地说道："我就不能到你宿舍转转吗？同学嘛，怕什么？不欢迎呀？"说着就在李宁泽的那条补着几个大补丁的床单上坐了下来。李宁泽先是一愣，接着想起这些天来张雅菲给自己带来了不少好吃的东西，又喜欢跟自己交谈，而且人家又是街上的姑娘，长得像一朵花似的，而自己只是一个乡巴佬，一个渔民的儿子，人家这是看得起自己才摸上门来的。这样想着，李宁泽立即拍了拍床单上的浮尘，让张雅菲坐了下来。她今晚上自修一个字都没有看下去，她并没有感冒，但感觉浑身在发烧，课桌下的两条腿时不时地抖动一下，李宁泽在历史书上勾勾画画，她只是愣愣地瞟着李宁泽。她想起那个在应届班时的一个女生，老师在课堂上讲《红楼梦》时，专门挑出宝玉跟袭人、晴雯等人眉来眼去、含情脉脉的文字作重点讲解，结果这个女生，竟然把这位老师当作天下最有才华的人来崇拜，竟给这位老师写出了情书，表露出自己的爱慕之情。可张雅菲不喜欢找一个比自己大二十来岁的老师做暗恋对象。开学以来，她跟李宁泽坐着一张长板凳，渐渐地，他的憨拙质朴的样子博得了她的好感，并且这种好感愈来愈强烈，以至于今天下晚自习，她竟然不直接回家，情不自禁地摸到李宁泽一个人租住的"鸽子洞"里，说了几句情意绵绵的话语，就迫不及待地放开手脚依偎在李宁泽的肩头……

　　教师办公室里拥来了国栋班的几个男生，他们正在向班主任孙老师诉说着英语老师在课堂上讲错时态、写错单词的事。原来，汪老师的小家庭在县中，他的爱人葛招弟老师在县中教化学，他们是平江师范学院的同学，一个在俄语系，一个在化学系。毕业后，一同分配到九龙县，一个分配在乡镇中学，一个分配在县中。汪老师在兆海中学一待就是十六年，由于乡镇中学没有开俄语课，汪老师就把在高中念书时学过的中学英语又拾起来，从头开始学，就这样，在乡镇高中，从高一到高三反复教了几年英语。前年做了校长,管理上杂事多,他就丢了主科英语,改教初一年级的政治、历史等副科课。现在他们的孩子大了,在读高一,葛老师教高一年级两个班化学课,晚上上晚办公,批改两个班的化学作业,下了晚办公后,就没有精力再辅导孩子作业了。尽管他们的儿子汪小菲在全年级名列前茅,但是他们还是不满足,一直觉得自己的孩子是为考北大、清华而生的,如果考个南大、东大一定会被人家笑话的。为了实现儿子考上北大、清华这一目标,汪老师向教育局打报告,要求调回县城,县城里学校如果没有校长的空缺,他情愿不做校长,做一名普通教师。看他去意已定,李副局长只好先把他借调到县政协国栋班教英语。他也深知,这些国栋班的学生不是好敷衍的,特别是来自县中、巨中的学生,他们的英语基础相当好,不是高考录取名额太少,他们早就该上大学了,更何况他们现在已经是高四年级的学生了,甚至有些学生已经复习过三四年了。二班的孔令学、马相宇今年已经是复习第五个年头了,他们已经把英语课本上的单词、句式背得滚瓜烂熟,哪怕连一个英语的音标读错,他们中基础好的学生在课堂上一听就听出来了,真正是有一点瑕疵都会被他们挖出来,更何况这些学生还会在鸡蛋里面挑骨头、吹毛求疵呢。这可就苦了汪老师。乡镇完中各科教学水平都比较低,更谈不上要有多高的升学率,所以乡镇中学的英语老师一般都能在课堂上混得下去,而在国栋班上课就不同了,这里集合了来自全县不同高中的落榜生,尤其是县中、巨中这些平江省重点中学的落榜生,他们在高考时,或是因历史,或是因地理短腿拉下了总分,可他们的英语并不差,有的甚至是应届班的英语单科尖子生。现在,这个汪老师常常发生把时态搞混、单词拼写错误、语法错乱等大大小小错误,学生们就不买账了。他们下课后纷纷来到教师办公室,瞧着汪老师不在场,就在两个班主任面前告状了,孙老师和东方老师只好说尽好话,竭力安抚,并告诉学生们,听李副局长说,在全县范围内已经找不出一个高三英语教师来国栋班上课了。全县英语教师尤其是高三英语教师奇缺,各个完中都是一个教师教双班,有的完中还是民办教师或是中师生在代课,并且直接跟学生说明,如果不要汪老师上英语课,那就只有停了英语课,改为让学生自习,上自习课。这样一来,学生们又不干了,毕竟学生还是喜欢老师在课堂上讲课的,他们从上一年级开始,就习惯了这种教学方法,课堂上看到老师心里才踏实。于是,英语课代表收集了大家意见,转告两位班主任,他们想让汪老师在课堂上少讲些,让他们多练些。请汪老师多收集全国各地高考英语模拟试卷,让他们在课堂上做,然后请汪老师出示标准答案,让他们对照答案自我纠错。这些意见转达给汪老师后,汪老师也认可了。从此,他就跟钢板、蜡纸为伴,将试卷刻在蜡纸上,送到学校文印室,印出来后,就发给学生在课堂上做,从此,英语课才慢慢地被学生们接受,而汪老师的食指和中指之间已经被铁笔磨出了厚厚的一层老茧。

  国庆节放假一天。同学们在国庆节头天下午的两节课后，就纷纷提着空空的米袋和脏衣服，急匆匆地往家赶。九龙县根据自然区划习惯，分为沿冈、内陆、湖荡三个部分。沿冈这一带为古黄河泛区，原有三条南北走向的海岸沙丘从中穿过，位于串灶河东岸的沙丘叫头条冈，又叫东冈，位于沙汪头以南的沙丘叫二条冈，又叫中冈，位于石桥粮库南北的是西冈，又叫三条冈。这一带土壤为滨海沉积物的盐土和盐质性水稻土，土地贫瘠，只能生长盐蒿、芦苇等一些耐盐性植物。在轻盐土、脱盐土和渗育型水稻土中的夹沙土上，才能种上一些耐旱的棉花。这天午后，二班女生郝春玲背着一个黄帆布书包，包里揣了历史、地理两本书，正沿着土路饥肠辘辘往家赶。中午吃饭是按小组分的，每十个人一个小组，每组一盆菜、一盆汤。那刚刚放到课桌上的一盆青菜烀百叶，郝同学跟她的三位女同学刚搛了两块百叶，一眨眼工夫，盆里的青菜烀百叶就被六位男同学如秋风扫落叶一般一扫而光。也难怪，他们真的是太饿了，几位女同学只得往饭夹子里倒了一些青菜汤，胡乱地把米饭吃下肚。凹凸不平的乡间小道一眼望不到头，郝同学走着走着就感觉头脑一片空白，一个趔趄就倒在路上了。一阵轻微的凉风吹来，她才慢慢醒了过来。四野无人，前面一片沙土地，也没有一条道儿，她就朝着自家的大致方位往前赶路，终于在夕阳西下的时候，才隐隐约约看到自家两间土墙稻草苫的房子。

这是一个只有三户人家的小庄子。郝同学家有四口人，父母亲、哥哥和她。哥哥小时候得了小儿麻痹症，秋冬季棉花盛开的时候，他也只能在社员们摘下的一堆堆棉花堆旁盘腿坐着，拣掉雪白棉花上粘着的枯枝败叶，其他活儿都不能做，队里每天给他开上五六分工，每分工也就二三角钱，一天活干下来，也只能得到一块多钱。父亲有气管炎，做重活儿就喘，有时候，喘得上气不接下气。家里分得十几亩棉花自留田，大多数农活都是他父母亲挺在前，育棉苗、做营养钵、栽棉苗、施肥、薅草、打空枝、摘棉花、打包卖棉花，哪样也离不了父母亲。本来郝同学一路读书过来，一直是班上成绩最好的，父母亲省吃俭用供她到离家很近的省重点中学巨龙中学读高中，本指望她今年能考出去，可就在临考前，她因营养不良犯了眩晕病，整个人儿好像在天空中旋转一样停不下来，考场上好不容易坚持把六门试卷答完，结果离分数线还是差了三分而落榜了。她在家里哭了一个暑假，也翻了一个暑假的书，书上告诉她，只有考上大学，才能跳出农门的道理，从而坚定了她复读的决心。当她打听到县政协要举办国栋班的消息后，立即告诉双亲，他们支持她复读，卖掉家里几百斤棉花才凑齐了五百元的学费和伙食费。那天，父亲挑着米，郝同学背着棉被、衣服赶到县城报了名，租了房子安顿下来，看着驼背的父亲远去的背影和瘦弱得好像风一吹就能倒下去的母亲，想起残疾的哥哥向她招手道别的身影，她含着热泪，咬紧牙关，发誓明年一定要蟾宫折桂。过了几天，郝同学也慢慢地适应了周围环境，开始复读起来。今天回来，一是拿米，一是拿钱，米要三十斤，钱要五块钱，讲义费一块五角,煤油费两块钱,洗漱用品当然就是一把牙刷、一支牙膏,共一块钱。搽脸的雪花膏就免了,五分钱一盒的蛤蜊油,方言叫"歪歪油"的就行了,而那个菜金钱和搭伙费已经一次性交给垛中了。晚上吃了一块苦涩的大麦面粉做的膨面饼,就在家里的灶台上点着一支蜡烛,在昏暗的烛光下,坚持读了三个小时的书,背了好几道历史、地理大题,两只鼻孔已经被蜡烛熏得有了微微的黑斑,用手一摸,指头也变得乌黑,这才从缸里舀了一瓢水简单地洗漱一番,就在棉花秸秆上铺了一条补丁摞补丁的烂床单睡下了。第二天下午,她又赶了四十里路返回垛中。

星期一上午第二节大课上的是数学课,下课时,当夏老师刚刚在黑板上写下"三角函数"作业题一、三、五题时,郝同学就感到头脑有点乱转,好不容易记下作业题,便站起身拿出桌膛里放的两只搪瓷钵子和一双筷子向教室前门走去,踉踉跄跄走出没两步,便一头栽倒在讲台前。同学们听到"轰隆"一声,循声望去,郝同学已摔倒在讲台前,众人急忙上前把她扶了起来。她的一张蜡黄的脸很是难看,她微微睁开双眼,想要扶着墙根硬撑起来,但就是撑不住。这时东方老师一头冲进来,见此情景,立即叫班长孔令学把自行车推到教室门口,大家七手八脚把她扶到后座上。孔令学扶着龙头在校园里急匆匆地推着,刚放学,校园里全是人,二班的班干和同学们一路喊着"让开!""让开!",一路护送着直奔校医室。鲁校医刚想锁门下班,见有学生晕倒,立即开门把郝同学让了进来。这时候,郝同学神志也慢慢地清醒了,不时用手托着头部,校医一眼看去,就断定郝同学刚刚出现的是低血糖的症状,便立即打开一支葡萄糖让郝同学仰起头来喝了下去。不到一分钟,郝同学耳聪目明能说会道起来,这才让东方老师和同学们长舒了一口气。鲁校医说,郝同学可能是低血糖,每天吃中饭和晚饭前,要嚼几块饼干才好。这时候,唐校长也赶来了,他听说有国栋班学生晕倒在教室里,赶忙放下筷子,先赶到教室,后又奔至医务室,见郝同学苏醒过来才放下心来。听鲁校医说该生要在餐前饥饿时吃上一两块饼干,他连忙跑回家,让他夫人洪老师送过来一听饼干给郝同学,学生们望着五十多岁的老校长夫妇为学生的身体健康跑前跑后十分感动。

这位唐校长在中华人民共和国成立前就参加教育工作了,年轻时在山东蓬莱县任解放区某中学的教员,思想上追求进步,1948年就加入了中国共产党,后又调到威海某中学任校长。中华人民共和国成立后,因家乡九龙县草丰乡有双亲无人照顾,便向组织申请调回原籍九龙县。据说,他是一路骑着自行车回来的,行程八百多公里,一路上坑坑洼洼,灰尘满天,碰上阴雨天,道路一片泥泞,就不是人骑车,而是车骑人了。车胎磨破了好几条,车钢丝换过两槽,骑了一个多月,才骑回到老家草丰。本来是安排到县中做校长,可县中的现任校长也是一位老革命,是抗战老战士,资格比他还老,离离休还有两年时间,于是就先让他到巨中做了副校长。夫人洪香梅在威海时是小学教师,这时就安排在校图书馆当了管理员。这一对老教育工作者举手投足间都给人一种十分儒雅的感觉,让人油然而生崇敬之情。他们有一个女儿,正在南京大学读书,老夫妇工资很高,经常拿出一部分工资资助贫困生,深受全校师生好评。

唐校长刚回到家里,拿起碗筷吃饭,国栋班教室那边突然传出"吵架啦!""吵架啦!"的喊叫声。刚刚吃过中饭的国栋班学生,有的正趴在桌上午休,有的还在做作业,听到喊声,便都奔了过来。原来在教师家属区的第二排,一个上身赤膊的小青年手握一根棍棒在追赶他们的历史老师褚寅恪。只见褚老师左冲右突,躲避着小青年的追打,眼看着小青年手中的棍棒就要打向褚老师的头颅时,东方老师一个箭步冲上前去,死死地摁住了小青年紧握棍棒的那只手腕。扭头一瞧,拿棍棒想打人的人不是别人,正是褚老师的大儿子褚翼。这时褚翼还在大吼着:"老东西,今天非要打死你,老子跟你拼了!"周围已经围上了一圈又一圈的学生,学生们都吃惊地看着这样的场面,谁都想不到儿子要打老子的场景会发生在学校家属区里。这时,唐校长、教导处欧阳主任等好多老师都赶来了,唐校长大声呵斥着褚翼:"把棍子放下!翻了天了!"褚翼见到唐校长才有了几分敬畏,极不情愿地放下了手中的棍子。

褚寅恪老师夫妇育有一子一女,褚翼是他们的大儿子,出生在县中的校园里,从小成绩一直很好,到了初中阶段,出现了青春期叛逆,一直跟父母过不去,整天沉浸在七侠五义、东邪西毒等武打小说氛围里不能自拔,还自制了木质的匕首、红缨枪、梭镖等武术器具,在教师家属区里冲冲杀杀,学习成绩一滑再滑。褚寅恪老师也是一个在苦水里泡大的孩子。上世纪五十年代,国家百废待举,六十年代初又遭受自然灾害,老百姓生活异常艰苦。褚老师在丰收中学读初中,每天只能带上一个红薯到校。中午放学,他就在学校后面的小河边上啃上几口生红薯充饥,有时连生红薯都吃不上,就饿着肚子听完下午的课,走了十几里乡间土路回到家里,晚上也只能喝上一碗稀粥。就在这样一日三餐都吃不饱的情况下,褚老师对文化课学习还是一刻不敢松懈,结果在1963年考上了平江师范学院历史系。读书读出了头,才使得他过上了衣食无忧的生活。所以他对孩子的学习抓得很紧,对他的学生那就更不用说了,常常为背不上一道历史大题就让学生罚站一堂课。常常是褚翼作业没写好就不准吃饭,要背的课文背不上也不准吃饭,可褚翼最反感死记硬背,反而对踢足球很感兴趣,一有空就到操场上踢起足球来,结果高考落榜。褚寅恪老师让他到县政协国栋班复习,他不肯,非要进工厂上班,于是进了县城北首的纱厂。才上了两个月的班,他就看上了厂里的一个小女工,便暗暗地谈起恋爱来。褚老师哪里看得惯他小小年纪就谈恋爱了,非要他辞了工作,回来复习,而此时褚翼正在和小女工打得火热,整天耳鬓厮磨缠绵在一起,哪里听劝,便跟父亲三天一小吵,五天一大吵。这天,他又把小女工带回来吃住,褚老师刚上完国栋班历史课回到家里，又累又饿，看到他们在房间里的大床上大声说笑，便气不打一处来，连小姑娘也被他劈头盖脸臭骂一顿，这就激起了褚翼的冲天怒火，日积月累的怨恨终于在这一刻爆发了。褚翼伸出了粗壮的胳膊，上前就打出了一记拳头，击中褚老师的两根肋骨，褚老师一愣，万万没想到亲生儿子会对他大打出手，于是又气又恨，冲上前跟儿子扭打在一起。可他哪里是儿子的对手，被儿子死死地摁在地上不能动弹，趁此机会，褚翼向老子亮出底牌：他要到女方门上提亲，要送彩礼，问老子出不出钱。一旁的褚母，赶忙答应，要褚翼先让父亲爬起来。褚翼在母亲的劝说下，松开手，让褚老师慢慢站了起来。刚舒缓了一口气，褚寅恪又急又气大吼一声："送彩礼？门都没有！"褚翼先是一愣，继而疯狂起来，便奔向厨房拿起棍棒要打父亲。褚老师左冲右突冲出门外，前面是教学区，后面是家属区，他怕学生看到此情此景影响不好，便当机立断，向后面家属区奔去。褚翼在后面一路狂追。正在追赶之际，被下班的东方老师撞见，棍棒才被夺下。唐校长冲上前来，大声呵斥着褚翼，褚翼这才悻悻地缩回家中。褚老师夫妇又气又羞，回到家中，关上东房门，四行热泪滚滚而下。褚老师泪未淌干，就被校办主任叫到校长室，唐校长问他："学过《增广贤文》吗？""学过！""养不教，谁之过？"褚老师低下头，不停地搓着双手，"幸亏你是学文科出身，还是教历史的老师，历史上好多先贤教子有方的故事你忘了？"唐校长越说越激动："斯文扫地！竟被儿子在家属区追打，简直是垛中的耻辱！

你一个历史老师的耻辱！文科生的耻辱！"说得褚老师羞惭满面，无地自容。

国栋班每个月只放一天假，叫月假。每个月的最后一天下午，来自全县各个乡镇的学生都会从四面八方或步行或骑着自行车返回学校，扛着或驮着装有三十六斤米的布袋交给垛中食堂。下午四五点钟是学校后门口最热闹的时刻，一百多名学生排起了长龙，按次序将米袋打开，给司磅过秤，然后由司务长瞪着大眼睛看着倒进大米缸里。这时候，会有食堂工人捧起一把米，看看干湿度和碎米程度，如果有点潮湿或者碎米太多是会被退回的。长长的队伍里有很多上了岁数的大爷大妈，他们是学生家长，把米挑到学校，跟孩子一起排队交米。交完米后，还要到巫会计那里交伙食费，每月一百元。住校手续办完后，家长们还会赶到孩子租住的宿舍，帮着打扫卫生，打开窗户先通风，再找到臭鞋子、烂袜子、脏内裤，还要到自来水池上把它们洗干净，晾在衣杆上，一直忙到大街上灯火通明，他们才依依不舍地离开孩子的宿舍。

这天下午的交钱交粮事宜进行得顺顺当当，可是在学校大门口却发生了自行车相撞事故。一名初中学生被一位刚进校门就跨上车火急火燎地向食堂赶去的刘大爷给撞倒了。学生的右膝盖生生地撞上了水泥浇筑的路面，疼得嗷嗷直叫，过了几分钟想试着站起来，可右腿始终不敢碰，一碰就疼，便坐在地上哇啦哇啦大哭起来。这可把刘大爷给吓坏了，他赶忙爬过来要将这个学生搀起来，可学生就是不听劝,一个劲地喊疼。这时,初三(2)班班主任张老师闻讯赶来,同几位同学一起扶起了这个学生,架着他来到校医务室。鲁校医想摸一下这个学生的右小腿,可他拼命护着,不让校医碰一下,说是很疼。见这个学生头上的汗珠直往下滴,校医建议班主任通知家长,并叫一个学生喊一个大板车师傅过来,让送进县院拍片。一个小时后,片子出来,是小腿胫腓骨骨折,开始红肿。双方商量,先让孩子住院,医生在伤处进行冷敷,让骨折处肿胀减轻,同时起止痛的作用。一番治疗后,这个学生渐渐地不喊疼了,医生开了消炎镇痛药,还开了仙灵骨葆胶囊,听医生说,如情况不妙,可能还要打石膏、埋钢板。唐校长让刘大爷先回去,还叫他不要有什么顾虑,学校会照应好孩子的,可这个学生做瓦匠活儿的家长不答应,要刘大爷留下几十块钱。刘大爷哪里有这么多钱?结果还是唐校长先垫交了五十块钱,让小孩家长同意刘大爷先赶路回去。

  垛中有一个初中学生在校园里被政协国栋班学生的家长骑车撞伤的消息迅速传遍了冯垛县城的各个角落,这就引发了好多垛中初一年级至高三年级在校学生的家长们对垛中在本来就拥挤的校园里开办县政协国栋班的不满。他们认为,这是国栋班占去了学校的教学资源,是一百八十名复读生的到来,使得教室、食堂、道路、操场等拥挤不堪,影响了在校生的正常学习。于是,学生家长中无论是机关工作人员,还是工人、农民都纷纷拿起笔来,向上级有关部门反映。一时间,人民来信像雪片一样纷纷寄到平江省教育厅。省教育厅答复：鉴于目前照顾东西部教育发展不平衡问题，国家拿出适当名额让给西部贫困地区学生上大学，而导致东部学生进入高校门槛增高，录取率低这一现实，在平江省范围内可以适当举办一些补习班，让落榜生继续学习，参加来年高考。但是，决不能挤占现有学校资源，应该提倡社会办学，可在社会上举办补习班。文件下达后，黄海市教育局要求九龙县教育局在一个月内让国栋班搬出校园。

消息传到县政协，陈鲲鹏主席立即召开主席会议商议对策。好在没有要求解散国栋班，只是换一个场所而已。陈主席便要求大家想想冯垛街上哪里有空房子，哪怕是会议室也行。各位副主席从汇文路由西向东，逐一排查沿线各党政机关、企事业单位。先想到总工会，三楼有教室，但工会职工学校招收的两个油田机械班学生在上课。原来，九龙县石油机械工业起步于二十世纪七十年代，主要从事小型农机、农具的生产，有些企业已经能生产石油机械的零配件，如油田、石化设备上的法兰、阀门、管件等，到了八十年代，全县乡乡有阀门厂，镇镇有石油机械配件加工企业，油田机械工人需求量急增。县总工会顺势而上，办了两个油田机械理论及操作实务培训班，办班方向正好符合县委、县政府的工业战略，而且课正上得轰轰烈烈，没有一间教室闲置。领导们又把目光投向了汇文中路上的县文化馆，里面有两个教室，可九龙又是一个垛剧、武术之乡，政府在政策、资金等方面大力支持垛剧、武术的投入。刚刚在平江省文化厅举办的首届垛剧节上,九龙县垛剧团的《如何不如何》获得演出、导演、音乐设计三个一等奖,王玉平、唐健的《对手顶碗》在华东地区六省市武术大赛中夺得一等奖,并被拍成影片《武术精英》在海内外放映。培养垛剧、武术"幼苗"成为当务之急,因此,文化馆内的小舞台就成了垛剧、武术练唱、练功的好地方,舞台两边的两大间厢房就成了垛杂"幼苗"上课的地方。不能让"幼苗"停止练功,只好再向东边巡去。在汇文路和人民路交会处,有一所专门培养护士的学校,卫校三楼和四楼有四大间教室,今年正好招了护理和妇幼保健各两个班,也没有闲置教室。思来想去,没有一间教室空着,这下可急坏了领导们。他们下决心不能让文科班半途而废,他们坚信,在这些学生中一定会走出文科大学生来的。美好愿景碰到了第一波冲击,急得陈主席额头上的虚汗都冒出来了。大家焦急万分,一筹莫展。猛然间,只见杨自豪副主席眉头一皱,计上心来,他想到每天从县政协下班回到他号称"八十间"的县政府家属区,都要路过县体育场。空旷的体育场里有一个很大的主席台,每次县里的万人大会,或是传达中央文件精神,或是召开公审大会,都要在这里举行。主席台两侧各有一间厢房。这两间厢房各有二百平方米的面积。当杨副主席提出把体育场主席台两侧厢房(又称耳房)用作教室时,其他几位副主席的头摇得像拨浪鼓一样。在城东当亮剑牌农药厂总工程师的罗英培,"文革"前南都农学院植保系毕业,以无党派人士身份加入政协,被推选为副主席，他首先站赶来直呼："不可！不可！"陈鲲鹏主席也觉得不可，一来体育场闲杂人等多；二来体育场敞门档，没有门卫看护，不乏安全。事情一时陷入僵局，陈主席只好提议先休会，容大家再想想其他办法。

眼看着省、市督查组马上就要到九龙县专项检查校园内办国栋班的问题，而国栋班又迟迟找不到新的办学地点，直急得陈主席腮腺炎发作，两边嘴巴鼓得像两只小皮球，其他领导也是看在眼里，急在心上。这时，教育局李副局长送来了黄海市教育局的加急电报：省教育厅督查组明天到九龙县检查校园内举办国栋班的整改情况，还附上了署名为"九龙市民"的两封人民来信。这时已是下午五点钟，天渐渐地黑下来了，陈主席紧急召开主席碰头会，大家排来排去还是排不出两大间教室来。陈主席想把县政协召开政协常委会的会议室腾出来，先让学生上大课，可众人一看会议室，满打满算也只能坐下百十来人，一百八十名学生肯定坐不下，而且县级机关场所也不能随便进出。这时，杨副主席站起来说："还是先到县体育场过渡一下吧！明天起，我们各位主席分头去找教室，哪怕是城郊接合部有合适的地方，也可以搬进去。不过，还是那句话，国栋班不能散！"事已至此，只好如此。于是，政协秘书长朱建华立即拿起电话，打给县体委主任王本荣，请他立即跟环卫处联系，着人打扫主席台及两边厢房，打扫完后，再让县医院、县疾控中心派人去喷一遍消毒水。

菊篇一　老板盛英俊的奋斗泪泉

孙儿垚垚："爷爷,那上面不让办了,你们又去了哪里呢?""孙儿,还是先让爷爷向你讲上一段20年前的那次国栋班的师生联谊会吧,让我先高兴一会儿,重温一下当年联谊会主持人卜嘉玉同学的致辞和我当年在联谊会上所作的关于学好文科重要性的开场白,而接下来盛英俊同学的第一个发言《绝望锻炼了我》真是精彩极了,赢得满堂喝彩。孙儿,爷爷讲完这一段,再给你讲下面发生的事,好吗?"垚垚乖巧地点了点头。

2009年10月1日上午9时,九龙国际大酒店。1989届县政协国栋文科班结业二十周年联谊会隆重开幕。

二十年转瞬即逝。人生沧桑,岁月蹉跎,都化成一次坦诚而又热烈的重逢。彼此以师生、同窗的名义交流,彼此更以文科生的名义畅谈文科知识给自身带来的影响。

巨型水晶大吊灯高悬在会议大厅上空,温馨地照耀着每一位来此欢聚的嘉宾。水磨石地坪光滑锃亮,把来宾的皮鞋、人造革鞋、塑料拖鞋明白无误地映照在地面上。落地窗帘上绣着的牡丹花素净而又淡雅,正好符合文科生旷达豪放、自由洒脱、朴素纯洁的气质和风度。

主席台上方宋体会标"九龙县政协国栋文科班结业二十周年师生联谊会"显得庄重大方。"师恩深重 育笋成竹 已历二十载;同窗情浓 英才辈出 开辟新征程",这是已在南师大当教授的老班长孔令学寄回来的主席台两边的竖标,他因课务繁忙,向老师问安,向筹委会请假。远在美国、西欧、南亚讲学的学者教授们,在北京、上海、深圳有公务在身的厅官局座们也纷纷寄来了请假条并送来花篮,向大会发来贺电。室外秋高气爽,丹桂飘香,室内高朋满座,温馨怡人。

"二十年前,风华正茂,挥斥方遒。国栋文科班曾是我们人生战场的初演绎。我们演绎了文史、外文与数学,同样也演绎了友情、爱情和师生情。我们演绎得五彩缤纷,光怪陆离,充满了梦幻般的浪漫情愫;我们追寻着真、善、美这一亘古不变的逻辑。曾记否,你我经常徜徉漫步的垛中操场、文化馆小河边;曾记否,你我拉钩击掌的豪迈约定;曾记否,你我临别伤感的赠言。

二十年间,风风雨雨,坎坎坷坷。我们走过了时间的春夏秋冬,经历了人生的喜怒哀乐,品尝了生活的酸甜苦辣。实战与演绎都是平凡与崇高的选择,都是幸福与苦难的融合。不见风雨,何以见彩虹?性格的变化与境界的提升,让我们在思考中走向新生。社会的复杂与无情,洁白与肮脏,真善美与假丑恶,逼着我们学会了认识社会,同时也融入社会,改变社会。事业的成功与失败,多少也是作为一名喜爱文科的学生的一次长达二十年的考试,考得好坏无关紧要,贵在过程。二十年的艰辛历程,使我们体验到作为一名文科生存在的价值。四十岁是一个美丽的开始。它代表着人生的成熟和智慧的积累,经验的富足,同时也标志着一个全新的起点。放下浮躁,欣赏美好,归于平静,懂得满足,更加坚定地追寻梦想。在四十岁的年纪,我们展开全新的篇章,迎接未来的挑战和可能。"

联谊会总召集人、扬州师范学院中文系毕业生、现在九龙县高级中学担任语文老师的卜嘉玉同学滔滔不绝、洋洋洒洒的开幕词,像是一篇优美的散文,让师生听了声声入耳,句句在心,赢得师生热烈的掌声。可能是看到会场太寂静,寂静得能听到窗外香樟树上鸟儿的鸣叫声,卜同学忽然感觉到自己今天有点像是在同学面前炫耀口才的感觉,好像浑身上下闪烁着一个文科学子的光芒,竟然让坐在最前面的那一张最大的圆桌旁的老师们,都被他精彩的致辞吸引了。他的脸颊慢慢潮红起来,他觉得似有不妥,便赶忙从主席台上走下来,恭敬地站在大圆桌旁,请老师们发言。

原来,本次联谊会组委会早在2009年5月份就召开了第一次会议,五位委员孟思威、杨九鼎、郑书、黄佳文、卜嘉玉各自从百忙之中腾出身来,发通知,筹集经费,邀请老师,预订饭店,忙得不亦乐乎,终于在今天,联谊会如期举行。出席今天会议的有十位老师和一百二十名学生,有五位老师和六十名学生缺席。组委会成员还专门带着礼品,登门探望了年事已高的九龙县政协原主席陈鲲鹏、副主席杨自豪、秘书长朱建华,教育局李端伦局长,垛中唐校长、朱书记、苗校长等老前辈,向他们表示由衷的敬意,感谢他们当初为举办国栋文科班付出的汗水和辛劳,祝他们健康长寿。

为老师们特设了一张大圆桌,桌面上铺着绿绒桌布,桌子中间有酒店特级厨师雕刻的"桃李满天下"的水果造型。大圆桌后面分两排各六张中型圆桌,坐满了参会的学生。政治老师谢梦友、薛丹和英语老师汪奋进、数学老师夏榆槐,他们都已年近古稀,满头银发,气质儒雅,一派长者风范,端坐上首。其他老师依序而坐。老师们衣冠整肃,脸色红润,身板硬朗,风度不减当年。在两长排圆桌就座的学生们着装各异,神情不一,有的屏声静气,有的低声细语,岁月的沧桑刻在他们的脸上,大多容光焕发,少有神色黯然。

组委会事先安排的会议议程,是由卜嘉玉代表大家来段开场白,接着就挑选来自不同战线、小有成就的五位同学登台发言,最后请老师代表、原总班主任东方曜老师作总结讲话。可士别三日当刮目相看,当初不善言辞的卜嘉玉这番开场白,效果奇好,赢得了师生们的一片喝彩声。这使他突然感到东方老师的讲话,应该放在同学们发言的前面，还像过去文科班上作文课时那样，请老师先定个题目，再让学生写作。今天也应该请老师为联谊会上五位同学的即席发言定个基调，好让学生发言围绕一个中心来谈，不然马放南山，满嘴跑火车，那就不像文科学生举办的师生联谊会了。想到此，卜同学眼睛一眨，灵机一动，来到东方老师面前，向他发出邀请，请老班主任为本次联谊会开讲"第一课"。东方老师本来就有所准备，组委会早就通知了他，请他在五位同学发言结束后，作个总结讲话，可他没想到，议程突然改变，要他先作主旨讲话。好在临场机动是老师的基本功，更何况他又太熟悉这些学生了。东方老师来者不拒，欣然接受，点头默许后，一个箭步登上讲台，对着麦克风就开讲了。

东方老师的发言，回顾了国栋班一年搬四次家、待过五个地方的艰辛历程，同学们夙夜不懈，为伊消得人憔悴的艰苦努力，阐释了文科的义涵与学习文科的意义，进而讲到人生的价值。一席话不仅勾起了大家的记忆，也让大家受到新的启迪。他总结出的学习文科的五个好处：培养逻辑思维和思辨能力；语言、文字表达能力强；磨砺创造力、更好地理解事物的本质；提升人文素养和综合发展能力；可弘扬中华文化，促进人类共同进步。

实际上，东方老师讲的学习文科的五个好处，就是给出了五个论点，让下面发言的五位同学用他们的亲身实践，来论证这些观点。主持人卜嘉玉首先理解了这其中的逻辑关系，并把这个逻辑关系阐释于众。

"接下来,请大家用热烈的掌声欢迎第一位发言的同学,他就是盛英俊,他发言的题目是《绝望锻炼了我》。"

老师、同学们,我是盛英俊。大家都知道我是班上差等生一枚,我的英语和数学从来都没有考过及格,所以在1989年的那场高考预考中,我名落孙山,这本来就是顺理成章的事儿。从业家失火的那间"鸽子洞"里卷起铺盖回家后,我就一头扎进社会。在人世间,我碰上了形形色色的人,干了无数工种,栽了无数跟头,吃尽无数苦头,跌得鼻青脸肿,曾经到了家破人亡的地步。

我三岁丧母,三十六岁丧父。孟老夫子说的"天将降大任于是人也,必先苦其心志,劳其筋骨,饿其体肤,空乏其身……",如再加上"丧其父母,又失前妻,再失其子",那就是对我二十一岁离开文科班,直到三十六岁前的这十多年的经历最恰如其分的描述了。好在三四年前,我大彻大悟,如梦方醒,媒婆指点,绝处逢生,想起了用在文科班学到的知识,重新武装自己,在建筑行业摸爬滚打,苦练内功,崭露头角,在建筑市场占有了一席之地。绝望锻炼了我,绝望也成就了我。苦难是我的朋友,奋斗是我的航标。

我做的第一份工作,就是通下水道。也没有上过任何职业技术培训班,我就是买回来一台管道疏通机,自己摸索了大半天就开始操作了。可谁也不知道我盛英俊会通下水道。机器买回来一个月,也没接到一单生意。经人指点,我印了一千张小广告,到县城刚建成的几个小区,在月黑风高夜,像游魂,像夜叉,挨门逐户贴在人家防盗门上。这还真管用,从此,我就忙得不可开交。可是,从此我就跟臭不可闻、臭气熏天、蓬头垢面、奇臭无比这些形容词挂上了钩。同学们都知道我身高一米八〇,长着一副可人的小白脸,小白脸上还有一双机灵的小眼睛,小眼睛虽是单眼皮,但在眼珠转动时还是很有魅力的,尤其是在看女同胞的时候,我那甜甜的一瞄,常能唤起女同胞的对视,甚至招来一声责骂。当然,骂声并不重,我很喜欢这种不痛不痒的骂声,因为在骂我的时候,她们的眼光不是恶毒的,而是带有一种亲昵感、黏糊感。可自从我干上机通下水道这一行后,从早到晚,满身的臭气,熏得人不敢近身;即使我三天不通下水道,浑身没有任何异味,但人们一想到我是通下水道的,还是离我远远的,女同胞们也是忍痛割爱(大笑)。从此,我再也没机会跟她们打情骂俏插科打诨了。这使我感到郁闷,开始后怕,怕今后找不到老婆。虽然,通一次下水道能赚五十块钱,一天下来也能通上四五个,赚上二三百元,但是,我的发小、我的同学、我的朋友,特别是我的高中女同学都嫌我身上有臭味,跟我分道扬镳了,于是,我在干了一个秋天后就金盆洗手了。我用通下水道赚来的两千多块钱,在1991年的春末夏初到山东东营和荣成分别预订了一卡车皮脆肉甜的西瓜,准备在七八月份大伏天里卖西瓜。眼看着天气一天天热起来,我窃喜,做着卖西瓜发大财的美梦。谁知到了七月初的梅雨季节,陡然晴转阴,阴转小雨,小雨转暴雨,一连下了二十多天,整个九龙县城成了一片泽国。我租的第一辆卡车满载着个大、味甜、瓤沙的大西瓜停在顾家大桥桥洞里，我吆喝着家里的亲人们帮我把西瓜从车上卸下来，然后，我用小板车拖到人民路上沿街叫卖："西瓜！大西瓜！沙瓤黑籽，四毛一斤！"无奈大雨倾盆，气温骤降，人们穿着长袖衬衫、长筒裤子，一点没有口干舌燥、想吃西瓜的冲动。白居易在《卖炭翁》中写道"可怜身上衣正单，心忧炭贱愿天寒"，这是伟大的现实主义杰作，表达了文学家对底层劳动人民最深切的同情。而此时此刻，我，一个卖瓜人走街串巷，是"心忧瓜贱盼天热"！只要能把西瓜卖出去，流再多汗，吃再多苦，哪怕身上生蛆害疮，又怎会生出半句怨言？可怜我从人民路南头南峰服饰一直叫卖到北头汽车站，一天下来，至少要亏五块多钱，还要防着城管冷不丁地从哪个小巷子里冲出来，扣下我的瓜，罚没我的款。可如果不去声嘶力竭地叫卖，把瓜捂在桥洞里，亏的亏、烂的烂，那更是雪上加霜，死得更快。就这样，一个夏天下来，两卡车西瓜一共只卖得四百元钱，最后，环卫工人把我的叮满苍蝇的烂西瓜全部拉到垃圾场倒掉了。这一笔烂生意气得我的老父亲把我骂得狗血喷头，甚至还拿棍子追打我，不让我回家睡觉。我在桥洞里支顶旧蚊帐，一直睡到中秋节，等老父亲气消了，才敢回家。

　　为了生计，我在家里偷偷地用小苏打兑糖精，灌进玻璃瓶，制成汽水卖，瓶子外面还贴着在打字社印的"雪碧"商标。还没卖到十天，就被邻居告发，说我私制假冒伪劣饮料，侵犯知识产权，危害消费者健康。不一会儿，工商局执法大队一队人马驾车一路呼啸而来。说时迟，那时快，我把所有的糖精、苏打、雪碧商标和玻璃瓶全部用麻袋盛起来，扣上一块大石头，沉到了屋后的大河里，这才没被公安、工商抓住把柄，否则，我要蹲上两三年号子。就这样，卖西瓜挣回来的本钱四百元，又赔得精光。就在我对前途绝望的时刻，表姐夫看我有经商的头脑，就带我去注册了一个"美丽汇"化学用品厂，生产洗衣液、雪花膏，后来还自己研发和生产过专利产品"无水搓手净"，就是把几种化学原料装在一只塑料大桶里使劲地搅拌，然后装进大、中、小三种型号的瓶子里，分别贴上商标，送到乡下的小商店，以一瓶一块钱批发给店主，店主能卖到两三块钱。就这样搞了一年多，又生产起系列化妆品，男士系列化妆品叫"本科王"，女士系列化妆品叫"硕士妮"，除菌类的叫"博士灵"，生活类的叫"博士通"。起这样的名称，说明作为一名文科生，我当时对文科的本科、硕士、博士这些学历多么地渴望。我们在周围一二百里的农村商店建起了一个固定的销售网，生产的这些劣质化妆品也销了两三年，我表姐夫净赚了五万元，我分得工钱一万多元，也成了万元户，这在十年前，也蛮稀奇的。我添置了一套徽式家具，娶回了邻家大姑娘王二英。婚后继续跟着表姐夫干，在他的奇思妙想下，用小麦关子编个小笼子，捉了几只苍蝇放进去，用兑好的敌百虫杀菌剂对着它们冲，名曰搞生物试验，然后生产出水剂灭蚊灵，拉到砀山、贾汪、商丘、兰考等小城市的街头去卖。在兰考有人家买回去用了,一只蚊子也没杀死,告到当地工商所、派出所,表姐夫和我被关到号子里。我们也纳闷,在家里试好好的,苍蝇、蚊子一闻到药味就死,怎么到兰考就不灵了呢?难道又是"橘生淮南则为橘,淮北则为枳"的翻版吗?我们也不隐瞒,老老实实交代这是自家小作坊制作的,属于"三无产品"。问我们卖出去多少,我们说一共才卖出三十瓶,毛得九十元,派出所干警见我们数额不大,认罪态度较好,把我们郎舅俩关了三天三夜,然后放了出来。我们在里面每天三顿喝稀粥,一顿两碗,一天六碗,三天共喝了十八碗,出来时已瘦掉十来斤,骨瘦如柴。我们在商丘还碰到过一件哭笑不得的事,有人家把杀虫剂买回去,晚上夫妻吵架,老婆一时气不过,想不开,就把杀虫剂喝了想寻死,丈夫吓得叫来救护车,送到医院洗胃。医生问:"喝了什么?"答:"敌百虫杀虫剂"。问:"是街头上九龙人卖的那个吗?"答:"是。"医生站起身把桌子一拍:"回家吧,没事!"丈夫不信,问:"为什么?"答:"我家也用了这款杀虫剂,连个蚊子都杀不死。"丈夫还是不相信,问:"回家死了咋办?"答:"我负全责!"结果,第二天一早,老婆眼一睁,爬起来烧早饭了(此处有笑声)。回家后,我打开剩下的药瓶闻闻,真的连一点药味都没有,原来是瓶子没拧紧,都快失效了!就这样,卖化妆品赚的两个钱都赔在卖杀虫剂上了,我又一夜回到了解放前。

东方老师在讲作文课时说过:"人有逆天之时,天无绝人之路",就在我囊中羞涩,连孩子的奶粉钱都没着落的时候,我猛然发现,现在所有的人见了面都喜欢掏出一张名片介绍自己,社会上名片的需求量很大,于是就跟我们班上一个养鱼的同学——他今天没来——借了三万块钱,买了一台286电脑、一台薄膜封塑机。刚把这些行头置好,就听到一个好消息,九龙县的电话区号由原来的五位数,改为与黄海市并号,统一使用四位数,于是企业大老板、党政机关干部、小商小贩纷纷来我租的小门店印名片。那几个月,我跟老婆没日没夜印名片、切名片,忙得不亦乐乎。就在印名片时,又听一位机关干部说,农村评比荣誉户,要把荣誉牌钉在门头上。我和老婆连夜奔向浙江金华小商品市场,大批量制成半成品,也就是把红的底色和这些分类户的名称全部印上去,回来后,再跑乡镇,敲定哪种需要多少,我们再用烫金机印上名称,尔后封塑即可。接着,又听说各乡镇要向退休干部、退役军人、五保户发放挂历、台历,于是,我们夫妻俩又从衢州、义乌、苍南、瑞安、温州那一带买回半成品,再用烫金机烫上单位名称,送到各个乡镇。那挂历设计美观、色彩鲜艳,非常养眼,那台历白底黑字、端庄大气、吸人眼球。凭这几笔生意,我们小家庭终于住上了两上两下的小楼房,过上了幸福美满的小康生活。

可是"人有悲欢离合,月有阴晴圆缺,此事古难全",正当我们事业有了点起色的时候,我老婆突然感到双乳疼痛,到县医院一查,已是乳腺癌晚期。我立刻瘫倒在医院水磨石地坪上,醒来后才知道,这两年苦的钱,是我和老婆用生命和血汗换来的。老婆跟我在外面风里来,雨里去,从没叫声苦、喊声痛,我叫她干啥就干啥,有时一连几个通宵印名片。出差在外全是睡地铺,饿了就吃自带的咸菜馒头,冷了就找件雨披挡风,从不嫌苦嫌累,谁知竟累出这种病来。不到三个月,老婆就撒手人寰。我在床上躺了一个月,浑身无力,靠小孩喂水喂粥才熬过人生中的至暗时刻。就在我躺在床上休养时,在我这儿印过名片的一个大老板找到我说,酒的利润很大,高达百分之五百,一百块钱进的酒能卖出五百块来。我信了,跟着他来到灌河参加一家商贸公司组织的招聘会。业务人员介绍说,要加盟他们的公司,一次性进酒不得低于二十万元,说是这二十万元的酒如能全部销出去,能赚一百万。如此高的利润,我心动了。把我跟老婆用心血和汗水,甚至是老婆的生命换来的小楼房,抵押给农行,贷出二十万元,打给对方。结果,酒拖回来后,再打听市场行情,原来市场上压根儿就没有那么高的价钱,我被灌河的那帮家伙骗了,酒堆在一楼两间居室里无法销售。我父亲和我、我的小孩,祖孙三代三个人就蜷缩在二楼两间小房间里生活,我为自己的无知和贪欲付出的代价欲哭无泪,追悔无门。2001年,表姐夫又带我到山西临汾倒煤炭,叫我专门负责押运,把临汾的煤炭送到苏南的一家钢铁厂。每次运煤船经过长江,风大浪急,我都会晕船,常常呕吐不止,当把肚子里的黄胆汁都吐出来时,大船才刚刚渡过长江,进入苏南的内河,这时我已两天两夜没进一口食,真正是肚皮贴到了脊梁骨。最后一趟交货时,因为我把当作礼物的我县生产的十双木林牌皮鞋全交给了货场主任,由他统一安排,他竟把两名实权人物、能掌握我命脉的司磅员和质检员的皮鞋给吞掉了,结果这两个人说,我十五条铁壳船运的煤炭吨位不足,什么热值、水分、灰分、挥发分、固定碳、全硫、发热量等指标都不达标,气得我当场晕了过去。等到我醒来时,我已躺在苏州市第一人民医院的病床上了,表姐夫只好牙被打碎往肚里咽,哪敢发半句牢骚?忍气吞声结了账,净亏八万元,也不敢打官司。首先,律师费就是一笔不小的数目;其次,打赢了,这家钢铁厂就再也不会进我们发的煤炭了。为了继续合作,表姐夫含泪卖掉一条一万吨的铁壳船,才把周转资金补上。此时,我只好拖着病体在苏州观前街帮人家炒栗子,一天工钱五十元,才炒到十几天,就接到电话,说我那个死了亲妈、刚过十岁的儿子,跟人家在大塘河里洗澡时溺死了。放下电话,我疯了一样向苏州汽车北站奔去。到了家中,老父亲和一帮亲戚在楼下的天井里搭起了高铺,我的亲爱的儿子躺在高铺上面,已面无血色。我呼天抢地号啕大哭,我盛家三代单传的独苗子就这样夭折了。我拿起铁锤冲进房间里砸了四五箱酒,众人一拥而上摁住我的双手。

过了三个月,银行贷款利息已逾期一年,银行打官司,法院要执行,我只好腾出小楼,带着老父亲租了一间小屋住下。就在我们父子俩走投无路、靠捡垃圾为生半年后,老邻居媒婆朱大奶奶找到我的租住房,说是一个姓陆的官人家有一个娇惯大了的宝贝女儿,已经丧夫三次,现在带着二婚和三婚养的一儿一女过着日子,因有民间传说,她有"克夫命",谁也不敢再帮她牵线搭桥,偏偏她在水利局做股长的爹不信这个邪,非要把这个女儿再嫁出去,于是,就送了一枚钻石戒指给这个朱大奶奶,拜托她,请她无论如何也要把寡妇女儿嫁出去!朱大奶奶跟我家是老邻居,我家出的事,她一清二楚。受人钱财,替人消灾。忽一日,她掐指一算,说我跟这寡妇是命中的一对。我属鼠,她属牛,是"六合贵人",问我愿意不愿意。我已经是到了山穷水尽的地步了,还谈什么愿意不愿意,她就是个瘫子、瞎子,我也愿意,便一口应承下来。可朱大奶奶提出陆股长要我倒插门,将来养的孩子,也姓陆,我那穷困潦倒又是老封建的老父亲死活不同意。他说,儿子,你这样做,叫我没脸见人哪!我说,我自从离开校门到现在已经干了九种行当,只有印名片、印挂历、做牌子发了点儿小财,其他都是烂红眼招苍蝇——倒霉透了,你总不能看着你儿子下半辈子就打光棍捡垃圾吧?他说,你毕竟是我儿子呀,你这一改姓,等于是人家的儿子了呀,我们盛家是要绝种了呀!我说,姓名只是个符号,我是你亲儿子,任何时候都是改不了的呀!更何况,现在倒插门,也只是权宜之计,谁知今后会是个什么样子呢?他说,人家是股长,又有好家产,你不怕我担名声,说我是图人家财产吗?我说,我们不是图人家财产,我是想先把咱盛家的穷根拔掉,现在只有跟他陆家做亲才是唯一出路。他说,此话怎讲?我说现在的行情是,要想富走包路,你不包工程,就凭捡垃圾,牛年马月能富？他说,陆家哪来的桥和路？我说,您这就不懂了,前几天,陆家新房竣工,听人家说,在饭店一包就是十桌,亲友中局长大人,还有乡长、科长,这些人都是陆股长多年的老友,我招赘过去,借助他家人力财力办个小工程公司,我这未来的泰山大人能不利用关系扶我一把吗？

过几天,我见到了我第二个妻子陆艳菲,不看不知道,看了真吓我一跳。这个陆艳菲,眼珠大而突起,动不动就往上翻,也就是翻白眼,怪吓人的,颧骨突出厉害,下巴尖尖的,鹰钩鼻,脸面上也没有肉,嘴巴不但没肉还是翘翘的,嘴角直接下垂,怪不得人们都说她是重度克夫。而且一张臭嘴巴也不饶人,经常没事找茬儿,这一副嘴脸,吓得我要撕掉簇新的结婚证。可转念一想,上个月,老父亲病死在垃圾场里,我把他拖到芦苇荡里悄悄裸葬了,现在的我就像《陈情表》里的李密"茕茕孑立,形影相吊",家徒四壁,身无分文,这个寡妇已成了我唯一的救命稻草。就这样,我低着头、捂着脸,进了陆家门。新婚蜜月还算可以,干柴烈火碰出了火花,她竟怀孕了。到了秋末冬初,我跟老婆陆艳菲注册了"盛陆建筑工程公司",法定代表人就是我盛英俊。虽说是公司,其实就是个建筑队,不管是建筑资质还是实有资产,都谈不上是个建筑公司。都靠着我的岳丈大人、水利局水利工程股长,他让我把乡下的泵闸站小工程挨个做了一遍,一座门子型小闸站,就纯赚三万元,苏二泵闸站能净赚十万元。乡下的水利站长没人敢跟我要吃、要喝、要包烟，倒是把我这个陆股长的乘龙快婿当作座上宾服侍。年底结账，直接由水利工程股打给我五十万元。

这两年，我们夫妻如鱼得水，如虎添翼，翱翔在大江南北。我老婆在我这个文科生的熏陶下，改掉了尖酸刻薄的坏脾气。脸上开始长肉了，身体变得富态了，鹰钩鼻子也好看了。平常闲来无事，还能受我影响，阅读唐诗宋词、明清小品，贵宾上门，她还能拿起画笔，润润色彩，画出一朵艳丽的大牡丹，博得来宾鼓掌叫好。每有外事活动，我老婆都以副总经理身份出现，浓妆艳抹，魅力四射，把生意场上关关卡卡一通到底，订单接到手软，而对我这个总经理看管得张弛有度，收放自如。有时这个陆艳菲，每天上工之前，叫我必须先到工地，晚上睡觉前，叫我先看上一段《建筑学》，什么《中国建筑史》《建筑师成长记》，等等，甚至为了把我培养成一个千万富翁，还逼着我学习致富圣经《塔木德》、司马迁的《史记·货殖列传》、鬼谷子的师傅青岩真人留下的《计然七策》，还有《经商十诀》。这两年，我的公司羽翼丰满，经上级主管部门考核，成了九龙县第一家国家级建筑一级资质企业，资产超过三个亿。去年，我不再搞工程承包，通过某书记的舅姥爷引荐，自己拿了块地皮建大楼，在正负零以下（刚打好地基）就批准我向社会发放销售许可证，让我赚得盆满钵满。在县高新区建成了两幢高二十八层的大楼，其中A楼的六到九层就是我盛陆公司的办公室，欢迎老师、同学们会后到我大楼参观。目前，公司纳税已超千万元，我当上了九龙县政协委员，今年的两会，我还拿出当年学习文科的底子，亲自起草了一份《关于发展我县建筑业的蓝图和对策》的提案，被纳入政协的重要提案，县委朱书记、政府祁县长都作出了指示，要求作为一号提案交发改、建设、土管、城管等相关部门落实办理，还要求年底前把办理结果向我汇报，经我签字认可，方能算是办结。

各位老师、同学，我已届不惑之年，前二十年算是尝尽了人间悲苦，后二十年，我决心竭尽自己的聪明才智，利用学到的文科知识，在建筑业上干出一番大的事业，为城南新区的大发展作出我应有的贡献。"安得广厦千万间，大庇天下寒士俱欢颜"是一名文科生出身的建筑老板应有的情怀。我要在自己力所能及的范围内，用现金和实物资助社会底层人士，让他们不要再经历我曾经历过的苦难和绝望。正所谓：度人即度己，度己即度心。爱出者爱返，福往者福来。我的发言就到这里，谢谢大家！

大厅里又一次响起如潮的掌声。盛英俊同学前半段坎坷的人生经历说得大家泪流满面，而他现在的成功又让人喜极而泣。当主持人卜嘉玉宣布"本次联谊会一切开销全部是儒商盛英俊同学赞助的"，大厅里再次响起热烈的掌声，掌声是向他——一个未接受过大学文科教育的文科生，却能如此娴熟地把文科知识有意识地贯穿在自己的人生实践中的成功儒商表达的敬意！

兰篇二　南都大学历史系学生的一封信

10月10日。这天,孙儿垚垚见爷爷打开了第二封信阅读起来。爷爷告诉他,这是原二班学生贺南翔写给他的。此人后来做到了大学历史系教授,是一位著名的考古专家,这次南都小聚就是他具体落实的。

东方老师:
　　您好!
　　9月3日在您家中吃过中饭,您去了新带的高三年级文科应届班教室督促学生午休,我在您家里逗了一会儿你的胖小子,就扛起背包拖着行李箱,出发去北头汽车站了。在颠簸了七八个小时,驾驶员带了若干"黄鱼"(旅客)之后,才在中途广陵汽车站停留半个小时,算是让大家吃上了迟来的晚饭。晚饭也就是各人自带的小饼,没有人舍得花两块钱去餐厅买饭吃。吃完之后匆匆登车,又坐了两个多小时的车,才到达灯火通明的南都市中央路汽车站。我是提前两天去南都大学报到的,车站还没有接站的老师和学生。我也是第一次出远门,人地两生,不知道往哪个方向走,就在车站座椅上枕着背包睡到了早晨五点多钟才醒来。出了车站大门,突然发现公交站台就在门外,这里就有去南都大学的公交车站,这样,很快就到了让我已经兴奋了一个多月的南都大学。

现在想来实在是对不起您,到学校快一个学期了,才提笔向您问安,可是这也真是没有办法的事。一开学老师就给我们历史系四十三位同学开了六门专业课。有汉语言文学、世界历史、考古学、历史学、历史文献学、中国通史,再加上四门公基课,一共十门课,一下子把我带回到国栋班那种紧张的学习氛围中去了,所以直到今天我才稍微有点儿喘息的时间提笔向您汇报近一个学期的学习情况,请恩师能谅解我。

历史系课程太多,说起来叫人不敢相信,中国古代史要学上一年,近代史学半年,现代史学半年,一共是两年必修课程。世界史是上古史学半年,中古史学半年,近现代史也要学上半年,一共是一年半的必修课程;古代汉语上两年,也是必修课。选修课非常少。南都大学是全中国第一所实行学分制的学校,修满125分就可以毕业了,这125分里必修课占了100分。老师,我有一个决心,我想用三年时间修满全部学分,争取提前毕业,我还想告诉您一个好消息,上个月我写了一篇关于民国史方面的论文,在《历史研究》上发表了,收到稿费五十元,直把我激动了两天没有睡着觉。民国史权威、北大教授李豪先生对我的论文评价很高，他希望我以后能去北京中国社科院，跟他的同学邹加中先生读硕博连读，将来能成为一名民国史专家。

东方老师，其实学生对历史研究还不是最感兴趣，那篇论文也是我在看了一部民国电影时，对其中一个细节的真实性产生了怀疑，到图书馆民国史馆查阅了大量资料后才写出来的。我们历史系有好多泰斗级的大师，比如王祖岩先生、胡运谦先生、毛家琪先生等。王祖岩先生高度近视，眼镜片有半厘米厚，一圈又一圈。他讲起先秦思想史来从不照本宣科，手里只握一张纸条，引经据典，旁征博引，侃侃而谈。遗憾的是，他有时中午近一点才下课，弄得我们常常吃不上中饭，只能随便买一块面包充饥。胡运谦先生在太平天国史、义和团史和晚清民国史研究领域影响很大，特别是对"晚清三杰"颇有研究，说历史上真正能做到"立德、立功、立言"三不朽的只有两个人：一个是曾国藩，一个是王阳明。有时他也能扯远一点，跟我们讲清初三大疑案至今未能破案，皇太后是不是下嫁了多尔衮，顺治是不是出家了，雍正是不是篡改了遗诏，叫人听来不敢眨一下眼睛。时常有欧美、阿拉伯国家的学者来拜访他，他也会把这些学者介绍给我们，让他们为我们开几次讲座，让大家受益匪浅。毛家琪教授给我们上世界古代史，他一上来就出了几道英语完形填空题和一篇英语作文题，考考我们的英语水平，课后一再跟我们讲学习英语的重要性，说是熟练掌握英语才能看大量的英语原版历史书籍，才能站在国际历史研究前沿，了解最新的研究成果和研究动态。他给我们讲述的世界上古史让我终生难忘。

东方老师，我们进校的时候还没有细分专业，就是历史系。一开始也是上历史学的公共课，比如世界史、中国史、哲学、马克思主义政治经济学、古代汉语等。上了不到两个月系里就开会，意思是要分专业：历史学和考古学。我选了考古学，全班有十五个人选了考古学，过了一个月又进来一个学生，他说他对文物感兴趣，于是打报告要求转专业，此事还惊动了系领导，所幸南都大学很开放、很包容、很自由，系领导二话不说就让他转系了。

我们这一级考古专业，不管是考古还是历史，我总觉得学校领导包括校级和系级领导都特别重视，派了最好的老师，包括校外老师来教我们，让我们在考古和历史的海洋里尽情地遨游。张维恒老师教我们旧石器、新石器史，厦门大学文博系主任邱仲旭教授被邀请来教我们殷商考古，南都博物院的周后庚老师教我们商周考古，秦汉考古是查瑞珍老师，魏晋南北朝考古是江华先生，隋唐考古是周浩老师，古文字是洪家博老师，古代陶瓷是山东省考古所的罗良博老师，古汉语是南师大的唐锡刚老师等。我是古汉语课的课代表，经常能到墨渊湖南教授楼唐教授家里当面聆听他的教诲，受益良多。教公共课程的老师资历也都深，学养也非常高，如教世界史的查树梁老师，教中国古代史的洪仁义、吕深燮、史会生老师，教中国近代史的韩哲老师,教中国历史文献学的庞幼秋老师,教史学史的洪华老师等。还有一些课程,比如古代建筑,是南都工学院建筑系的吕汉杰老师来教我们,吕老师的父亲就是我国著名古建专家吕厚贞老师。吕老师家学深厚,教学要求高,爱生如子;他不仅在课堂上讲,还带我们出去实习,实习时怕我们挨冻,特地让人把他们家的棉被送到考古现场,给我们垫在床上。让我们更觉惊奇的是,还有一些北京大学有名望的老师来给我们上课,比如素白先生就来给我们讲过课,他讲课时我们宿舍北面的大阶梯教室都是座无虚席,旁系的学生也来听讲,整整四个小时无一人退场。还有一些特别资深的专家,应该是我们的任课老师请来的吧,如南都博物院的林宗贾先生,还有南都市博物馆的李图南先生,应该是我们蒋先生请来的,因为考古学是一个涉及知识面比较广、实践性要求高的学科,本校的师资力量远远不够。所以我们的陶瓷课就是请的山东考古所的花元亮先生教的。古代绘画是中文系的吴宇彀老师教的,吴老师是胡北石先生的关门弟子,我们非常有幸能听他上课。他分析南宋赵黻创作的纸本水墨中国画《江山万里图》整整用了一天半的时间,他讲得出神入化,我们听得如痴如醉,仿佛回到了八百多年前南宋时期镇江一带壮美的山水场景中去了。我印象中客座教授们有的是院系特地邀请过来的,有的就是我们的任课老师凭借自己的私人朋友关系去邀请的,他们认为学生应该跟这些著名专家接触,广泛涉猎、高屋建瓴才能获得真知灼见,否则"人类一思考,上帝就发笑"。所以我们非常感谢南都大学校长和老师们对我们1989级考古专业学生在师资配备上的特别照顾。

东方老师,我们在野外实习时,老师们还会请许多当地的专家给我们讲学。我们在浙江、江西、河南实习时听过当地高校历史系考古专业的十多位老师的课,这些课针对性强,信息量大,很接地气,叫你无法想象,当然啦,这些课包含着这些老师的终身积累。著名史学家夏飞先生、李秉笔先生也曾到我们考古实习的地方看望和指导过我们,我们在三门峡市考察黄河时,他们还与我们合影留念,叮嘱我们把我国的考古事业好好传承下去,让中华文明永远照亮人类社会。这些著名专家学者的课和人生奋斗的传奇激发起我们热爱专业、矢志学术、服务人民的高度热情,真的要非常感谢他们。

东方老师,您是知道的,我的英语底子很薄,刚开学时,我借书以中文为主。两个月后,我借得比较多的就是英文书了。像莎士比亚、巴尔扎克、莫泊桑等作家的英文版小说、戏剧类书,我也能借来通读。最近借得比较多的英文书,像《早期人类考古学》这类书籍,我想自己翻译,译好后能拿去发表。老师,我已经在平江省的一个考古杂志上发表了第一篇翻译文章,也是谈早期人类考古学问题的,具体是关于南美洲玛雅人遗址挖掘情况的,还收到了一百五十元稿费,我请宿舍的七位室友吃了一只南都盐水鸭和阳春小面,算是与大家分享了我的翻译处女作发表后的快乐。

文科班

　　这个月我们还搞了几次短期考古发掘实习。一次是南通海安青墩遗址，一次是去盐城建湖大同村古沉积带遗址。学古建筑，我们去了苏州园林和西山雕花楼，还去了湖北鄂州广袤的田野。老师这几天在课堂上跟我们讲，在接下来的大二、大三，他们将带领我们去句容城头山新石器至商周遗址、扬州高邮神居山西汉广陵王刘胥家族墓、徐州龟山西汉楚王刘注墓、南都六朝墓等考古发掘现场。我们的诸葛教授还负责古淮河冲击带申报世界遗产的学术工作，他说他将带领我们在下个月去做六朝都城考古工作，还要去做南朝上定林寺遗址、六朝至隋唐的石头城遗址等考古工作，这些活动让我们惊喜连连，终日沉浸在无比兴奋之中。诸葛教授跟我们谈起他的一些同事的业绩，简直如数家珍，他说他的同事梁博是茅家珍先生的硕士生，又到美国耶鲁大学去读史嘉石先生的博士，现在是美国西雅图大学教授；韩光也是跟随茅先生攻读硕士，后来跟辛开元先生读博士，前年写了一篇关于临时大总统孙中山先生让位给袁世凯因由的论文，登在《史学》杂志上，引起轰动。诸葛教授还有一些大学同学现在做了某省的常委组织部长、某省的省委副书记、故宫博物院的副院长，还有某大学的党委书记、校长等，看得出来，他的官本位思想还是蛮重的。

　　东方老师，我还想告诉你一件新鲜事。我们学校的留学生和访问学者很多。校园里经常会看到高鼻子、蓝眼睛的欧美人还有黑人。我们班上的史南同学家住南都鼓楼区,星期六他把留学生请到家里做客,请他们吃有南都特色的饭菜,像盐水鸭、盐水乳鸽、炖生敲、鸭血粉丝汤、双味虾等,留学生吃了还想吃,每到周末都嚷嚷着要到史南家做客。他和一个比利时人、一个爱尔兰人同住,留学生楼在校内南方宾馆内,最初他们三人住一个大套间。史南有时会抛掉拘谨的性格,跟他们一起手之舞之、足之蹈之,言谈中充满了乐趣。那个比利时同学叫米苏,还会打太极拳,去武当山一住就是一个月,上个月又去了少林寺,说是要学少林拳。爱尔兰小伙叫巴亚,是煤矿工人的儿子,英国剑桥大学的史学硕士。巴亚年长史南三岁,儒家的"温良恭俭让"在他身上表现得淋漓尽致。他没有任何不良习气,洁身自好,每天就是泡图书馆,看先秦诸子百家学说,不懂就问史南,如史南不懂,他就去问教授。巴亚还爱好打篮球,是系篮球队主力前锋,三分球投篮命中率达80%以上。史南跟他在一起的时间长于跟米苏在一起的时间,所以两人的感情要更深一点。巴亚跟蒋英朗老师去考古非常用功,他来南都要写一本书,书名叫《邺城掌故》。这本书后来在爱尔兰首都都柏林出版。说来有趣,巴亚经常闯入竖有"外国人禁止进入"牌子的景区去考古,他去过镇江茅山的田野,拍南朝石刻照片。学校外办就接到过南都市公安局电话:"你们有个叫巴亚的留学生擅自闯入聚龙湖田野里拍文物石刻,已被我们扣留。"学校外办只得去市公安局把他领回来。后来他就经常要史南去南都周边拍些照片给他,史南同意了。此后,史南就骑巴亚的那辆崭新的永久牌自行车去南都周边,帮他拍了不少文官武将的石刻,还有麒麟、天禄、辟邪、石马、石凳等照片给巴亚,巴亚把这些照片都放进了他的《邺城掌故》里去了。更为稀奇的是,巴亚还被评为考古系的"三好学生"。有人不理解,资本主义国家的人怎么能评社会主义国家的"三好生"?系主任直接用英语回击持这种观点的人:"Why not?"(为什么不能?)其实,史南常说巴亚的人品非常好,他学习非常用功,经常在图书馆看书,夜深了才回来,但每次深夜回宿舍,他都是轻手轻脚打开门,踮着脚尖进来,黑灯瞎火洗漱完毕后悄悄上床睡觉,生怕吵醒米苏和史南。

好啦,啰啰嗦嗦写了这么多。东方老师,耽误您休息啦。实在是有好多话要对您说,您就是我的知心人,若不嫌弃,我今后还想多写几封信向您报告我在大学里读书碰到的一些奇闻轶事。今天就写到这里。

敬颂

教安!

学生贺南翔书
1990年1月于南都

竹篇二　一迁体育场

10月13日,孙儿垚垚请求爷爷:"您再跟我讲讲国栋班的下一站,好吗?""好的! 不过,这下一站还蛮让人害怕的,是体育场主席台两旁的厢房,开公审大会时,这里还曾关押过犯人,好在时间不长,经过县委书记和县长的协调,我们又搬走了。"

重阳节过后,稻子收完了,田也翻耕了,水也上足了,九龙县古潟湖最美丽的生态景观出现了:各种鸟类云集于此,尽情享受鱼美虾肥,悠闲宁静。清高自尊、寡欢孤傲、颇具绅士风度的大鸟白鹤飞来了,白鹤的羽毛多为白色或花白色,头上有个鲜红夺目的绒球,举止文雅,静站多、走动少,很少鸣叫,更不和其他鸟类混飞或共鸣,它们在默默地适应新的环境,新的生活。

这天,垛中唐宝哲校长接到电话后,立即召集两个班师生讲话，讲当前的严峻形势以及县政协领导如何煞费苦心帮大家想办法，最后迫不得已选择体育场主席台的两个耳房暂作教室用，直说得全体师生心存感激，自觉服从政协陈主席的安排。于是，在收拾一番后，同学们两个人一组，将长条凳放在课桌上，一路抬着，经过县政府大门前的府前路向北，经小岗亭转弯向西，从文化馆门前穿过，便进入到一座有一条四百米跑道和六个水泥灯光球场的县体育场。进入场内，再一路向西北方向抬去，经过一片坟茔地，来到主席台前。拾级而上，一班在东耳房，二班在西耳房。此时，没有电线、电灯，学生们刚放下课桌，便立即点上蜡烛。霎时，一百八十支蜡烛的光从两个耳房水泥浇筑的花窗里射出。从远处望，体育场主席台两边仿佛升起了两个大火球，两个大厢房一片光明。唐校长带着所有的任课老师都跟过来了，他们不停地驱散着那些围拢过来、感到好奇的散步打球的市民。市民们也被复读生们的毅力所感动，远远地望着两个厢房里射出的光亮，久久不肯离去。

突然，一辆拉达牌小轿车摁着喇叭从体育场门口驶进来，市民们扭头望去，感到又一阵惊奇。晚上的体育场从来没有小汽车开进来过，他们猜测，明天可能要召开万人大会，县里领导先来巡视一下。只见小汽车径直向西北方的主席台驶来，刚靠边停下，陈主席、杨副主席、朱秘书长便下车，登上台阶，走向主席台左侧的一班教室。这时，闻讯赶来的教育局局长胡政宏、副局长李端伦也大踏步地追了上来,抢先一步跨进教室。只见李副局长用他那绵柔的扬州仪征腔轻轻地说了一句:"同学们,陈主席和杨主席来看望你们了!"学生们纷纷起立,报以热烈的掌声,陈、杨二位也鼓起掌来。这时,东方老师带着二班的学生挤了进来,准备一起听县领导训话。

陈主席说:"同学们,辛苦你们了!本来,我们想找两间正规教室,让你们舒服些坐下来念书的,但是,盘算来盘算去,在冯垛大街上就没有找到一间闲置的教室,所以就只好先委屈大家一段时间,在这个四面通风的体育场主席台的两个大厢房里先把课上起来。接下来,我们四位主席将再分头去寻找教室,协调有关方面,争取尽早让同学们离开这里,到明亮的教室上课。当然,在这里上课的这段时间里,同学们要服从老师管理,不得跟社会上的闲杂人员接触,放了学,到小街上的小饭店随便吃点东西,就要立即回宿舍,不得在街上逗留啊!"陈主席苦口婆心地叮嘱大家,学生们都已是成年人了,都觉得陈主席讲得对,纷纷点头表示赞同。

孙老师、东方老师又找来糨糊把重新抄了一遍的课程表贴在墙上。四面墙上肮脏不堪,鼻涕、涂鸦应有尽有,让人不忍卒看。学生们一心扑在学习上,也没工夫盯着墙看。好在厢房面积很大,课桌离墙壁有段距离。过了几天,两位班主任又找来了一摞旧报纸,把墙壁四周糊了一圈,稍微整洁了一些。这天晚上,当两位班主任手腕上的手表时针指向十点时,便轻轻地叫了一声:"放学啦!"学生们便纷纷把所有书本揣到书包里；两个大厢房没有安装房门，夜里没人值守，所以学生便用黑皮拎包把所有课本和学习用品装进书包拎回宿舍去。

天刚蒙蒙亮，体育场四百米的跑道上便有好多人在跑步。跑道是用煤渣铺的，踩在上面发出"咯吱、咯吱"的声音，县油米厂、纺织厂、齿轮厂等工厂的工人以及机关里的青年人、老街上的市民这时候都在跑道上跑步。他们大约跑上个把小时，其中的青工们就会回家去喝一碗稀粥，吃上一套米饼包油条，便走着或是骑上一辆长征牌自行车，穿过县城刚拉开的、铺着碎石子的人民路，一路向城北工业区而去。体育场东南角还有一副双杠、一副单杠、几根梅花桩，锻炼身体的老大爷们还不时地跨上双杠来个鱼跃，"哧溜"一声就从双杠内翻到双杠外，还能稳稳地立定在草地上。更有几个小青年能连续在单杠上翻转几十个三百六十度，然后，在空中再翻转几个跟斗，双脚稳稳地立定在单杠旁。那个梅花桩也是闲不住，一大排男女老少排着队，一个个歪歪扭扭地找着平衡点向前跳跃着，踩着圆形的大树桩戏耍着，说笑着，到最后，一个跳跃落地稳稳站住，不愧是全国闻名的武术之乡，就连老百姓也能有两下子武功。

冯垛街上的混混分成南北两派。南头推"三夹头"为老大，北头推"二斜子"为头领。这个"三夹头"父母早亡，无人管教，爷爷带他到十三岁时便一命归西，从此他成为孤儿。政府安排他到镇上一个福利厂纸箱厂上班糊纸盒，一个月也发给他十几块钱工资，可他在厂里经常打骂老弱病残，厂长批评他多次，可他就是不听教育。才开始每个月旷三五天班，看看厂长拿他没办法，也不敢扣他工资，胆子就越来越大，干脆一只纸箱也不糊，整天在街上撩鸡逗狗，像螃蟹一样横着行，后来跟南头的一群混混结成团伙，发展到拿家里的切菜刀胡乱砍人，名曰菜刀帮。中午，他们在南头朝阳饭店吃碗面条不付钱，晚上到镇南浴室洗澡不买澡筹，大家都认识他们，也知道其中的头子"三夹头"是孤儿，没人管，也就随他们去了。就这样，"三夹头"从小打小闹，发展到在街南头称霸一方。谁知道，街北头也有一个小团伙，头领叫"二斜子"，因为出生时脑袋受挤压，歪向一边，眼睛看人也是斜斜的，所以北头的街坊邻居就喊他"二斜子"。这个"二斜子"一身蛮力气，臂力过人。有一次在城南城北分界线的大旱桥上，他遇到了"三夹头"。旱桥上正逢大集，冯垛街逢阴历初五、十五、二十五赶集，七里八乡的人挑着各种青货聚集在大旱桥上，人来人往，熙熙攘攘，挤得水泄不通。"二斜子"要去桥东，"三夹头"要去桥西，就这样僵持了足足有五分钟。"二斜子"等得不耐烦了，喝令"三夹头"滚一边去。"三夹头"哪里肯让，上来就一口咬住了"二斜子"的左耳朵，直疼得"二斜子"大喊"松口！""松口！"。可"三夹头"还是不肯松口，上下牙咬合得紧紧的，气得"二斜子"使出吃奶的力气，一个熊抱，就把"三夹头"摔倒在地，岔开双胯死死地夹住"三夹头"的大光头，使"三夹头"一丝油气缓不上来，而"二斜子"的左耳已经鲜血淋漓,半边脸全是鲜血。手下小喽啰赶忙掏出半张旧报纸上前帮"二斜子"擦拭。"三夹头"的手下人见状赶紧求饶,大喊"二爷饶命!""二斜子"见众人求饶,又怕"三夹头"有个三长两短,杀人偿命要吃官司,便放开"三夹头"。哪知道,这"三夹头"刚爬起来,拍拍身上灰尘,便又骂骂咧咧起来,气得"二斜子"上前"挖"了一个"小锹子",从"三夹头"的后腰摔起,用右腿别住他的左腿,用力一掼,将"三夹头"摔倒,然后用双胯夹住他的秃头。就这样连番三次,直夹得"三夹头"跪地求饶才放了他。因为被"二斜子"夹了三回秃头,于是,冯垛街上的江湖油混便在背后叫他"三夹头"。

这一天,南北帮下面的几个小喽啰在体育场相遇,才开始还算客客气气,香烟甩来甩去,冷不防,"三夹头"这边的一个小喽啰,脱口叫了一声:"'二斜子'哪里去了?"气得"二斜子"这边的混混认为他们对自己的头领不尊重,竟敢当着他们的面喊起头领的诨名来了,便你一言我一语地吵了起来。最后,两帮人马吵吵喊喊,一路来到体育场西北角乱坟堆处约起架来。南头菜刀帮的一个小喽啰见北头青龙帮人多势众,便一溜烟地跑回烟酒糖公司大楼下的家中抄起一把切菜刀,就在青龙帮面前胡乱地挥舞起来。青龙帮也不示弱,赤手空拳上来夺刀,青龙帮中的一个小喽啰的左手肘被划破,顿时鲜血流了下来。这些平均年龄还不到十五岁的小孩子,很少见到鲜红的血从身上流出来,吓得一哄而散。这个受伤的小孩在青龙帮大哥们的护卫下,一路直奔北头神台桥下的小诊所包扎一下,一众人便散去了。

冯垛城是一座水城。城内河网密布、沟汊众多,大大小小桥梁有百座之多。南北向的西垛河横贯全城,把县城一分为二,叫作河东和河西。河西开发较早,大约在明朝,西垛河左岸就有先人在此结草为庐,更有各种工匠在此开炉锻造各种农具,拿起刨锯打造各种家具,渐渐地,河西岸有了烟火气,有了集市。住在河岸边的人家,西门通着街市,东门面朝垛河,利用西垛河水运的优势,开了各种行市,有米行、青货行、铁炭行、百货行。

河西岸神台桥附近有一户祖传的百货店,店名"祥盛",老板姓孔,是孔子的74世孙,大名孔繁佑。小店里柴米油盐酱醋茶样样都有,他进的货都是外地商人从水路运来,价廉物美。老板人缘很好,生意一直很红火,后来公私合营,祥盛店渐渐充公,孔繁佑进了县供销合作联社,成为一名正式职工。儿子孔祥洪进纱厂当了一名机修工。直到20世纪80年代,改革开放势不可挡,公家允许各种经济成分共存共富,他家就又拾起了老本行,继续利用前面街、后傍河的地理位置,硬是把小小杂货店打理得井井有条。孔祥洪夫妇在60年代生了三女一男,最后一胎是男孩。这孩子刚出生时,床边放有一本书,婴儿的头刚好碰到这本书的边角,孔祥洪夫妇乐得合不拢嘴,给小孩取名孔令学。从小到大,一家人都在宠着他,捧在手里怕摔了,含在嘴里怕化了。小孩自幼聪慧,整天黏着大人讲故事给他听,好奇心特强,学习成绩一直在班上名列前茅。在九龙县实验小学毕业,直升九龙县中,又在县中从初中读到高中。在高一时生了一场大病,切除了阑尾,耽误了一些课程,对数学成绩影响较大。到了高二、高三时,数学成了短板,前年、去年参加两次高考都栽在数学上,而他也确实是最怕数学。什么三角函数,什么立体几何,常常搞得他晕头转向。但小伙子为人老实,从不与人争吵打骂,说起话来慢声细语,给老师和同学都留下了好印象。唯一让人感到怪怪的,就是他喜欢穿花花绿绿的衣服。男生的穿着一般流行两种颜色,先是运动时期的黄军装、绿军装,后来是一色水的蓝裆裤,大街上满眼看去,男的女的基本上都是穿蓝色衣服。可是这个孔令学却是别出心裁,上身不是穿大花头衬衫,就是大格子的套头衫,裤子是鹅黄的或是粉红的,鞋子也是雪白的运动鞋。如果是黑色的球鞋他也要用一根红色的鞋带系着。整个人看上去就像京剧小生,细皮嫩肉,面色白皙红润,帅气中带着一抹含蓄与温柔,还兼有独特的空灵与秀气,行走在校园里煞是吸人眼球。今年他又插班在国栋二班,东方老师看他复习过一年,相貌清秀,为人实在,高考虽然落榜,但总分还是处在班上第一名,于是就把他推为班长,而他也乐意为大家服务。前些日子搬到体育场主席台边上的两个耳房,他也忙前忙后协助东方老师带着大家抬桌凳、背书包走了三华里来到体育场。现在班级教学秩序已经正常,他就一头扎进复习中来。

冯垛街上常住人口有六万人，青壮年就有小三万，小小汇文路旁的体育场，是青年人除了人民路上的电影院外，第二个喜欢"打卡"的地方。人们早上冒着晨雾跑步，玩过单双杠后回家吃完早饭，上班的上班，上学的上学，上午体育场基本比较安静。下午五六点钟后，下班的、放学的人，没有地方溜达，就又只好到体育场玩。于是从这个时候开始到晚上十点这段时间，体育场是"你方唱罢我登场"，一直是熙熙攘攘的样子，大多数市民对西北角主席台边上的国栋班，也不当回事，你念你的书，我跑我的步，各不相扰。

倒是南北两个菜刀帮和青龙帮的小油混们常常趴在水泥钢筋浇筑的花窗上往教室里张望，时不时地吹声口哨，打个响指，引起教室里的学生一阵恐慌。有时遇到班主任巡视，他们就躲到坟茔地里避一下。才开始几天，师生们以为这些小油混出于好奇，闹一闹便会消停，哪知道，见这里的师生都在埋头上课，一点也不理会他们，小油混们便理解成是把他们当成了空气，瞧不起他们，于是便日渐嚣张起来。

八月半，月明星稀，体育场静悄悄，主席台两侧厢房灯火通明。国栋班不放假，学生们也无心去赏月，等自修课下课，回宿舍吃上一两块家人送来的当成月饼的麦饼，权当是过了中秋节。冯垛中学斜对面住着一位在电大退休的老校长，姓蒋，女儿叫蒋冬梅，今年芳龄十八，也在国栋班复习。照理讲，七岁入学，小学六年，初中三年，高中三年，一个学生高中毕业应该是十九岁，可这位女学生幼时早慧，天性好学，真乃"以秋水为姿，以诗词为心"，蒋校长便让她在六岁时上了一年级，级级升，到了高三年级文科班毕业，也才十八岁，今年没考上大学，下半年也来复习了。虽然才十八岁，但是已经出落成一个亭亭玉立的大姑娘了。蒋冬梅白净的瓜子脸，瘦高个儿，明眸皓齿，扎着一根大小辫子，在背后一直拖到裙角边。她整天埋头读书，也没有多少要好的朋友，唯一一位谈得来的知心闺蜜也姓蒋，叫蒋平，家住南头顾家大桥下，离垛中不远。两个人每天都是一路来一路去，形影不离。蒋平同学年长一岁，又是"巧笑倩兮，美目盼兮"，樱桃小口十分动人，皮肤白里透红，披肩发乌黑发亮，全身充溢着少女的清纯。蒋冬梅沉稳内敛，少言寡语，蒋平言谈大方，活泼灵动，两个人正好在性格上形成互补，互相照应。上次月考，两人都进入班级前三十名，都是勤奋好学的优秀学生。下晚自习了，两人吹灭蜡烛，背起书包准备回家，班主任东方老师又叮嘱大家几句："后街上路灯不亮，大家要结伴而行，前后望望，遇有不测，赶紧跑步回家。"就这样，同学们走出体育场大门，便往自己家中或租住的宿舍走去。这两位蒋姓女同学离开体育场，向东转过街头小岗亭，便向南走去，经过府前路再向南，便拐到老街上的后街小巷里。大街上一片寂静，上了一天白班的人都已经上床休息，只有国栋班学生和下夜班的工人在走动。两位女同学刚要穿过后街来到顾家大桥北桥头，突然从黑暗的小巷里蹿出四条人影，为首一人一个大踏步上前,抓住了蒋冬梅的那根大辫子,几个人发出了一片浪荡的笑声。两位女同学吓了一跳,蒋平随即大声喊叫起来:"把手放开,不准胡闹!"几个小油混哪里听劝,竟然上前扯住女同学的衣服,吓得她们放声尖叫起来:"来人啊!"恰好班长孔令学和生活班委卜嘉玉从后面赶上来。孔令学的家就在顾家大桥北边拐弯处,卜嘉玉住在业长空家的鸽子洞里,卜嘉玉父亲是一位老裁缝,母亲是小学老师,家庭条件超过一般老百姓,他也是一位好学上进的孩子,从小到大在学习上没让父母亲操过心,在兆海中学读书时名列全校第一,可惜农村数学老师奇缺,给他上数学课的都是民办教师或者是由民办教师转为公办的老师,甚至偶尔还会有代课教师来。今年高考其他科目都考到八十分以上,唯独数学一门只考了四十分,离录取分数线差十分。卜家家教很严,做教师的母亲更是对两个小孩寸步不离,看到大儿子名落孙山,卜母早就跟丈夫商量好,让卜嘉玉到县城找个好些的学校复读一年,于是便进了国栋班。卜嘉玉文质彬彬,举止有礼,面庞白皙而又秀气,理了一个三七开的发型,整天把衬衫的第一个纽扣都扣得紧紧的,袖头上的扣子也扣得紧紧的。一眼望去就是一个典型的纯朴憨厚的农家子弟。

  班长和生活班委在后面走着,忽然听到前面有女生喊叫,便知道出事了。他们紧赶慢赶,追到后街与大街相通的拐角处,看到街上的一帮小油混在骚扰他们班上的两位女同学。虽然是一个班的同学,但是大家都知道自己是成年人了，知道男女有别授受不亲的道理，所以开学快两个月了，班长和生活班委也只是知道一些男生的名字和情况，女生一概不知。冲上前来一看，只觉得两位女生面熟，而且可以肯定是国栋二班的，他们见状，虽然知道自己是一介书生，不是这些小油混的对手，自己心里也很害怕，而且他们进班复读是为了明年考大学，而不是来救人于危难之中的，但是，看到班上两个女生无辜遭到油混骚扰，出于义气，也应该出手相助，更何况是自己的同学，而且自己又是班干，有义务有责任保护本班同学。于是不知道是哪来的一股劲，几乎是在同时，他们异口同声大吼一声："把手放开！"说着就冲上前去把那个扯着蒋冬梅大辫子的油混往旁边推去，这油混见是两个文弱书生，忽然大笑起来："你们也想插上一杠，是欠揍啊，关你们鸟事？"孔令学大声说："她们是我们的同学！""同学？怕不是你们的女朋友吧？"这句话只说得两个男生脸红耳赤，而一边的小油混又发出了阵阵淫荡的笑声。看着他们还不想撤退，还在调戏着两位女生，两人便鼓足了勇气，想上前掰开小油混抓住小辫子的手指头，哪知这群菜刀帮里的小油混不甘心就这样放走小姑娘，于是一哄而上，劈头盖脸向两位男生打来。

　　孔令学和卜嘉玉用双手紧紧护着自己的头，一边大声喊叫，叫两个女生快跑，她们便趁乱奔向顾家大桥。这边小油混边打边咆哮："谁让你们护着小姑娘的？"其中一个小油混竟然掏出一把别在裤腰带上的水果刀，就在半空中挥舞起来，还狠心地向孔令学的左臂刺去。孔令学一个转身刚要躲去,还是中了一刀。另一个小油混挥拳捣向卜嘉玉的脸,只听卜嘉玉大喊一声"哎哟喂",一口鲜血从嘴里吐出来,还觉得嘴里好像有一个硬物在舌头上蠕动,便一口吐在掌心里,低头一看,不得了,大叫一声:"门牙被你们打掉了!""三夹头"看到鲜红的血从学生嘴里吐出来,也有点害怕了,便低吼一声:"撤!"几个油混便消失在小巷里。这边孔令学赶忙捋起袖管,发现衬衫袖口已经鲜红一片,原来肘弯处已经有了一道浅浅的刀痕,鲜血直往外流,两个人吓坏了,见油混们散去,他们撕了两张作业本纸,揩拭血迹,含着泪水分头向家中和宿舍走去。

　　班长和生活班委被冯垛街上小油混打掉半截门牙和被划伤肘弯的消息,第二天就在国栋班上传开了。东方老师向唐校长做了汇报,唐校长又打电话向教育局和县政协领导报告了昨晚发生的事,陈主席听后非常气愤,立即拨通公安局局长唐步红的电话。唐局长接到报案又立即指令城中派出所所长当天破案。不到一个小时,城中所线人报告,是南头小油混菜刀帮干的。于是所长立即派出两路干警分别把菜刀帮和北头青龙帮等一干人等全部捉拿到派出所,"二斜子"明白了被抓的原因后直呼冤枉,所长训斥了"二斜子"一通,要他引以为戒就把他们放了。这边叫人把南头的"三夹头"一帮人带到审讯室。"三夹头"手下的一个油混,剃着大马盖,从来没进过派出所,现在被关在铁栏杆里,见这架势,早已吓得在墙角边大哭起来。所长把桌子一拍:"谁先交代?""大马盖"赶忙往下一跪,伸出双手扇起自己的耳光来:"我先交代！我先交代！"便竹筒倒豆子似的全招了。原来国栋班刚入驻体育场主席台两边的厢房没几天,"三夹头"便带着一帮小喽啰有事没事来这里瞎转悠,望着这些大哥哥、大姐姐们在这里认真学习,他们就在上课时盘坐在主席台下玩,叼着烟,头一句脚一句地闲聊,下课时就盯着女生看,觉得有几个女生长得很漂亮,便上前有一搭没一搭地找话说。这些女生都是读书的孩子,哪里瞧得上这些街上的痞子,于是睬也不睬他们,就一路小跑着回到教室上课了。这可惹恼了"三夹头",他以为受了侮辱,心有不甘,便开始跟踪尾随起大辫子蒋冬梅和披肩发蒋平来了。一连好几天,早早晚晚盯梢,摸清了她们的行动轨迹,于是就约好在后街上蹲守,等两位女同学出现时便上前挑逗起来。"大马盖"原原本本地交代完,"三夹头"朝他吐了口唾沫,表示不屑。可也没办法上去踹他一脚,只好先忍着。所长问:"两个学生,一个大门牙被你们打掉了,一个小膀子被划了一刀,怎么办？要不要送你们去劳教劳教？"一听说要劳动教养,"三夹头"赶忙跪了下来:"不去！不去！"头摇得像拨浪鼓一样。"那怎么办？"所长问。"我们去向他们赔礼道歉,回头再跟爸妈要钱,全部赔偿他们的医药费！""三夹头"倒也爽快。后来家长们想私了,陈主席不答应。结果是这帮油混都被判劳教六个月。

孔令学的小膀子上被划了一道浅浅的伤口,怕引起感染,便在下了第二节课后向老师请假,到大旱桥河西老街上的冯垛镇医院去买点紫汞涂抹一下,谁知道,刚走到大旱桥下的桥洞里,眼前闪出了女同学梁海燕。

九龙县有两所省重点中学。一所是九龙县高级中学,一所是巨龙中学。九龙县高中前身为盐海县私立海中,是由清末的一位举人在1925年创办的。在战火纷飞的年代,海中培养了大批革命者,改革开放后,教学质量全县第一,高考升学率在全省、全市经常位居上游,而巨龙中学创办于1935年,1942年划为黄海县立中学巨龙分校,抗日战争时期坚持游击教学,正所谓:"大地当饭桌,佛爷共睡觉。廊檐屋山头,上课带歇脚。风雨同路行,星月伴我学。"而其所在的巨龙镇,历史上不仅是兵家必争之地,也是商铺云集、市井繁华之地,更有人文荟萃。晚清爱国诗人陈玉涛和当代已故著名学者陈平凡的故乡也在此。前年孔令学在县中以应届生身份参加高考,结果因数学短腿名落孙山,便在父母的要求下,又插在巨龙中学高三应届班复读一年,在这里他遇见了梁海燕。

巨龙中学1988届高中文科班一共有四个班,其中四班是尖子班。学校从高一年级开始就把每次月考在全年级前六十名的学生都选调进尖子班,每次月考都要调整尖子生班,有进有出。到了高三年级,这六十名尖子班学生阵容基本定型,偶尔有一两名学生被淘汰进普通班,也就有了一两位普通班的尖子生替补进尖子班。在这个尖子班,有一名女生从高一年级开始就进了,到了高三年级上学期开学,她还在这个班级里,她就是梁海燕。

梁父是这个学校的高中物理老师,母亲是巨龙镇财政所所长,家庭条件在镇上属于数一数二的。梁海燕在上小学时,家里就为她买了一台电子琴,这在当年的中国家庭中是凤毛麟角。为了全身心地培养她,母亲做了绝育手术,每天都做可口的饭菜,晚上让她睡席梦思床,父母把她当一个小公主来服侍。梁海燕本身天资聪颖,爱好文学,特别是背诵唐诗宋词张口就来,滔滔不绝,小学一年级时就能把李白的《梦游天姥吟留别》《将进酒》《蜀道难》《宣州谢朓楼饯别校书叔云》等诗背得滚瓜烂熟。家里的三架大书橱收齐了中外文学名著,梁海燕课外阅读基本上就在自家书房里看书。父母亲见她爱好文史地,就有意识地购买这方面的书籍让她看,高一分科她进了文科班,而且一直是尖子班上的尖子生。孔令学是前年11月份进班的。高考落榜后,孔令学有过一段彷徨,又想继续念书,又想考个银行上班,结果考县农行和工商行,都被顺利录取,他选了工商行。上了两个多月的班,他感到工作很枯燥,每天在小小柜台上的圆窗里,接过储户递进来的钞票,然后点钞、记账、出支票,每天如此,一天班上下来,他头晕目眩,浑身疲惫,终于有一天他拿定主意,跟父母亲商量还是要复习考大学。父亲的百货店经常有巨龙镇的客户来采购,一来二往也结识了巨龙镇上的几个生意人朋友,有个姓范的小老板的小舅子就是巨龙中学教务处的副主任,于是就拜托他请小舅子帮忙,孔令学就进了巨龙中学的尖子班。

那一天,他穿着银行发的西装制服,脖子上打着一条鲜红的领带,手腕上戴着一块闪闪发光的上海手表厂生产的钻石牌夜光表,加上高挑的身材,一表人才,刚跨进教室,立刻吸引了全班学生的目光。他在班主任的指引下坐在了靠后门不远的倒数第三排一个位置。当他把书包打开,抽出课本,在课桌上码放整齐后,抬头望了黑板一眼,就在他收回目光想要看书时,他的余光扫到了前排座位上的一位女同学的粉红色衬衫领。这位女同学也正好扭头盯着他看,两双眼睛在一刹那间触电了。孔令学浓浓的卧蚕眉、闪亮的大眼睛、高高的鼻梁、雪白的脸蛋,风度翩翩,气宇轩昂,一下子就深深地吸引了梁海燕,而梁海燕的一双桃花眼、一头乌黑长发,秀丽的容貌,清雅的气质,直接就让孔令学一见倾心。语文老师开始上课,他们赶忙低下头来翻着课本。可是这一堂课老师复习逻辑"三律":排中、矛盾、同一,两个人一句都没有听进去,好在他们在以前上这节课时就认认真真地背过这个"三律"的概念,便也对没有听进老师讲课内容觉得无所谓了。这次闪电式的火花碰撞使得貌美如花的女孩梁海燕开始心旌摇荡,对班上突然来了一个花样美少年,她有点寤寐思服辗转反侧了,作业也不认真做了,直到一个多月后的月考,成绩下滑了二十名,这才引起她父母亲的注意。但是,他们从跟踪她上学、放学到向班主任打听他们的宝贝女儿为什么会出现反常现象,一点端倪都看不出来,只好继续观察。又过了大半个月。这天,镇财政所正好也没什么事要做,母亲便早点下班溜回家,正巧她女儿的闺房门敞开着,她便轻手轻脚走了进来,看到书桌上一大摞课本和作业本,她便随手翻看起来,等翻到一本英语作业本时,一张白纸小便条从书中滑落下来,母亲赶忙捡起来一看,纸条上赫然写着"只愿君心似我心,定不负相思意""青青子衿,悠悠我心",上一句笔迹像男生,笔力遒劲,是行草体,下一句笔迹一看就是她宝贝女儿的,娟秀工整,清新素雅。前一句落款有一个小小"孔"字,母亲惊呆了,女儿长大了。她赶忙又把小纸条复归原位。中午丈夫回来,她立刻告诉他这一消息,丈夫刚听到时如雷轰顶,惊诧莫名。两人一下子知道了女儿成绩下滑的原因,原来是女儿谈恋爱了,是跟一位姓孔的学生谈恋爱了。夫妻俩哪有心思吃中饭,一头闯进学校,找到班主任,告诉班主任,他们发现女儿的秘密了,而班主任也很吃惊,他一看小纸条便知是那个姓孔的学生,就是刚进班不久,长得像电影里花美男一样的孔令学。班主任和梁海燕父母商议好,下自修后,班主任喊孔令学谈话,梁父梁母找宝贝女儿谈话,分头做这对热恋中的少男少女的思想工作,都是要求他们停止恋爱,全神贯注投入到学习中来。

对于高三年级学生梁海燕、"高四"年级学生孔令学来讲,复习迎考是头等大事,谈恋爱会分散精力,更何况孔令学是作为往届生插班在应届班,这本身就不符合学籍管理规定,班主任有权清退他。这可把孔令学吓出一身冷汗,他只管点头,答应班主任提出来的所有要求,只求能让他继续插班复习。这边梁海燕也被她的父母亲狠狠地训斥了一通,大哭了一个晚上,也深深知道了谈恋爱的害处,就这样两个人看上去是隔断了。班主任把孔令学安排在教室西北角上的一个位置,而梁海燕则坐到了东南角上的一个位置,互相就是要朝对方看一眼,也隔了很长的一段距离。高考结束,两人分手,可能是心有灵犀,走出考场他们都有意在寻找对方的影子,终于找到了,就朝对方深情地望一眼。

这一年高考他们都落榜了,而这是孔令学的第二次落榜。现在他们时隔三个月又在县城相逢了,在大旱桥的桥洞里,他们不避行人,手挽手站在了一起。今天上午,刚到国栋班插班复习才几天的梁海燕一眼就认出了孔令学,他高高的眉宇、清澈的眼神,上身鹅黄衬衫,下身草绿色军裤,显得英姿挺拔,在人群中煞是显眼,一股强烈的爱恋之情再一次喷薄而出。梁海燕险些目无旁人,冲上前来就要跟孔令学打招呼,可是面对一群陌生的同学,理智占了上风,她只能用她的桃花眼深情地凝望了一下孔令学就离开了。今天上午二节课后,体育场主席台东西厢房里,同学们都在议论着昨夜两个学生被小油混殴打之事,猛然间她也听到了其中有一位同学就是她深深暗恋着的鲜衣怒马美少年,确认后大吃一惊。她不知道伤着了他的身体哪个部位,伤得有多严重。只听说同学们在议论卜嘉玉同学被打掉了门牙,孔同学的小膀子被划伤了,详细情况她不得而知,这两天她也在悄悄地盯梢孔令学,希望能有机会跟他说上话,可是一直没有联系上。十几分钟前,她悄悄地见到孔令学走出体育场向东边大旱桥方向走去,她在后面跟着。见他右拐进了桥洞,她便紧追几步撵上了他,软绵绵叫一声:"孔令学!"孔同学回过头来见是梁海燕,猛地感觉全身一热,血液沸腾,他连走几步来到梁海燕面前,也不顾人来人往,就直接大方地勾起了她的手,梁海燕的眼眶湿润了,心疼地问孔令学:"伤到哪里了?我好着急呀!""没多大事,就是皮肤划破了一点点,流了好多血。"说着捋起左衣袖,一道皮肤表层的红红的刀划痕印,显得鲜红刺眼,梁海燕掏出自己那一块绣着鸳鸯戏水的手帕,轻轻地覆盖在他的左肘部,显出不忍心看的样子。孔令学也急不可耐地把右手伏上了梁海燕伸出来的手背上,一瞬间,像通了电似的,两人的心灵为之一悸,几乎是同时,两人又立即放开了对方,并且不约而同地朝周围扫了一眼,见没人注意他们,孔令学说:"我到前面冯垛镇医院去涂点紫汞药水或碘酒什么的,消消炎。""我跟你一起去!"梁海燕态度坚决,两人便一起装作不认识对方的样子,经过百货大楼、糖烟酒门市部,又过了于家大巷,便来到了一幢四层小楼前。孔令学问了在小圆洞里面坐着的值班医生:"外科在哪儿?""201。"他便挂了号来到二楼第一间,外科医生帮他仔细看了看划痕,发现在刀口顶头处略微有点发黑,其他部位还是鲜红的,有鲜血曾经渗出过的样子,于是便打开紫汞药水瓶,用小小棉球棒伸进去浸泡一下,拿出来将药水轻轻涂在伤口上,并让孔令学在外面的长条椅上坐一会儿,等药水干了再走。于是两人便坐到了椅子上,梁海燕用右手帮孔令学把左肘部的袖口往上捋捋。孔令学问她刚刚参加了二模总分能有多少，梁海燕回道，可能六门加起来能上五百分吧，孔令学说自己也有可能超过五百分，这一次数学试题最后两道大题目都做出来了，数学这次应该能拿到八十分以上，这样他的总分能超过五百五十分，照去年的一本录取分数线看，他能上一本。梁海燕跟他说："我们比赛吧，看谁能在下一次月考冲进五百六十分，谁冲进，谁请客，小面一碗！"梁海燕说完做了一个鬼脸，孔令学兴奋地接受了梁海燕的挑战，目光不由得变得温柔和缠绵起来，想大胆迎上去吻她一下，可心灵一阵惊悚，仿佛听到一记警钟：当务之急还是复习，考上大学之前一切都要收敛。梁海燕也感觉到了孔令学的自律，于是就这样默默地等到他皮肤上的药水干了，两人才分头回到教室。

每逢夜晚，体育场里的灯光将篮球场照耀得如同白昼。这天晚上，县纺织厂工人男子篮球队和县粮食局职工男子篮球队正在打比赛，这是全县秋季职工篮球锦标赛的最后一场比赛。爱好打篮球的九龙县委书记周侃侃、女县长魏福宝也来到了现场为两支球队加油助威。四周的水泥台阶上坐满了观赛的市民。粮食局职工男子篮球队是一支劲旅，这些队员齐刷刷奔向球场时煞是显眼，市民们都瞪大眼睛好奇地望着他们。上半场粮食局以43∶39小胜纺织厂。周书记和魏县长还有各大局的局长坐在球场左侧中间的水泥浇筑的凳子上，跟市民们一起大声地议论着。他们异口同声地称赞粮食局的赵大个和李奎两个投篮高手,两人三分球十投九中,三步篮进球更是又狠又准,无人能盖住他们的带球上篮,每一次投篮命中都赢得观众阵阵喝彩。周书记和魏县长也喜欢打球,魏县长身高一米七二,原来是省农委机关女子篮球队队员,曾参加过全国职工篮球锦标赛。现在趁半场休息的机会,他们和几个喜欢打篮球的局长,大步跨进水泥球场内,纷纷抢球投篮,当他们中随便是谁投篮命中时,人群中都会爆发出热烈的掌声。

南头理发匠赵友田,人称"赵囊鼻子",说起话来鼻音很重,今天他也来到球场看球。当有球员投篮命中时,他都会大声地喊"好球","好球"两个字的读音让他给读飘了,喊成了"搞愁"。众人都知道,发出这个声音的必定是"赵囊鼻子",于是都埋头发笑,有的也能大声笑出来,而"赵囊鼻子"浑然不觉,还在旁若无人地呐喊。这时女县长连中三球,特别是带球上篮动作特别流畅,把"赵囊鼻子"高兴坏了,一个劲地大喊"搞愁",现场笑声一片,热闹极了。体委的王本荣主任也是身手敏捷的投篮高手,屡投屡中。周书记专门传球不投球。看着领导们兴头十足,主裁判将中场休息延长五分钟,这着实让领导们大大地放松了一下。这些平日里不是坐办公室就是下基层检查工作的领导,也难得有个打篮球的机会。球场休息时间结束了,两支队伍交换场地又重新比起来。这时候周书记猛然发现体育场西北角在黑黢黢的夜幕中有两团大大的火球一样的东西在闪烁着,他感到很诧异,县城电力很紧张,晚上除了保证路灯和一些特殊场所像医院、县委值班室、人武部等地,其他地方都是漆黑一片,那边哪来的亮光?他问坐在旁边的几个局长,局长都不知道。这时体委王主任走过来向周书记汇报,是县政协陈主席他们举办的国栋文科班,在省教育厅和市教育局的督促下,从垛中校园里搬到体育场主席台旁的厢房来了。周书记和魏县长这才想起暑假里县政协曾经向县委、县政府打过报告,说要举办高考国栋文科班的事,没想到文科班竟然没有教室上课,挤在这个开公审大会短暂关押犯人的两间厢房里上课,这使他们突然感到不安起来。

这时比赛结束了,照例是粮食局篮球队赢,而且还是大比分。周书记和魏县长已经没有心思谈论谁赢谁输了,他们站起身拍了拍沾在裤子上的灰尘,周书记喊一声,大家一起去西北角主席台看一看。于是一行人向西北角走去。市民们也感到好奇,一窝蜂地跟在后面。来到主席台边上,一众人先拐过墙角走向东厢房。教室门敞开着,他们站在门外向里面望去,几十支蜡烛和几盏罩子灯发出的光亮映照着这些稚气未脱的青年人的脸庞。一阵微微的南风从花窗里吹进来,灯头上的火苗都齐刷刷地向同一方向倾斜。教室四面透风,墙壁上斑驳的石灰块裂着大大的缝隙,学生们在这样的环境中鸦雀无声地看书做作业。领导们不吱一声,静静地看了一会儿,直到后面市民们的嘈杂声渐渐大起来,有的学生才抬起头瞄了一眼窗外的人群。周书记一行又向西边教室走去,看到的是同样的情景,两个班的班主任都站在厢房外的主席台正中位置,书记、县长跟他们了解了有关情况。当得知街上所有单位都找了个遍,找不到两间闲置的教室时,周书记立即对在场的卫生局局长孔繁义说:"你想办法把人民路上的卫校腾出两个教室来。""书记啊!他们四个教室都有学生在上课,护士、医师各两个班。""你想办法,把护士班放到县医院会议室去上课,腾出两个教室让国栋班住进去,就这么定了,你抓紧落实,结果报政协陈主席!"孔局长连连点头,大声说:"立即照办!"一行人方才散去。

西厢房国栋一班正在上语文课,六十多岁的退休老教师孙鸿儒正在讲台上颤颤巍巍地给学生复习小说《红楼梦》第四回"薄命女偏逢薄命郎,葫芦僧乱判葫芦案"。孙老师几十年来利用教学之余,一直在研究《红楼梦》里的诗词的思想性和艺术性,已经写出了厚厚一大本《红楼梦》诗词释义的专著。他对红学研究造诣颇深,在课堂上也能时不时地脱口而出一些《红楼梦》中的诗词。这时,他正在讲凶手薛蟠与冯渊争买香菱,最终薛蟠将冯渊打死,被人告上公堂,贾雨村最初想要严惩薛蟠,可在得知薛蟠与贾家有关系后,因怕得罪贾家而放走了薛蟠,同时贾雨村还知道了香菱就是其恩人甄士隐的女儿。这是一段对该回的主要内容进行概括的句子,孙老师嫌这一段太白,便背诵起了这一回中的几句诗来。背诵完,孙老师还嫌不过瘾,又把这一回的"题曰:捐躯报君恩,未报躯犹在。眼底物多情,君恩诚可待"朗诵了一遍,这才像鲁迅笔下的私塾老师寿镜吾先生"总是微笑起来而且将头仰起摇着,向后面拗过去,拗过去"那样,把头向后仰去。谁知由于大量背诵容易烧脑筋,这时头的仰角又过大,突然,扑通一声,孙老师身体向后倒了下去,后脑勺着地而昏迷过去。台下的学生见状纷纷冲向讲台,有的赶忙用大拇指尖按压住孙老师的人中穴;有的托着孙老师的头颅,不顾有暗紫色的血液流淌在自己的袖口上;有的赶快冲出门想去喊人。可是喊谁呢?偌大一个主席台空空荡荡,秋风瑟瑟,只在远远的体育场东南角单杠、双杠处有几个小青年在玩耍,就是喊他们过来又能起到什么作用呢?这时,二班的学生听到动静赶过来了,生活班委卜嘉玉情急生智,说把孙老师先抬到主席台上四面通风的地方,放在课桌上躺下,呼吸些新鲜空气,接着,由四个学生分别抬着桌子的四条腿,慢慢地向县医院挪去,众人一听都认可这样干。于是卜嘉玉带头轻轻地抬起孙老师的一只胳膊,一班班长余江、班干唐洪洋,二班王中华、高才亮等人纷纷上前,四个学生举起四条桌腿,抬着孙老师慢慢地走出体育场来到汇文路上,再左拐到人民路小岗亭。在岗亭处,交警看到学生抬着昏迷的老师要去医院,便开着摩托车在前面开道,一路向北走了三百米来到县医院,向急诊室奔去。拍片显示是脑震荡,还有轻度脑溢血。二班班主任老师东方曜赶来了,问明情况后立即代缴了医药费,让孙老师住进了急救病房。

一整夜陆陆续续来了一班的好多学生,有的买来了巨龙镇特产草炉饼,有的带来了虹桥池梨。东方老师让学生们回去休息,说这里有他在就行了,可是一班班长余江、二班生活班委卜嘉玉一直坚持在病房外值夜,他们边打盹边翻看历史和地理课本。第二天凌晨孙老师还在昏迷中,晨间查房,主治医师看了颅脑 CT 片,说是脑溢血很严重,可能要开颅,开颅就要转院,转到南京、上海的大医院,什么时候醒来还说不清楚。这可急坏了三位师生,东方老师知道自己已经不能承担起这个重任了,他连忙踏上自行车回到垜中校园找到唐校长,汇报了孙老师的有关情况,唐校长听完后又打电话给县政协杨副主席,当初也是杨副主席把孙老师聘请过来的,而且他们都曾经在巨龙中学同过事,应该知道他家情况。杨副主席了解情况后,又赶紧向陈主席汇报。两位主席连同唐校长立即赶到医院,看到昏迷中的孙老师,陈主席立即指示医院院长要尽全力抢救,医药费先缓交,救人要紧。陈主席指示后,院长立即召开院务会和相关科室负责人会议,由一位分管医疗的副院长跟一位心脑血管专家联系,请他来九龙主刀。下午三时整,孙老师被推进十三层的手术室,这时,他在巨龙镇粮管所工作的大儿子和在兆海镇工作的二儿子都赶来了。唐校长让师生们都回到体育场正常上课,这里一切由学校负责。

九龙县高级中学陈平校长到了离休年龄,县委分管党群的副书记李光耀带领组织部部长、宣传部部长一起和陈校长谈话。谈话中,李副书记代表县委,感谢陈校长在革命战争年代和社会主义建设时期做出的巨大贡献,特别是在全县最高学府九龙县中工作期间，将县中建成了平江省重点中学，而且从1977年恢复高考后，每年都有几名学生考上清华、北大（去年除外），更是为全县人民争了光。在肯定了一番成绩后，李副书记又根据有关文件精神告诉他离休时间和离休后的待遇。陈校长也早知有今日，已经准备了一个稿子，洋洋洒洒三千字，总结回顾自己数十年的工作历程，言辞恳切，催人泪下。三位县领导和一些科室同志洗耳恭听，连连点头，很受感动，真心佩服这位老革命的自律和风骨。特别是他冒着生命危险深入南都江防要塞，劝说跟他同过学的国民党军官起义投诚后，在返回江北时，小船险些被敌人的大炮轰沉一节，更是让人听了惊心动魄。谈话结束后，领导在县政府招待所贵宾厅摆了一桌丰盛的宴席款待这位老革命。菜品上除了九龙特产"八大碗"，又多了几碟海产品。席间，周书记特地从外地招商引资的地方赶过来，敬了陈老一杯酒，再次代表县委祝贺他光荣离休。就这样，经过一番招待后，周书记又将他请上自己的专车把陈老一路送到家。

第二天县委常委会研究，决定由垛中校长唐宝哲接任县中校长。在医院里探视孙老师的唐校长，刚向总务主任尤心祥交代了医疗上的各项安排，就被县委办派来的桑塔纳小轿车接到县委常委会议室。县委书记周侃侃亲自跟他谈话。周书记先是充分肯定唐校长为垛中的教育做出了很大贡献，表现出杰出的组织领导能力和管理水平，使垛中这几年的高考录取率一直在上升，连续几年在中考录取分数线低于县中的情况下，能跟县中一样有学生考上了清华、北大。接着，又向他指出了近年来县中的校风、教风、学风中出现的一些苗头性问题，主要是一些老教师摆老资格，睡在功劳簿上不思进取，甚至出现了一些不良现象如师生恋、教师婚外情等，导致今年没有一个学生考上清华、北大，一定程度上暴露了一些教师有懈怠的情绪，而这也跟陈老校长存有"船到码头车到站"的思想不无关系。周书记要求唐校长立即着手整顿校风，争取三个月内初见成效，并且下达硬指标，明年要有学生考上清华、北大。这个指标把唐校长的后背惊出了冷汗，但是同是老革命的唐校长向周书记表态，一定会完成县委、县政府交给他的这项光荣而又艰巨的任务，上任后立即贯彻落实县委和周书记指示精神。说完就被组织部部长接走，到县中召开全校中层以上干部会议，会上宣读了县委任命决定。就这样，唐校长到县中走马上任了。

这边垛中校长位置空缺下来。副校长有三人：第一副校长苗万年，"文革"前的平江师范学院数学系毕业生，虽然数学教得好，但全面负责行政、教学管理工作力有不逮；第二副校长王东殿是由民办教师转正上来的，先在乡镇中学任副校长，此人口才极好，讲起话来鼓动性很强，经人推荐，唐校长把他从乡镇中学调过来，负责抓高三年级教学工作。垛中科班出身的教师很多，对没有接受过全日制大学教育的领导和教师基本不放在眼里，他也只好夹着尾巴做人，尽量不跟清高自傲的老教师在公开场合争辩，这就缺少了领导全面工作所需要的勇气；第三副校长范其佑是分管后勤的，从司务长起家，对教学工作一窍不通。因此这三位副校长各有欠缺，让他们中任何一位来当校长都不合适。

县委宣传部有一位科长名叫朱书棋，是恢复高考后的第一届平江师院政教系本科生，学的是思想政治专业，他待在宣传部五六年了，已经快四十岁的人了，而在他上面的几位部长都在四十岁上下，而且又都是从乡镇党委书记或部队转任过来的，资历能力都不赖，朱科长思前想后，觉得自己在宣传部发展空间不大，还是跳出去好。最近到教育局去开了几次会，忽然听到垛中校长的位置空缺着，他便来了精神。他想，宁做兵头，不做将尾，便跟常委部长说要下去锻炼锻炼，部长对他的人品、官品都十分了解，有一定的组织协调能力，但是让他独当一面，特别是到知识分子成堆的地方去负责全面工作，怕压不住阵脚。但是看他一心想出去，便也只好跑到组织部去沟通。组织部、宣传部是县委的两大重要部门，彼此平级，部长都进常委，所以宣传部部长要调出一个人，跟组织部长说一声，都会照办的。当着宣传部长的面，组织部长让办公室通知教育局局长胡政宏、党委书记许宝玉到部里谈话。胡局长清华大学毕业，近年来，国家要求干部革命化、年轻化、知识化、专业化，他便从兆海中学教师一跃而成为了教育局局长，后来又做了分管教育的副县长。他对学校教师队伍中出现的各种现象了如指掌，特别是"文人相轻""恃才傲物"等弊端看得多了，而且还深受其害过。他深感垛中教师队伍复杂，这些教师非得有唐宝哲这样的老资历的校长才能压得住，而朱书棋不具备唐校长的资历、学识、胸怀和担当，胡局长说出了自己的想法，两位部长只好说再议，便先散会。

  垛中校长人选迟迟定不下来，已经严重影响到学校正常教学工作，对全县各学校中层以上干部和大多数教师的简历了如指掌的李端伦副局长向胡政宏局长提出自己的建议：能否让朱科长任学校党支部书记，苗万年任校长。朱、苗二人共同主政垛中，学校领导体制为党支部领导下的校长负责制，这样既兼顾了宣传部作为上级主管部门的意见，又为学校开展正常教学工作安排了懂行的干部。但是对两个主帅能否团结一心搞好工作，胡局长表示担心。李副局长表态，他有信心能做好两个人的思想工作，达到团结一心搞好工作的目的，这才稍微消除了胡局长、许书记的疑虑。于是胡局长、许书记先去宣传部，后去组织部把局党委的初步意见向二位常委部长汇报，征得了他们的同意。回到局里后，许书记、胡局长立即召开党委会，专门研究垛中领导班子人事安排。李端伦副局长应邀列席，在会上做了全面阐述。局党组所有成员全都赞成这个方案，认为这是一个很好的折中方案，但也有党组成员在表示赞成后，又谈了自己的看法，认为这两个并无交集的人成为党政二主帅以后，能否互相配合，特别是党支部书记在研究教学工作时能否尊重校长的专业意见，校长能否自觉地在党支部集中统一领导下开展工作存有一定的顾虑，搞得好优势互补,搞不好互相拆台,搞乱学校都有可能。最后许书记、胡局长在总结讲话中都讲明了给他们三个月的磨合期。如果在磨合期间发生矛盾甚至冲突,严重影响学校工作,立即叫停这样的体制安排。会议研究,决定由李副局长负责这项工作的监管协调。垛中行政级别是股级,干部任免权在教育局党委,会议结束后,党委书记许宝玉到县委宣传部,向常委部长汇报了局党委的研究意见,部长让朱科长跟着许书记到教育局党委办公室听许书记讲话。朱科长毕竟是宣传部过来的,宣传部又是教育局的主管单位,许书记还是在言语上体现了更多的尊重和信任,当宣布了朱科长的垛中党支部书记职务后,朱书记向许书记表态,自己一定会全力以赴抓好垛中在党支部领导下的各项工作,并尽力做好与校长们的团结工作。最后许书记又把李副局长叫来当面告诉朱书棋,从今以后垛中领导班子的实际考核和党政主要负责同志团结工作的监督协调管理等事宜,局里由李副局长负总责。李副局长又交代了朱书记几句,方才结束这次谈话。

在局长室,胡局长与苗万年谈话。胡局长向苗万年解释了今后一阶段垛中的领导体制,校长室从属于学校党支部,朱书棋排名在苗万年之上。但是具体的学校教学工作,比如教师的课务分工、班主任培训、学生的思想政治工作等都是由校长室牵头负责。一切布置停当,李副局长带领朱、苗二位立即到垛中召开全体教师大会。会上,局人事股长邹应强宣读了局党委的任命状,朱、苗二位做表态发言，两人态度恳切，虚怀若谷，把全体教师说得心服口服，大家总算认可了这样搭的班子。最后李副局长做总结讲话，要义还是在鼓劲，也给两位主帅压上了担子，要求半年之内零上访，明年高考要有人考上北大、清华，学校安全不能出事。就这样事无巨细交代一遍，会议宣告结束。从此朱书棋由朱科长改称朱书记，苗万年由苗副校长改称为苗校长，二人立即走马上任。校长办公室主任在校长室西边腾出一间，昨天就已经挂上了党支部的牌子，今天朱书记就开始履职了。

县委书记和县长双双交代县卫生局长，要他在几天之内腾让出卫生学校的两间教室给县政协国栋文科班上课，孔局长丝毫不敢怠慢，立即叫来卫校校长金家殿和县医院院长王湖。矮个子的金校长倒没什么意见，心想只要有教室上课，随便放在哪里都行，苦就苦了高个子的王湖院长。偌大的县医院有三百多名医护人员和后勤人员，每周的周前会雷打不动，医学研讨会、医院行政会都要在这个大会议室里召开，现在要让出这个唯一的使用频率很高的会议室，那今后的这些会议放在哪里开呢？这不影响了医院的正常工作了吗？这些搞技术的知识分子最难伺候，动不动就对医院工作说三道四，仿佛由这些主任医师、主治医师们走上院长岗位，就能把全院治理得井井有条似的。这不，腾空会议室的消息前几天就传开了，有几个老资格的主任医师就活跃起来啦，说医院是独立实体，是人命关天的地方，不应该卫生局叫干什么就干什么。王湖院长在来局长室之前就已接待过两三批到院长室说理的医生,好在举办国栋班为九龙县培养人才是大好事,还能说得过去。王湖院长好说歹说才把他们一拨接一拨地打发走,孔局长对王院长讲:"腾让卫校教室让国栋班学生进驻是县委书记、县长向我当面布置的工作,连我这个卫生局局长都不敢怠慢,更何况你这个医院院长啊,如果不执行,县委书记可以对我说,'好吧,那我就找一个能执行这个任务的人来办吧!'那你头上的这顶乌纱帽还保得住吗?"这样想来,王院长不禁汗发于背,于是脑筋转了转,想出个今后几个月暂时分科室开会,在各自的小办公室开小会的主意,这样就腾出了大会议室。

消息传到县政协,陈主席、杨副主席立即打电话向孔局长表示感谢,这边赶紧通知垛中组织搬家。这时的垛中已经不是唐校长管事了,是朱书记、苗校长二人,二人哪敢怠慢?这是他们搭班子以来遇到的头一遭大事,新官上任三把火,于是紧急召开教务、后勤、班主任和任课老师会议研究搬家事宜。一班班主任孙老师还躺在县医院的重症监护室,而且据说已经不能下地走动了,要一直躺在床上,一时半会儿也不可能出院,而聘请的校外的几位老师像教政治的老师,半个月前又由县中的谢梦友换成了县中的薛丹。班主任人选方面,教数学的进修学校夏榆槐、教外语的兆海中学校长汪奋进那里,都征求过意见,一个也不愿意接任班主任。更何况此时的汪奋进已经身兼县教育局教研室主任了。垛中内部教历史的褚寅恪、教地理的鲍霞

文科班

客都还兼着校内的高三应届班两个班,他们每人实际上四个班的课,盘来算去,苗校长知道,只有二班班主任东方曜能兼一班班主任。虽然他还在每个星期一三五还要到五公里外彩云中学上一个高三文科班的语文课,但是他毕竟才二十来岁,身强力壮,又肯吃苦,人品又端正,教学又受到学生的普遍欢迎,最后书记、校长一致决定,由东方曜老师做两个班一百八十名学生的总班主任。定下来后,校办主任打电话到体育场场长办公室,请主席台上的二班班主任东方曜老师立即到垛中校长室开会。东方老师骑车,紧踏慢踏,用了一刻钟时间赶回了校长室。苗校长对他布置工作:"东方老师,你从现在开始就是县政协国栋班的总负责人。你既是校长又是教导主任,也是班主任,当然啦,更是任课老师。你下午两节课后立即组织国栋班全体学生到县卫生学校四楼两个教室上课,今晚自习课就在卫校四楼教室上,到时朱书记和我要去看望大家,说不定陈主席、杨副主席也要去训话,你一定要把一百八十名学生组织好、安顿好,不能出现乱糟糟的情况,你有信心吗?"东方老师毕竟是刚从师范学院毕业没几年的年轻老师,哪里经历过这样的场面,感到心里没底,回答苗校长问话的声音不是太洪亮。苗校长让他再回答一遍。他想了想,已经到这一步了,何况明年还想要调回冯垛镇上,要拿出好表现呢,于是昂起头大喊一声:"有!"这一声让苗校长感到放心。

苗校长带着东方老师迈进了党支部办公室,面见朱书记。苗校长介绍过后,朱书记清了清被香烟熏得有点沙哑的嗓子说道:"你要把卫校那一块负起责来,学生的教学要抓,安全也要抓,不能有半点闪失,这个,明年还要拿出成绩来,最起码要有三分之二的学生考上大学,这个,当然包括各种大学,电视大学也算。"三分之二的学生考上大学?这个指标把东方老师吓了一跳。心想学生是学习的主体,能不能考上大学,老师是外因,学生是内因,关键是在学生。当然,老师要抓教学,抓督导,但起根本作用的还是学生。他想不到这个新来的一把手对教育教学的真谛竟如此不了解,凭空定了这么高的指标,全国高考录取率也不过20%左右,你竟提出超出两倍的升学率,谈何容易?东方老师想对朱书记嘀咕几句,刚用舌头舔了舔嘴唇想发声,立刻被苗校长打住了:"东方老师,你把朱书记的话好好记在心上,晚上到卫校先把秩序稳定下来,其他事情我们慢慢聊。"

菊篇二　学者司马茂盛的鸿篇巨著

10月20日。孙儿垚垚说:"爷爷,今天你跟我讲点什么呢?""爷爷跟你讲讲那天联谊会上第二个发言的同学好吗?""好的!""这一位是语言文字专家,他正在编一部《瀛州方言大词典》,会说好多地方的方言,真是个奇才。"

"接下来请大家用热烈的掌声欢迎第二位发言的同学。他就是在九龙县乃至黄海市已经小有名气的方言专家司马茂盛同学。他发言的题目是:大词典是这样炼成的。"

原国栋二班的司马茂盛同学意气风发,抖擞精神大踏步登上讲台。这位四十二岁的男子汉身材魁梧、相貌堂堂,岁月在他的面庞上留下了深深的痕迹,但丝毫不减他作为一个成熟男人的魅力。他的眼神犀利而深邃,散发出一种莫名的吸引力,他高挺的鼻梁,厚厚的嘴唇,长长的剑一般的眉毛直接插入鬓角下的几缕乌发中,他面部轮廓无可挑剔,看上去就是一个英俊的中年人。

各位老师、同学们:

  1989年的那场高考,我没有考好,只被黄海师范专科学校中文系录取。毕业后,实话说吧,我有个表叔在黄海市政府工作,我请他帮忙,因为在应聘《瀛州大众报》记者这个岗位时,笔试成绩我第一名,面试时因我色盲、色弱又加上近视四百八十度,险些被淘汰,表叔找关系,我才被录取。后来我又离开报社到市政府办公室当过秘书、主任,因为不习惯跟着领导拎小包,我又离开了市政府,到黄海人民广播电台当过总编辑,其间还挂职麋鹿县副县长,再后来彻底不为五斗米折腰,弃官从商。办过厂,搞过船运,种过大棚蔬菜,养过鸡鸭鹅,南来北往颠沛流离,但是作为一名文科生,我始终没有放弃对语言文字的研究,我的崇拜对象就是民国时期的语言学家、教授赵元任先生。因为喜爱加上好奇,从做报社记者起,我先后发表和出版过的文章就有二百来万字。文章曾在不少国家级大报大刊上发表过。我现在正在写两本专著,一本叫《韵薮》,一本叫《瀛州方言大词典》,两本书正在出版社进行三审三校。下面我就谈谈我的《瀛州方言大词典》一书是怎样"炼成"的。我选取"炼成"过程中的几个小故事分享给大家,请各位同学不要见笑。我的《瀛州方言大词典》共两百万字,已写到一百八十万字,书稿重近五公斤,我曾经的同事、朋友都惊叹这么大规模的方言词典一个人是怎么写出来的。

首先，我是从学骂人开始学方言的。我出生在安徽省安庆市的一个国营茶厂。十岁那年，随父母下放到淮南河地区的平江省九龙县沙岗乡红旗村十组，初来乍到不懂方言，常常被邻居小孩欺负，他们不称呼我的名字，而是很不友好地称呼我为"小蛮子""小蛮熊"。小小年纪的我，听不懂对方在说什么，有时被他们骂蒙了，还跟他们点头称是，时常惹得小伙伴们哄堂大笑。但是"坏景不长"，几个月后我就能跟本地孩子打成一片了，对那些刁钻古怪的骂人话，我学得特别到位。一套一套也能接上个十句八句。现在我已经收集整理了一本《瀛州人吵架300句》，有兴趣的同学会后我送你一本。

其次，我是结合生产、生活中接触到的实物学方言的。我在《瀛州方言大词典》的附录中收入了几十幅瀛州方言图解照片，其中有笸斗、簸箕、筛子、丫子、鸭抄子、铁罾子等等，这些跟我们渐行渐远的器物虽然已很稀少，但稍加留意，稍事寻觅，还是能够在乡间旮旯里见到它们的踪影。而另外一批，如笸门子、窝篮子、毛窝子、门闩子、对襟褂子、大夫褂子等则当属珍品，很难找到，而在这一幅幅珍贵照片的背后，无不写着我寻找它们的一个个动人的故事。

第三，为学方言，我曾被人指为假记者。当记者的那几年，乡村小路没少跑，我曾骑自行车四十多天跑遍了全黄海市两百多个乡村。为了走近农民，了解农民的真情实感，按照报社领导要求，在乡下调研时不能暴露记者身份，我调研的方式都是骑车问路，跟农民搭讪，一边骑车一边唠家常。在逛农贸集市时,先跟农民聊天,到住地后再补做记录。这四十多天的民间调研,对我熟悉黄海市各地方言起了很大作用,但也闹出了一个大笑话。那是在宁海县郑东乡的一个黄牛集市上,我煞有介事地看看牛牙、摸摸牛毛、敲敲牛角、踢踢牛蹄,还故意跟牛贩子讨价还价。晚饭后这帮牛贩子一直找到我下榻的小旅馆,本来是想跟我们继续聊生意的,没想到我跟人家一握手,说了一口地道的宁海话,对方马上起了疑心:"这戴眼镜的早上说一口台城话,是个正宗的蛮子,怎么晚上会说一口宁海话,变成地道的侉子了?他到底是什么地方人?他到底是干什么的?"让我万万没想到的是,这帮憨厚老实的牛贩子离开了小旅馆,找到派出所,把前后经过一说,派出所立马来了三个干警。尽管我掏出了记者证,但那时候认识这玩意儿的人并不多,镇东派出所向宁海县公安局汇报,公安局一边要求派出所务必稳住我,一边派人摸到了宣传部李副部长家里。李副部长说:"这个记者我很熟,但他不可能跑到乡下去,还要买牛。这就有可能是假冒记者了。"说着便跟车赶到公安局,去向镇东派出所打电话,这边接到指示后,押着我到派出所去跟李副部长通话,如此这般真相大白,而此时东方已泛白。这是我醉心于学习方言惹下的一个不大不小的祸。

最后再讲一个小故事。去年,我出席一位老同事儿子的婚礼,应邀在婚礼上做方言表演。我先是把台城、大方、阜民、宁海等地方言大说一通,再把南京、无锡、洛阳、徐州等省内外多地方言学说一通,当我说到牡丹江市的方言时,出人意料的事情发生了,台下走出一位东北汉子与我对话:"你牡丹江哪个区的?""岔道外的呀!""岔道外哪趟街呀?""南十五道街呀!""你家住哪儿呀?""向阳街交口,大教堂对面31号大院!""你在哪个小学上学啊?""俄语小学啊!""中学呢?""牡丹江二十三中啊!""哎呀,妈呀,我家在大教堂后身,过道边上那门脸儿就是我家,我也是二十三中的呀,你是哪届的呀?哥哥呀!"台上台下一问一答,宴会大厅掌声雷动,全场沸腾了!那天下得台来,我既激动又兴奋,一夜都没睡着觉,我为我曾经学过文科而自豪。后来我跟这位大兄弟结为金兰之好。

俗话说,十年磨一剑。而我这本《瀛州方言大词典》已经写了十三年了,我还在写,还在磨。从当记者起,我所用过的采访本和记事本,每一本都是从前往后是记事,而从后往前则记录方言,连续十三年没有间断过。2006年,当我开始整理方言资料的时候,做的第一步工作就是把数百本用过的记事本翻出来,把方言资料录入电脑,尔后再行整理。为了这本《瀛洲方言大词典》,我在三十八岁那年苦熬整整一个冬天,学会了五笔字型录入法。这洋洋洒洒一百多万字的大词典数易其稿,而文字的原始录入都是我本人完成的,那真是海量的工作量啊。

2003年,我到海南岛做海运生意,连续五个春节都没有回家过年,都是借值班的机会,在仓储斗室里,静下心来整理、校对书稿,当时已有一百万字,校对四稿就是四百多万字啊！这都是我一个字一个字地看过来的呀！但我丝毫不觉得枯燥无味，而是津津有味地看。因为我的眼睛只要盯上文字就会发光，虽然我的眼镜片有半厘米厚，但我真心喜欢方块文字。在座的几位老同学曾经接受过我的邀请，帮我校对过初稿，在此，请让我再次向你们表示衷心感谢。每一稿出校对样书，都是厚厚三大本，每次都要出三至五套，好让我的三五文友同时校对。光这用于校对的样书堆起来就有我一人多高，而统筹各项事宜都是我一个人，更何况我手里的海船订单还有一大沓，本职工作还要缠去我大半时间，方言研究只能在业余时间搞。去年瀛州电视台记者采访我，我说："我在方言研究的跑道上已经跑了十多年，我想再跑二十年，到我六十岁时，我将做最后的冲刺，一定要跑到终点，结集出版，否则前功尽弃，一切归零。如果是那样，我怎么向对我寄予厚望的文科班各位老师和同学交代？怎么向社会交代？因为社会上的三朋四友都知道我是学文科的，又怎么向自己心爱的事业交代？"

　　老师、同学们，四十岁的容颜如同一幅徐徐展开的画卷，正在呈现出成熟和自信的美。我相信各位同学一定会在退休之前干出一份平凡而又伟大的事业，我也决心到我的花甲之年，为大家奉上我的《瀛州方言大词典》，为社会留下一笔精神财富，无愧九龙县政协国栋文科班的学习经历！

　　我的发言到此结束。谢谢老师！谢谢同学！

　　会议大厅里响起了热烈的掌声，这是对司马茂盛同学矢志不渝研究方言并取得不凡业绩的充分肯定！

兰篇三　西南政法学院法律系学生的一封信

11月2日晚。爷爷在看一封来自西南政法学院王中华同学写给他的信。爷爷告诉垚垚："这位后来做到某大市检察院检察长的同学很不简单,他曾翻译过西方两部《民法学》专著,至今还在被大学法律系当作必修教材。"

尊敬的东方老师:

您好!

那天业家大火被消防队员刚扑灭,我就卷起铺盖回家了。临走前不好意思跟您道别,主要还是怕自己考不好,有负您和各位老师的培养,让你们白操心了。回到家我就跟我的父母亲一起在水稻田里打耙薅草。东方老师,您是城里人,没在农村待过,您可能不知道,在这样的夏收夏插季节,小秧插到泥土地以后,秧苗在长,田里的杂草也在长。有一种叫作稗子和一种叫作小稜子的杂草在秧田里疯长,还有几种贴在秧田地面生长的黄花草、獐舌草等野草也跟着长了出来,它们会疯狂地消耗着稻田里的肥力,如果不及时拔掉它们,秧苗就会长得黄巴巴的。我的父母亲和哥姐们多少年来就是这样,每到夏季每人手里攥紧一柄长长的秧耙子,在栽得路路成行的秧田里打耙薅草。一个人管五到六行秧棵,一耙一耙地把长在泥土里的獐舌草等扒出来,让它们离开地面漂浮在水面上,不久它们就会被太阳晒死。我在家里跟他们一起打了几天耙,薅了几天草,脚面上和小腿肚子上被蚂蟥叮过几次,用手把它猛地撕下来,鲜血就会慢慢地淌出来,而我的眼泪也会跟着慢慢地流下来。

7月14日晚上,听陈东海同学说高考分数可以查到了,但要有熟人才能查到,没有熟人就只能等到15号早上到招办查。15号早上,我们沙岗中学的几个同学起了个大早,借了庄上人家的三辆自行车,一人带一人,赶在县招办刚上班的时候,赶到了县招办。招办的柳主任看了我们的准考证,便把我们各人的分数报给了我们,我考了535分,陈东海505分,祁兆彪465分,周红印497分,殷俊才443分,王荣耀446分。本科分数线450分。殷俊才、王荣耀考得不好,心情不好,在冯垛街上就跟我们分手了,我们也不知道他们去哪里了。我跟东海、兆彪、红印直接回家了。

7月25日,我还在秧田畹埂上把从田地里拔出来的杂草捆起来,准备挑到草泥塘里沤肥料,突然生产队队长远远地喊我的名字,奔到我跟前递给我一封挂号信,拆开一看,原来我被西南政法学院录取了。老师,是您让我第一志愿填这所大学的,您认为这是一所老牌大学且享誉全国,可我们村里的老百姓就只知道南大、北大,西南政法学院在他们看来是名不见经传的大学,所以我收到大学录取通知书也没有在村里引起多大轰动,就一直埋头在家里帮助父母亲干一些农田里的庄稼活。烈日炎炎,骄阳似火,直晒得我每天汗流浃背,全身乌黑,晚上在蚊虫叮咬中酣然入睡,睡得像死猪一样不晓得醒。

  8月25日,我怀揣着通知书,背上母亲用卖掉一百斤早稻得来的钱和一床印着大红牡丹的棉被,手提一只人造革旅行包,从家乡巨龙镇坐上了两天才有一班的公共汽车出发了。一路呼吸着燥热的尘土气味,一路观看着沿途赤膊的路人、吃草的老牛、拉货的驴车、低矮的草房和喷出浓浓黑烟的手扶拖拉机。昏沉沉不敢睡觉,手里紧紧揾着装有父母亲辛辛苦苦劳作换来的三张百元大钞,以及用大米跟镇上人家换来的五十斤全国粮票,心里向往着那个遥远的、听说那里的人整天喝啤酒开嘉陵摩托的山城重庆。

  颠簸了七个小时,终于来到自古以来一直是兵家必争之地的战略要地、现今的交通枢纽徐州。出了汽车站又一路肩背手提奔跑着赶到徐州火车站。一打听才知道,不能直达重庆,只能先买一张去洛阳的火车票。一番折腾,好不容易才挤上人头攒动的绿皮火车。车窗外一片漆黑,广播一路报着经过的车站,商丘、开封、郑州,到洛阳下车已是深夜。站台上有几杆昏暗的路灯,这时我突然想上厕所,但苦于背着棉被、拎着旅行包很不方便,走进厕所那叫一个惨不忍睹啊,地面污秽遍地,简直连插脚的地方都没有。幸亏棉被外面包着一层厚厚的塑料皮,也幸亏买了当日的报纸可以垫在唯一一处干地方,才得以靠墙根悬着放下被子和手提包,慢慢蹲下才解决了内急。到了天亮时分,可以转上去重庆的火车了,可更为凄惨的状况出现了,我为了省钱,打的是站票,只能一直站着。站了二十多个小时,直站得我腿酸脚麻,头晕眼花,才听到广播里说重庆站到了。

东方老师,由于我是提前两天去的,无人接站,只能随着人流坐索道从菜园坝到两路口,公交车来了,去沙坪坝。一路上全是人,人山人海,说的都是蛮腔蛮调,一句都听不懂。好不容易上了车,后面又跟着上来几个戴着蛤蟆太阳镜,梳着野马分鬃发型,穿袒露胸肌的背心和紧紧包住屁股的喇叭裤的青年,后来才知道,重庆人称这些小青年叫"小杂皮"。看着他们着实让我这个初出远门的学生有点害怕,怕在这里被小杂皮劫持了。还好我浑身散发着酸臭味,衣衫破旧,始终没被他们看上。绕过一座座小山丘,到了一个叫作沙坪坝的小县城,打听西南政法学院在哪儿。人家听不懂我的平江普通话,于是我从包里掏出学院给我的报到通知书,一位好心人给我指了路。颤颤巍巍坐了一段公交车,才懵懵懂懂辗转来到了我求学的西南政法学院大门口。

学院保卫处的值班门卫问我找谁,我亮出了通知书。

这时一位 70 多岁的长者拄着拐杖走过来,看了我的录取通知书,让我跟他走。一路上他问了我的情况,他说他从来没有到过平江,看看将来有机会去转转,我也只能随口敷衍他,邀请他到我的老家平江来玩。从学院大门进来到教学楼竟还有两百多级台阶,我搀扶着老者拾级而上。他给我介绍学院的情况,满满的自豪。长者告诉我,他姓陈,是学院的教授,家住政法二村 3 幢 103 室,让我以后有什么困难去找他。他说他是民国时期中央大学史学教授,已经退休了,现在他女儿是西南政法学院的法制史老师。到了宿舍门口,他让管理员打电话给张华桂老师,介绍我的情况,并让我去四楼找张老师。

上到四楼,找到年级办公室,张老师热情地把我临时安排在 415 室。好家伙,有位叫李卓平的安徽小伙子比我来得还早,早在 415 室候着了,于是我俩便结伴而行一天半,第三个到来的,是来自济南的张子涛。分班信息公布,我分在八班,李卓平在二班。我按照张老师分配的任务,到 6 楼 8 班寝室,把本班各位男同学的床铺贴上学校指定的小标签,推开 614 室的门,里面出来一个人,他叫刘崇刚,江西人,与我同室,后来老刘也只与我们同学一月有余,就被举报,不知是什么原因给退回老家去了。我们 614 室一共住过九条汉子:同林、正才是正经读书人,喜欢按时按点上课上自习,学业有专攻,同林还是气功大师,每晚熄灯后会坐在床沿练上一个小时,屏神静气气沉丹田,一副老和尚打坐的架势;保生是足球高手,是他所在中学足球队的队长；小梁个子小，娃娃脸，是围棋高手；诗人帅哥阿常是有十分才情的，诗词功底无人匹敌；晓东做了班头，政治站位高，从不乱开玩笑；老庞乐天自在无忧无虑。

东方老师，我们学校在全国政法类高校中很有名，是新中国最早建立的政法类高等学府，改革开放后是首批全国重点大学，被誉为新中国法学教育的"西南联大"，法学界的"黄埔军校"。她的前身是1950年创建的，由刘伯承元帅担任校长的西南人民革命大学，是在重庆市红岩村八路军办事处旧址上筹办起来并开始招生的。红色是她的底色。1953年又合并了若干所大学，正式成立了西南政法学院，我们的校名还是郭沫若先生题写的，首任院长是原东北抗日联军第二路军总指挥周保中将军。我校的校训是"博学笃行，厚德重法"，分别取自《礼记·中庸》《易经·相传》《荀子·君道》，意思是要我们学生具备广博的知识基础，在社会实践中升华理论，还要厚德载物，隆礼重法，从而成为一名德法兼修的博雅之士、栋梁之材。

东方老师，我们除了要学习公共基础课，如语文、政治、英语、数学、计算机外，这学期还开了五门课，有法学导论，主要介绍法学的基本概念、法律体系以及法律思维的基本原理，为我们初学者打下坚实的法学基础；宪法学，涵盖宪法的概念、原则、组织结构和权力运行等内容，培养我们对宪法的理解和分析能力；民法学，包括民法的基本原则、民事主体关系、财产权利等内容，主要培养我们对民事法律的理解和运用能力；刑法学，涵盖刑法的基本原则、犯罪构成要件、刑事责任等内容,培养我们对刑事法律的理解和分析能力。最后一门是行政法学,它包括行政法的原则、行政组织和行政行为等内容,培养我们对行政法律的理解和应用能力。辅导员跟我们讲,四年本科要修三四十门课程,要把我们培养成从事法律工作的应用型、复合型高级专门人才。

东方老师,我想告诉您我来校后经历过的一个惊险的出差经过,至今我还后怕。上个星期辅导员说我是平江人,要我送一位教授去上海治病。火车从重庆出发,一路飞驰,到湖南湘乡境内,火车抛锚了。我们的火车停下来了,一天,整整一天,餐车上的食品和自带的食品都被吃得精光。周边农家用湖湘榨菜做的汤饭,十元一份向车上推送,快到晚上了,价格又飞涨到一份二十元。我跟教授下车买了两份汤饭,在湘乡机械厂边上的空旷草地上蹲着吃,一边数着晚秋天空中的点点繁星,一边眼睛不停地瞄着火车方向,看到车上灯火通明,就是不走,我们只好在草地上等待着。快到夜里12点光景,我们都打着盹,突然火车动了,速度渐渐加快,等到我们慢慢醒来,拍拍屁股上的草屑,用百米冲刺速度往火车厢奔去,追到跟前时,火车已加大速度呼啸而过,直把我们吓得双腿直抖,瘫软在地。原来欣赏湘西夜景的愉快心情一下子荡然无存。这可咋办呢?教授说他是湖南人,知道大致方位,说向株洲方向走。怎么走?株洲在哪儿?不知道!好不容易碰上当地一个上山打猎的猎人,一问才知,前面有个岔路口,到了后

兰篇三 西南政法学院法律系学生的一封信

右拐向前,可是走了半个小时我们又迷路了,山上各种野兽和群鸟的叫声划破夜晚的寂静,格外响亮。又到了一个岔路口,没有路标,又不知道往哪个方向走了,咋办?我这个在平原上生活惯了的人惊恐万分,后悔不迭。在山区待惯了的法学教授,四十岁出头,白面书生,一副珐琅眼镜在星空下闪闪发光。他说只要向前走下去,总会去到一个地方的,于是我们选择了右边道路继续往前走,进入一条盘山公路,朝下望去,真正是九曲十八弯,悬崖陡壁,让我看了毛骨悚然,不敢再往下看。大约又走了半个小时,后面出现了汽车灯光,感觉有救了,我俩赶紧远远地挥手拦车。车停了,一看是公安干警的车,感觉有希望了。从车上下来一个身着公安制服的人,他问我们是不是从火车上下来的,我们说是,并交代是西南政法学院的老师和学生。他邀请我们上了他们的车,在车上,他的同事介绍说他是湘乡市公安局局长,他们就是因为火车抛锚而来维持治安秩序的。局长说只能把我们带到湘乡,从湘乡坐公共汽车去湘潭应该能赶上下一班列车。我们就按局长指引的路线走,到了湘潭,下一班列车又出发了,于是辗转到株洲去,也没能搭上车,只好改签车票站着到了上海。

东方老师,这一趟出远门收获颇丰,让我这个从小县城里出来的孩子见识了许多。正如您在我们临结业前的班会上跟我们讲的,外面的世界很精彩,外面的世界也很无奈。但是我想,既然出来了就肯定会有一片广阔的新天地在等着我。

文科班

  我到西南政法学院报到已经一个月了,今天才提起笔来向您报告我离开县政协国栋文科班以后的情况,实在是抱歉得很。一来学院开学后课程密集,一直在上课,无暇给您写信;二来觉得考得不好,给您和其他各位任课老师丢了面子,不好意思给您写信,这些都恳请老师谅解。我虽然现在是大学生了,但还是懂得很少,一切要从头学起。您虽然是我们的老师,可'一日为师,终身为父'这句话不能用在您身上,因为您实际上只比我们大几岁,您就像是我们的亲哥哥一样。但事实上,一年来您对我们学业和生活上的关怀,就是我们的亲哥哥也不能做到。您早上五点钟就头顶星星赶到教室,盯着我们早读,一直到晚上十点,又在一行路灯下,踏着自行车回家。这一年,您跟我们朝夕相处,形影不离,全身心地投入到教育我们的事业中来,所以我想学生中如果有人想要写信给老师的话,那么第一个想写给的老师就是您!

  东方老师,虽然离开您和各位老师还不到一个月,但是我甚为想念你们。今日提笔斗胆向您及各位老师汇报我来渝后的情况,就是想请各位老师放心,我一定会牢记你们在国栋班课堂上对我的谆谆教诲,把自己的学法用法之路走好,争取向各位老师交一份让你们满意的答卷。

  祝您和各位老师工作顺利,万事如意!

学生王中华谨书
1989年9月30日于渝

竹篇三　再迁卫校

11月9日。孙儿问:"爷爷,体育场不是读书的地方,后来找到教室了吗?""找到啦,在九龙县卫校上课了。这次还是县委周书记和县政府魏县长两位党政一把手亲自出面安排的!"爷爷脸上露出了欣喜的微笑。

九龙古潟湖真是"水清鱼读月,林静鸟谈天"的好地方。水的灵动,水的韵味,水的纯洁透明,孕育了湖边水一样秀美的黎民百姓。他们勤劳、善良、安贫、乐渔,遵循着代代相传的风俗习惯,过着寻常人生。

教导处派了一位副主任到体育场把两个班的学生召集在二班教室,向大家宣布了学校的决定。他说:"由于孙老师的身体原因,一时还不能出院,也没有其他老师能来国栋班当一班的班主任,经学校党支部研究,决定二班班主任东方曜老师兼任一班班主任,东方老师是整个国栋班总班主任。从现在起,你们所有学生都要听从东方老师的教导,不得有任何违抗东方老师的言行,大家听到没有?""听到了!"一百八十名学生齐声答道。

东方老师把国栋班的总体情况向全体学生做了介绍。着重讲到了县委书记、县长都在关心这个国栋班,而且亲自协调、督促有关部门把卫校的两个护士班学生调到县医院大会堂上课,腾出两大间窗明几净、宽大敞亮的正规教室给国栋班上课,大家都要怀着感恩的心认真学习迎考,不能辜负了县领导的一片心意。接着便让学生按一班、二班顺序开始搬迁。

九龙县城有一条河名曰西垛河,呈南北向贯穿全城。以"垛"名河,也只能在地势低洼的里运河地区才有这种说法,九龙县境内除了县城内有一条西垛河,它的东面还有一条东垛河,一条北垛河。西垛河是明万历年间昭阳县令司马楚水以"古潟湖淤塞,欲与湖旁二十里开龙台河"为由向上申请开挖的。长约三十里余。到县城一带就称为西垛河,西垛河将县城一分为二,县城里的人把西垛河称为母亲河,她养育了世世代代的冯垛人。河西岸开发较早,人口稠密,为繁华市区。中华人民共和国成立后政府拓宽老街,将街上麻石板全部撬掉,一律浇筑成水泥大马路,人们行走在马路上再也没有走在凹凸不平的石板路上那种硌脚的感觉了,脚步迈得更快更欢了。剧场、体育场、中小学、医院、妇幼保健所等所有公共设施都在人民路两旁。后来市区逐步向街西延伸,增辟了东西走向的大湖路、南北走向的中湖路等主干道。人民路两侧栽上了法国梧桐，经过十几年的浇灌、修剪已绿荫如盖，太阳光线从密密的枝叶中透射下来，形成一串串白色的光霭，青枝绿叶，苍翠欲滴。老街上的人每到夜晚都喜欢到人民路上溜达一圈，这时空气更加清新，行走在枝繁叶茂的大树间，身轻如燕，耳聪目明，煞是惬意。人民路中段由北向南是汽车客运站、百货大楼、医药公司、县政府招待所、广播站，广播站斜对面就是县卫生学校。这是一幢四层大楼，一二两层是卫生局机关，三层是卫校校长室和教导处，还有一间是教师办公室，四层是两大间教室，最东头还有一间教师办公室。

用了不到四十分钟，东方老师便带领着两个班的学生辗转来到卫校。看到这里的水磨石地面、洁白的墙壁，每个教室有前后左右四盏日光灯高悬着，学生们心里别提有多高兴。刚把书籍摆放整齐，垛中的朱书记、苗校长、欧阳教导主任就踏进了教师办公室。此时，总班主任东方老师、外语老师汪奋进、政治老师祁立春在教师办公室，他们连忙起身欢迎校领导的到来。东方老师忙不迭下到三楼卫校校长室借了一瓶开水、三只白瓷碗，上得楼来，倒了三碗白开水让领导们喝。黑滋滋脸庞的朱书记干咳了几声，清了清嗓子，就叫东方老师把两个班的学生集中到东教室，他要训话。学生们刚拿起书本，要背书、背单词、刷习题，听到要集中训话，便很不情愿地放下书本，他们时间太紧了，没有必要再听一些鼓励上进的大道理，道理大家都懂，现在缺少的是时间，而时间就是分数。但是看到东方

文科班

老师站在讲台上,带着恳切的目光吆喝着,于是大家都聚拢到二班的教室里来。刚刚站定,欧阳主任推开教室门,朱书记第一个跨进来,东方老师小心翼翼地恭请他到讲台前。也不要苗校长主持,不要他人介绍,朱书记开门见山自报家门:"同学们!我是新来的垛中党支部书记朱书棋。今天是我第一次到国栋班来看望大家,希望跟大家交个朋友,并说说我对高考的一些看法。当年我也是一名复读生,我是在恢复高考后的第二年,1978年考上大学的,1977年参加高考没考上。第一年落榜后我也曾考虑过放弃高考到农村去当一辈子农民,可是当我拿起大锹连续挖了三天墒沟后,我已经累倒了在床上爬不起来了,大队书记找到我,鼓励我这个全村唯一的高中生不要放弃高考,说有比种田更需要我们知识青年干的事业。于是我插班在红沟中学复读一年,第二年终于考上了平江师范学院,现在当上了一名人民教师,而这是我最热爱的事业,所以我今天要跟同学们讲的核心话题就是永不言弃。"

听到这儿,下面有人小声嘀咕:"我们没有放弃呀,这不正在这里抓紧复习吗!"学生中起了一波嘈杂声,朱书记有点愠怒,但还是在给学生们讲着永不言弃的大道理。

听了朱书记这些老生常谈的讲话,有些学生很佩服,认为讲话很辩证,很有哲理,耐人寻味。但是也有学生认为他们现在不缺自信,也没有放弃,报名复习就是证明,他们现在需要的是好的教学方法、好的解题思路和好的学习方法。而那些一边背着英语单词,一边听着讲话的学生,便感觉云里雾里,丈二和尚摸不着头脑,原来他们在一心二用,英语单词也记得不牢靠。

就在朱书记讲话快要结束时,县政协陈主席、杨副主席也到了。陈主席在窗户外听了几句朱书记的话,觉得他讲得很好,他清楚学生其实是要讲讲学习方法,而对这些,他这样一位工农干部、小学三年级辍学的人是无法回答的。他便从朱书记已经讲得很好,不需要再重复鼓励的角度,认为自己不要再讲话了,但转念一想,既然来了还是要说几句才好。于是也不等朱书记邀请,同学们鼓掌,径直踏上讲台后面的台阶,对同学们说:"闲话少叙,直对中心,不添油加醋,我就讲一句话。今天能搬到县卫校来上课是县委周书记和县政府魏县长亲自交办、亲自落实才实现的,大家一定要好好复习,明年争取都上大学,没有啦!"

学生立刻鼓起掌来,掌声既是感谢陈主席的祝愿,也是在表达可以立刻回到各自座位投入学习的喜悦,而后者成分要大一点,毕竟时间对学生们来说真是太宝贵了。陈主席非常高兴,大喊一声:"我们快走吧,让同学们复习啦!"于是政协领导和垛中的书记、校长都退出了教室。

卫校楼下有一大片空地,每天来上学的学生除了在人民路的后街小巷就近租住的,大多数学生都是骑着自行车从远处的出租屋过来,车子就停放在这片空地上。一眼望去,小小的场地上停着上百辆自行车,一辆挨着一辆,挺壮观的,前来上课的老师也骑着自行车过来,车子跟学生们的车子停靠在一起。半个月后的一天,夏榆槐老师下课后到停车处找自己的自行车,找来找去就是找不到,他断定自己的车子被盗了。他立即冲上四楼,把这个情况告知负责日常工作的东方老师,东方老师也感到很惊讶,怎么会出现这种情况呢?每天进出的都是国栋班学生,也没有社会闲杂人员进来过,难道是学生中有小偷?如果是,那又是谁呢?在一百八十名学生中,有二十名学生是他从原来的彩云中学高三落榜生中带过来的,这些学生他敢打包票,他们虽然成绩稍差一些,但是小偷小摸这样的事是绝对不会做的,至于其他来自全县各所中学和个别外市县的高三落榜生,他就不好说了,毕竟没有跟这些学生打过交道,谁是什么品性,他全然不知。

听到夏老师的诉说,他想,都快接受十多年教育的学生了,难道不知道偷窃别人的东西是违法的吗?况且一辆车价值两三百元已经够上刑责了。第二天早读课,东方老师分别在两个班讲了夏老师自行车被盗的事,同学们听后也很惊讶。东方老师让做这件事的同学课后到办公室找他谈一下,如实说明情况,可以不追究,只当没有发生过这件事,还可以替其保密,但如果在今晚下自修前还是没有人来说明情况,他就要报警了。晚自习后,两间教室已经空无一人,东方老师端坐在办公室,等了很久,没有人到他这里来说明情况。这就让东方老师把不准了,他开始怀疑是社会上的人偷的。于是第二天一大早,他就骑车赶到大旱桥北,紧邻人民剧场的冯垛镇中心派出所报了案。警察随即到卫校实地查看了一下,填了案发经过记录,东方老师、夏老师签了字,派出所立案了。可是十天二十天过去了,案子也没有侦破,又过了些日子,案子就不了了之了。夏老师上班路途远,没办法就又重新买辆长征牌自行车骑上了,这是随处可以买到的比较普通的自行车,而他先前遗失的是一辆凤凰牌自行车。那是他托上海的表哥好不容易才买到的。骑着那辆车,一路吸引无数人的眼球,那可是冯垛街上一道靓丽的风景线。可惜啊,骑上不到三个月车就没了。这个把月来夏老师茶饭不思,心心念念想着自己的爱车,报完警后,他就幻想着在他上课的时候,警察能推开教室门向他报喜,说他的爱车找到了,可是等了一个月也没有任何消息。

东方老师把夏老师自行车失窃的事记在了班级日记上,也记在自己心上,他感到自己失职了,毕竟总班主任工作也包括师生的生命和财产的安全啊。东方老师也指望着警察能破了这个案子,可是直到高考结束,学生们各奔东西,也没有等到破案的消息。

西垛河左岸的老街向北一直延伸到轮船码头,每天出远门的人,都得到这里来乘轮船。

码头北边有一排县国营剪刀厂的家属区,都是平房。第三排第二间是厂里的工人师傅黄启武家。黄师傅夫妇生有三男一女,幺女黄碧萱是一位聪明伶俐、活泼可爱的小姑娘。白净的瓜子脸,弯弯的眉毛下有一双水灵灵的大眼睛。她从小在县实小小红花歌舞团里就已经崭露头角,歌唱得好,舞也跳得好,特别是当穿着那件白底红花的连衣裙跳舞时,简直就像一只美丽的蝴蝶在花丛中曼舞一样,动作优雅极了。到了高三年级时已经出落得蚕眉明眸、唇红齿白。黄碧萱从上初中起就爱看长篇小说,她爱看革命传统小说像《红岩》《红旗谱》《钢铁是怎样炼成的》,而像《林海雪原》《青春之歌》这些带有爱情故事的,奔涌着革命浪漫主义激情的小说,她更喜欢看。于是这样一位有着文学才华而又美丽动人的女生从高一年级开始就被老师任命为文艺班委,一直做到高三。高三的这位语文老师叫郑促生,四十多岁,头顶开始往后谢去,眼睛炯炯有神,朝人看去,仿佛有一柱电光在闪烁。国家恢复高考后,他考上了广陵师范学院中文系,那时他已成家并有了一个女儿。在大学里,他是一个喜欢出头露面的人物,常常参加学校里的一些社团活动。

在最初任教的一两年里,郑老师还能循规蹈矩,按照教学大纲要求上课,渐渐地,他感到这些学生虽然是上了高中,但还是那么天真幼稚,老师讲什么他们就记什么,一点自主意识都没有。在教了一个班的高一语文课后,他又跟班上,教这个班的高二语文课,在教了几节教材上的课文后,他感到教材太浅显,学生"吃不饱",于是就开始摆脱教纲自主教学了。他把他在大学里学到的古代文学、文学概论等内容,整章整节地搬到高二年级的课堂上,这些高深的文学知识直听得班上成绩好的学生大呼过瘾,而成绩差的学生却是一头雾水。就这样,成绩好、情商高的学生开始把郑老师当作心目中的偶像看待,连他的一举一动都觉得如圣贤一般高不可攀，把他的秀顶光也当成博学多才、聪明睿智的标志。这些学生中就有把文学当作自己生命的黄碧萱同学。她对郑老师不光是崇拜，而且已经到了顶礼膜拜的地步。

……

元末明初，冯垛县城西部还是一片汪洋，茫茫芦荡掩映在澄澈湖水中。位于东阳湖荡中乡下游的孟庄河南岸，虽然海水倒灌只是隔几年才出现一次，特别是在大汛年头才能见到，但是这些只在夜间能"冒火星"的咸水却造成了大片盐碱地，孟庄河上下游的所有低洼地区就成了沼泽地、盐蒿地、芦苇荡。每当遇到特大洪涝以后，这里就近乎荒无人烟，成片的盐碱地成了多年的无主地。

六百多年前的"洪武赶散"把大批世居苏南一带的百姓迁到苏北以后，在赤手空拳、手无寸铁的情况下，面对大面积湿地，他们想把它们围起来，但是一点办法都没有，只能在地势略为高一点的地方安家落户，耕耘发家开枝散叶。高老才就是被赶散到苏北的成千上万的移民之一。他不是从苏州阊门直接迁徙到孟庄河畔的，而是经如皋、海安、东台、大丰一路向北迁徙，且走且停，且停且走，最后从东边地势较高的龙冈镇迁移到这里的。到了明末清初，高老才的子孙们来到沙庄这片洼田湿地以后，跟大自然抗争的第一件事便是筑圩扛土、筑亭建舍。凭着肩挑手提，他们向洼地里取泥，向高地上扛土，围堰打坝，建成了一块又一块、一片又一片的沤田，种起了水稻。传到高老才以下高家二十三世高广茂手里,已经有十多亩水稻田。后来,高家的三个儿子全部成为人民公社社员了,广茂的二儿子高厚德又育有三子,大儿子一出生就得了小儿麻痹症,两条腿细若竹竿,行走不便。二儿子智力一般却有着一身蛮力气,田里挑担挖墒、扛笆斗是一把好手,但最怕读书,要他读书,如要他命。老幺高才亮自幼聪慧,读起书来过目不忘,记忆力超群,又擅长运算,在学校里最受老师喜爱。高厚德拍了一下高才亮的脑袋,"喂!小子,你好好读书,爷(父亲)会一直供你读下去。"可是才亮刚读完高二即将升上高三时,高厚德勤劳贤惠的妻子突然感到肝部隐隐作痛,到县院一查竟是肝癌晚期,高厚德立马带着妻子奔南都、转上海,跑遍了治疗肝癌有名的医院。在外奔波了三个月,最终被省人医回了下来。回到孟庄第二天,妻子便一命呜呼,高厚德大半辈子积蓄下来的钱财也已花得精光,高才亮高三的学费还是借的大伯、三叔家的。

  彩云中学高三年级学生宿舍是由一间大教室改成,里面胡乱地支起了三十张高低床,人行道只有半尺宽,进进出出都要侧着身子通过。水网地区空气潮湿,男生普遍得过"绣球风",又容易滋生蚊虫,到了五六月份蚊子满天飞。高才亮家里穷,借的钱只够交足伙食费,哪有钱买蚊帐,只好跟几个家庭困难的学生商量,每天轮流买一盘蚊香点着。那蚊香到了下半夜就燃完了,蚊子便飞了进来,啃噬着这些大男生的一张张稚嫩的脸和脖颈,还有伸出破床单外的大腿和膀臂。睡得很沉的孩子们哪里知道这个时候

"嗡嗡"飞来的蚊子在叮着他们的肌肤,疯狂地吮吸着他们的鲜血,偶尔被叮疼了的学生"啪"的一声,用手掌打在大腿上,便误以为蚊子撵飞了或被拍死了,一秒钟不到又沉沉睡去,一大早醒来身上布满了鲜红的包。

  高才亮就在这样的恶劣环境下硬着头皮坚持把书读下去。就在高三上学期快要结束时,父亲高厚德在帮人家上梁时,从三米高的桁条上摔了下来,肋骨折断三根,椎尾骨开裂。医生帮他打了石膏,医院住不起,他叫二儿子用板车把他接回家中,躺在床上三个月才下地,从此再也不能做重体力活儿了。家中唯一的一个养家糊口的硬汉子倒下了。挣不到钱就买不到粮,就这样高才亮在高三年级下学期开学后,就连菜金也交不上,中饭就只吃半斤米饭,喝几口漂着青菜叶的汤湿湿嗓子,勉强把干硬的米饭吞咽下去。天寒地冻的日子里,高才亮就裹着大伯父送给他的一件破旧的黄色军大衣待在教室里上晚自习,一直上到下半夜一两点钟才在两眼困得睁不开的情况下,跑回宿舍倒头睡去。临近高考已是面黄肌瘦,胡子拉碴,看上去像是个三十几岁的小大爷,好不容易把三天考试坚持了下来。因为数学、英语是弱项,那一道道艰深的数学题和那一道道陌生的英语题考得高才亮额头沁出了汗珠。分数下来一看,离高考录取最低分数线差三十分。回到家里,他一头扑在大洞连小洞的旧棉花胎上哭了三天三夜,家里连一件像样的家具都没有。母亲走了,大哥整天躺在床上不能动弹,二哥每天到菜地里扯些青菜烧碗汤,一家人囫囵着吞下米饭,有时一天只能吃上两顿;父亲又不能干重活、挣大钱,一家人的生活到了难以支撑的地步。高才亮一心想考上大学,想在毕业后能有一份稳定的工作,改变家庭贫穷的命运。但是临近九月份县政协国栋班开学的日子,他也没敢向父亲开口要钱去复习。他知道父亲在家搓绳、打箔子、编草帘卖,也卖不出多少钱。求学心切,他顾不得许多了,悄悄地跑到大伯、三叔家借了五百块钱的学费和十几块钱的伙食费匆匆赶到垛中报了名,于是又过上了读书的生活。

这一回高才亮更抓紧了,还改变了学习方法,建了一本错题集,凡是遇到不懂的题目,他硬着头皮问老师、问同学。这样前两次摸底考试下来,成绩还排在班级前几名,他对自己考上大学越来越有信心了。

漆黑一片的学校操场西南角上晃动着一高一矮两个人影,像是手牵着手,矮个子向高个子递去一样很轻的东西,高个子接住了,二人便匆匆地分头离开了。这一幕被学校保卫科长唐多余看到了,唐科长是部队转业干部,在部队从事机要工作,主要是保管一些机密文件。他性格沉稳,嘴巴很紧,每天都要在早晚时段巡视校园若干次,对全校的调皮学生了如指掌,但他从不直接批评他们,而是把他看到的有关情况告诉班主任,再由班主任找学生谈话。所以平常日子里,同学们对这个一身黄军装打扮的保卫科长很是敬重。见面时都要喊一声"唐科长好"。

这一天下晚自修了,唐科长照例沿着学校围墙巡查,刚走到西南角上的大楝树下,就听到有人说悄悄话:"郑老师,这是我写给您的一封信,请您收下。""好的!"郑老师接过信向四下里扫了一眼扭头就走,唐科长这才发现是郑老师跟他的学生。其实在教职工中早就风传郑老师在和女学生"谈恋爱"。先是老校长唐宝哲在老街上走访学生家长时听到一位家长说,他的儿子在垛中高三文科班上课,听到有学生在嘀咕,给他们上语文课的老师上课下课有事没事就喜欢喊黄碧萱同学回答问题,或是让她帮他做一些小事情,拿粉笔盒或是到文印室领几张白纸什么的。男学生们感到有点不满,总觉得一位上了岁数的男老师常常专注于一位女学生,让她跟他跑前跑后,总觉得有点怪怪的。唐校长也在默默地观察。而这个女生被郑老师叫到家里去单独批改作文并且把房门掩着,也引起了郑师娘的不满。在跟丈夫说了不要带女学生进家门几次以后,过了很长时间,郑老师又将黄碧萱带回家一次,这就激起了郑师娘的满腔愤怒。

为了顾及丈夫在学校的形象,郑师娘趁夜幕降临走到家属区唐校长家,唐校长不在,她就跟唐校长爱人洪锦秀老师说了这件事,希望唐校长能正式地找郑老师谈一谈。这边的黄同学对郑老师让她做事乐此不疲,感到博学多才的郑老师能经常想到她,让她觉得很愉悦、很享受,能跟一位偶像般的老师在一起,她深感荣耀与自豪。一学期下来,黄同学仿佛魂魄都被老师摄取了似的,一天到晚净想着郑老师那个秀顶光的光辉形象。终于有一天,她按捺不住心中的激动和仰慕,提起笔来给郑老师写信,写满了三张信纸的正反面。这天语文课后,她紧赶慢赶追上郑老师,说一声"晚上老地方见",然后就像小燕子一样,轻盈地飘向鹅卵石铺成的甬道边上的小花园里去了。于是就有了保卫科长唐多余看到的一幕。虽说唐科长办事沉稳、心思缜密,但是亲眼看到郑老师和学生在漆黑一片的操场上干起交接信件这样的事,也着实被惊吓到了。他沉不住气了,要大声地爆发出来,无奈夜已深,人们都已回家休息,沉浸在梦乡中。他忍耐住心中的不满,暂时把这件事放下了。第二天上午,校园里又是火热而又充满生机的一天,昨天夜里发生的一幕在他的脑海里不停地翻滚着,是向唐校长报告还是不报告这件事呢?他心里在激烈地斗争着。

"嗵"的一声,一只碗被重重地摔在水泥地面上。"退伙!""退伙!"国栋一班的几个学生齐声喊叫着。从锅灶后面急匆匆地跑出了系着大白布围裙的陆司务长,他是卫校食堂的司务长,也是一名炊事员。食堂一共就两个人,一个是他,他是正式工,一个是临时工老阿姨。陆司务长来到大餐厅也大喊一声:"怎么啦?怎么啦?"学生王青松带头回道:"你看看!你看看!你们烧的是什么猪狗食?"一名学生把碗里粘成一团的大块豆腐百叶攫起来送到司务长鼻子前让他嗅嗅,果然有一股馊味,司务长连忙打招呼,说是临时工老阿姨拿错食材了,把前几天买多了的百叶豆腐拿出来烧了。陆司务长赶忙向学生们赔礼道歉:"今天中午菜金一角五分钱照退,分文不要,全部贴到明天的伙食里去!""不行! 我们不在这里起伙了,你把这个月剩下的伙食费退给我们。"说这句话的是长着一张大团脸、浓眉大眼的胡本爱,他那浓眉成八字形,很显眼。

他是国栋一班的数学课代表,数学成绩特好,每次数学考试,满分100分的试卷,他都要考到95分以上,也算得上是两个班中的数学尖子。夏榆槐老师在黑板上解立体几何,遇到深一点的题目,他还要点名胡本爱在黑板上先演算一遍。文科班学生大多数语文好,数学差,就怕做数学题目,而胡同学几乎是没有碰到过不会做的数学题,就是在同学们各自紧张复习六门功课的情况下,他也舍得拿出时间来帮助那些向他求教数学的同学,所以他在班上人缘极好,一呼百应。这不,他说一声"退伙!"周围的同学便一条声地跟着呼应起来,吓得陆司务长用围裙下摆急忙揩掉手上的油污,伸出双手向胡本爱打躬作揖:"万万不能! 万万不能! 我已经跟老阿姨签了合同,一年的工资按照十个月,满打满算每月一百五十元,一共一千五百元,已提前发给她了,煤炭定金两千元也早就打给煤炭公司。另外,豆制品也已经订了三个月,你们如果要退伙,就是要我违约,老阿姨的一千五百元也早就被她娘家人看病花掉了,我怎么跟她要啊?"陆司务长在这些大小伙子面前差一点要滴下眼泪来。"那为什么我们每个月交三十块钱,你只给我们每周吃三天荤菜? 而且每顿所谓的荤菜也只是几片薄薄的肉片,一个月四天假,实际在这里只吃二十六天。十三天荤菜满打满算值十元钱,还有十三天素菜,每天成本只有两角钱,总共两块六毛钱,这样算下来,你陆大司务长就要每人赚取十七块四毛钱,你好黑心啊!"大家不听不知道,数学课代表胡本爱这一算真是把大家吓了一跳。司务长一个月赚了一个同学十七块四毛钱,十个月就是一百七十四块钱,一百多个学生带伙的,那就赚了一万七千四百块,这一下子就成了"暴发户""万元户"了。这一来群情更加激愤了,小青年们恨不得攥紧拳头上前揍司务长一顿。其实胡本爱也知道在这一万多块钱里还要开去两个人的工资、燃料费、油盐酱醋等作料钱,细细算下来也只能纯赚个两三千块钱,而且对于一个承包食堂的老板来说,赚两三千块钱也不算多,何况他还要方方面面去打点呢。

胡本爱家住东沙乡火炬村,父亲是大队会计,已经做了二十多年了,从胡本爱一出生时干起,整天一把算盘打得"噼里啪啦"响,有时候能达到盲打的地步,不管多么复杂的账簿,到他手里,三下五除二算得清清楚楚。胡本爱的爷爷是火炬小学校长,在七里八乡享有很高威望,有好多人家祖孙三代都是他的学生。胡本爱的小学就是在爷爷亲自授课下读完的,先是上一至三年级的复式班,上课了,他爷爷先教一年级语文,然后布置作业,去教二年级数学,再布置作业,去教三年级语文。就这样一个老师教三个年级的学生,忙而不乱,井井有条。到了四年级才多了一名老师,专门教算术,是上面派来的师范生。胡本爱的数学天赋就是在这位师范生老师的启蒙下日渐露出苗头。

四则混合运算，在他眼里就不叫算术题，他扫一眼就知道答案。老师也逐渐把初中的几何、代数教给他，谁知道他竟能毫不费力把圆柱体、圆锥体表面积算出来。后来的初中、高中，他的数学成绩一直在班上名列前茅，去年参加高考，历史、地理考砸了，名落孙山。玩了一个暑假，想想还是考大学是正道。说起来也蛮怪的，文科生大多数是数学学得不好才读文科的，而他数学特好，就是历史、地理拎不清，还好国栋文科班教历史、地理的两位老师是全县数一数二的学科带头人，胡本爱这几个月来这两门课程进步很大。现在在食堂，他当着同学的面把陆司务长的一本账扒得清清楚楚，同学们纷纷向他竖起大拇指，夸他到底是数学班委，数学概念清，有理有据，把陆司务长拿捏得准准的。

这时东方老师到校了，听同学们讲食堂有人闹事，赶忙奔过来。同学们见总班主任到来，便纷纷向四楼教室拥去。东方老师听陆司务长诉了一段苦，他说他其实没赚多少钱，就苦了个工资，闹事的胡同学帮他把账算错了。他恳求老师做做学生思想工作，继续在他承包的食堂带伙，还说在外面吃又贵又不干净，他答应东方老师改善伙食，保证学生每天都能吃到鱼和肉。既然陆司务长把话说到这个份儿上，而且又主动提出要改善伙食，东方老师便把陆的想法转达给学生，又给学生算了一笔账，说是在大街上，随便吃碗馄饨或者小面就要五角钱，而在卫校食堂毕竟能吃到米饭和蔬菜，营养搭配，比较合理，更重要的是能吃到热汤热水。这样一比较，才把中午的食堂风波平息下来,胡本爱带头表态,听班主任的话,继续在食堂就餐。

  1989年的春节有点冷,国栋班只放了除夕、大年初一、初二三天假,初三上课。而这时正是人民路上最热闹的时候,上午,一支来自西南边的水寨乡舞龙队正在人民北路舞龙,两旁的梧桐树下挤满了看舞龙的人,所有人都穿着崭新的外套,脖子上围着大围巾。腊月里气温还在一路上升,到了正月初一,寒流来袭,气温骤降,正好把新年里买的厚厚的大棉袄穿上了身,而那些双职工家庭的人家都开始穿上鸭绒服或羊毛裤。卫校门前鼓乐齐鸣,鞭炮震天,有几家新店开业,人来人往,好不热闹。刚从四面八方进城来的人,或骑车、或肩挑手提米袋、棉被等日用品的学生们,在卫校食堂前把大米过磅给陆司务长,又把棉被等物品送到自己的出租屋里,收拾一通后就赶到卫校准备上课。可是刚到楼梯口,东方老师就指着对面墙上的一张大白纸上写的《通知》让大家看。上面写着:因卫校将要迎接省卫生厅规范化教学工作检查,原来在县医院上课的卫校学生将回到校内上课,故请县政协国栋班的学生离开卫校。这可给兴冲冲跑来上课的学生们兜头泼了一瓢冷水,大家全都蒙住了。学生们纷纷问东方老师,我们又将搬到哪里上课呢?

  人民路是冯垛街上最繁华的街道,而且又是步行街,平日里就是车水马龙,人山人海。这几个月一下子又来了国栋班近两百名师生,而且这些人每天早中晚都会出现在大街上。每天早中晚都会引起大街拥堵,交警大队专门派了两名交警每天在卫校门口维持交通秩序,而国栋班学生每天放学一哄而出,人头攒动,都会引来许多路人围观,堵塞了交通,特别是晚上10点多钟下自修的吵嚷声更是打破了后街小巷的宁静。

这就引起了周围市民的不满,更何况这里还居住着许多在部委办局上班的公职人员,他们熟悉政府政策法规,知道孰对孰错。于是有几封人民来信就写到了省市厅局,结果上面都知道了。这还了得!上面三令五申不准办复读班,你九龙县竟敢违抗不从。就这样,上面叫停的电话一直打到县委、县政府。县委办公室直接把电话打到陈鲲鹏主席家里,这把陈、杨二主席烦透了。还在春节期间,到哪里去找教室呢?解散吧,二位主席又不忍心,这些学生就像嗷嗷待哺的孩子,迫切需要吮吸知识的乳汁才能茁壮成长啊。有一些乡镇中学还空着,但是搬过去又怕没有吃住的地方,而且抽调的老师也不太可能每天骑自行车下乡教学,人家在本校还带着一两个班的课呢。而街上凡是有教室的地方都被他们捋过好几遍了,几所职工学校如商业职校、供销职校、建筑职校、轻工职校等都是人数满满。彼时,国家正在提倡学历教育,每个人都想拿到一张高中或中专文凭,就连夜大、电大、职大、自考大专班的教室都是人满为患。除夕夜,陈主席又接到政协秘书长朱建华打来的电话,说是县委办传达县委书记周侃侃的指示精神,务必让陈主席慎重考虑国栋班去留。去,就一散了之;留,留在何处?请县政协早拿办法,在春节期间落实。刚撂下电话,电话铃又响了,是杨副主席打来的。

两位年近六十岁的老主席,一年一度的春节联欢晚会都看不安稳,一直在叽里咕噜商量着为国栋班找教室的事。突然一个闪电在陈主席的脑海中炸亮了,他想到他的连襟、总工会主席徐锦绣手下有个工会职校,在跃进路上,紧挨着县高级中学,地理位置有点偏向县城西南一隅。虽然工会职校也正在办两个班的工人职高班,但是可以让这些学生分散到全县八大职校中去补习,腾出两间教室把国栋班下学期几个月撑下来。他把这个想法跟杨副主席说了,杨副主席很赞成,两位老人在电话两头,在窗外鞭炮声中会心地大笑起来。陈主席的夫人在旁边听着,一点也不感到奇怪,她跟老陈过了大半辈子了,无论是在乡下还是在县城工作,老陈一颗为民办事的心从未停歇过,几十年来他不知道为老百姓特别是弱势群体中的痴呆傻、孤鳏寡做了多少好事,解决了多少人生活中的困难。那一年中庄乡下的一对残疾夫妻,夜里一不小心把火星子烧到铺上破被子上,燃起了熊熊大火,烧得家里一片灰烬,幸亏被邻居及时发觉,两个瘫子才没被烧死。陈主席在中庄乡做乡长,第一时间赶到现场,把两个残疾人安排在大队部的一间仓房里,一边叫人送来吃的、盖的,一边立即叫上民兵连突击砌屋,冰天雪地里只用了十来天时间便给这个残疾人家庭砌上了两间土脚墙、稻草苫的房子,让他们住了进去。过了几个月,这一对残疾人夫妻撑了一条小木船到乡政府,扑通一声,跪在陈乡长面前,一口一个"活菩萨",把陈乡长叫得挺难为情的。陈乡长又让乡政府食堂烧水做饭，让他俩吃饱喝足，然后送回家去。像这样急人所难的好事，陈夫人的脑海里已经记不清有多少回了，现在老陈又为全县的这一批好学上进的孩子操办国栋班，她前后经过都知道。

陈夫人有姊妹三人，陈夫人是老大，总工会主席徐锦绣的夫人是老二。这位徐主席是部队副团职干部转业回到地方，他原来在部队的一个报社里任副总编，自考大专毕业，爱好文学，常常有散文、杂文、小说在报纸上发表，算得上是一个优秀的部队文职干部。在部队当兵的时候就跟徐夫人恋爱了，结婚后徐夫人还随军住了几年，育有一双儿女，儿子也正在上高三，学的也是文科。徐主席早就知道有这个国栋班，而且觉得这个班要办，这些学生不是因为智力差、书没读好而落榜，实在是因为当下大学太少了，录取率太低，考上大学真的是不容易。他也在担心自家的儿子能否考上大学，虽说现在成绩排名在全班前20名。

想到这里，徐主席干脆离开客厅不看春节联欢晚会了，把自己关进房间，全身心地思考问题的解决办法。到底是部队干部，又在地方磨合了几年，他终于想出了一个好主意，他还是想请大连襟跟县委周书记说一下，让县委办通知总工会办公室，要求总工会顾全大局，为了明年我县多考上几名大学生，从为全县争得荣誉，为考生个人成才着想立即腾出两间教室。这样的话，他就可以在明天大年初一名正言顺、冠冕堂皇地召集工会领导班子会议商议这件事了。他把自己的想法打电话告诉大连襟,陈主席认可。

第二天上午9时,会议准时召开。很显然在昨夜的电话通知中,办公室主任已经把会议的主题告诉了班子成员,所以当徐主席点明开会主题后,会场上立刻像炸开了锅。围在椭圆形台面周围的几位副主席和职校校长也一条声地喊:"这个不可能!""这个不可能!""怎么能这样呢?""是谁出的馊主意?这年还让不让人过了?"感叹句、反问句就像连珠炮似的"砰!砰!"直发。徐锦绣是任凭风浪起,稳坐钓鱼船,他知道这件事碰到谁,谁也会嚷一阵的,既然这样,就让大家伙大叫大嚷一阵吧。大概过了十几分钟,喊叫声渐渐低沉下来,窗户外面的鞭炮声也渐渐稀疏下来,桌上摆放的瓜子、果品、奶糖也开始有人抓起来吃了,他还在不紧不慢地喝着装在不锈钢茶杯里的浓浓的茉莉花茶。又过了大约一刻钟,会议室里出奇地安静下来,直到这时大家才齐刷刷地注意到徐主席的不动声色、平和柔顺。徐主席见大家的情绪平稳下来了,便把有点沙哑的嗓音清了清,还好,轻轻咳了两下,嗓音就变得洪亮了。

徐主席于是发言:"同志们,不好意思,今天把大家召集在这里开会,因为大家都清楚,我们还处在中华民族传统的节日里,而且是春节,是大年初一,正是阖家团圆的日子。但是没办法,我们都是吃公家饭的,公家有事随叫随到,更何况是县委办打来的电话。今天会议的主题大家都知道了,是叫我们职校的两个教室腾出来让给谁蹲?是给明年,噢,过年了,也就是今年了,1989年即将参加高考的学子。在这些学子们当中肯定会有人考上大学,而且很有可能有学生考上名牌大学,不管是一本还是二本,将来都会成为国家的栋梁之材。他们将来在建设国家的大潮中肯定会比我们多做出些贡献,因为他们接受过高等教育,而且人脉关系广,甚至还会有人出国留学,把发达国家好的文明成果带回国造福人民。因此回过头来看,我们今天腾不腾出教室事小,影响人才培养事大。所以县委比我们看得远,他们先是腾出卫校教室让这批学生住进去学习,现在,卫校面临上级检查,县委不得已才让县委办通知我们腾教室。大家如果从县委的战略高度来看的话,还对县委这一决定存有异议吗?"一番宏论说得这些端公家饭碗、文化层次又相对较高的科级、股级干部们一个个像泄了气的皮球蔫了下来。

"好啦,既然大家对县委的决定没有异议,明天就请吴为光校长把教职工集中起来打扫教室,干干净净迎接国栋班学生的到来。另外,总工会机关这一块,我跟各位主席分头各带一名工作人员到其他七所职校所在的上级单位,如轻工局、粮食局、贸易局、建工局等找他们局领导商议,把我们举办的学历班一百九十名学生分流到他们的职校中去。请办公室上午把分工表打印出来,分发给各位领导,请各班子成员从大年初六开始分头行动,到各大局对接,争取把疏散工作做到井然有序,不得出任何差错,保证向县委县政府交出一份满意答卷。当然我还要打电话到县委办请他们打电话通知这几个主管局,让他们做好接待我们的工作,否则,人家不一定会理睬我们。散会!"

菊篇三　校长朱红梅的杏坛耕耘

11月22日晚。孙儿垚垚问："爷爷，联谊会上第三位发言的同学是谁啊？"爷爷说："是位女同学，她叫朱红梅，还是一位中学校长呢！她在边疆支教时看到的贫困生的学习环境和生活环境真是叫人无法想象，但是，她坚持下来了，尽到了一个优秀教育工作者应尽的责任。"

下面请朱红梅同学发言。她发言的题目是：玉壶存冰心，朱笔写师魂。

各位老师、同学们：

几天前，接到卜嘉玉同学来电，要我在师生联谊会上，结合自身的教育教学实践谈一些从教感悟，我立刻就想起了九年多的师范院校求学生涯的经历，以及十余年来在教育、教学工作岗位实践上的感受，对自身专业成长发展路径进行了一次复盘和省思。今天，我想基于我个人的从教成长经验，拟从职业生涯规划、教育教学实践、校长管理经验等方面向大家作个汇报。

1989年的那次高考，把我这一名农家小女子送进了淮城师专，原本计划三年专科学习回到县里当一名光荣的人民教师，却因分配政策的变化而打碎了铁饭碗。为了提升就业竞争力，我通过专升本考入了东方师范学院，本科毕业后，我又考取了西北师范大学的研究生。从专科生到研究生，一路走来就是九年，而我越是深造越是发现自己知识的贫乏、能力的不足，在不断求学的过程中，个人的视野逐步拓展、思维能力有了很大的提升。专科的学习让我的教师基本功扎实了，本科的学习锻炼了我的组织能力，研究生的学习培养了我的科研意识和创新能力。持续的学习，让我得到了阳光雨露般的滋养。工作至今，我执教的语文课《三峡》《雁荡山》获部级优质课，在远程教育平台上向全国高中生免费播放。在《语文月刊》《平江教育》《课堂教学》等学术期刊上发表教学论文三十余篇，参与研究国家、省、市科研课题八项，先后被评为黄海市卓越青年教师、平江省十佳校长。一路走来，我的感悟是：作为一名师范生要坚持学习，因为学习力是元能力，是你想要提升任何能力的基础。过去，一个人全部知识的90%是在学校获得的，其余10%只依靠在工作阶段的学习领悟，而现在则完全相反，在学校学习到的知识不过占20%，80%的知识需要在漫长的一生中通过不断学习和实践获得，所以一个人只有保持学习力才能对知识产生渴望，对新生事物产生兴趣，才能从内心激发自己主动探究、主动成长的热情。

我毕业后成为一名教师，再次走进学校，走上教师岗位，甚至在校长工作岗位，我发现我所学到的知识远不能解决我所面对的所有难题。因为人生充满了不确定性，到处是新的挑战，如果思想保守，固步自封，放弃学习，放弃自我成长，将无法适应时代的变化和教育的变革，注定会被时代淘汰，而不能在时代大潮中做一名弄潮儿。使人成熟的不是岁月，而是经历，见过大世面的人总是思维深刻，淡定自若。求学生涯中，我先后担任学校文体部部长、科研部部长、社团部部长、团委书记等职，积极参加学校的书法比赛、大专辩论会、慈善活动，等等。这些活动让我结识了其他院系的同学、一些党政领导干部和普通老百姓，认识了不同领域的精英，见识了社会的丰富多元。正是因为在互动中体验，在体验中成长，我才会变得更开放、更积极、更主动、更乐观。工作至今，我先后担任过任课老师、班主任、政教处主任、教导处主任、副校长、校长，负责过学校的党建、德育、体育、少先队、少年宫、英语教学等项工作。由于教学行政工作出色，我也被评为平江省英才计划高端人才、黄海市卓越青年教师培养对象。正是因为求学期间参与各项活动，培养锻炼了自身的组织协调能力、沟通交流能力、写作撰稿能力、抗压适应能力，才保证了我在面对不同岗位、不同环境时能快速适应、融入角色。

老师、同学们，你们谁也猜不到，我工作的第一站是因支教去了远方的云南周城少数民族学校，在"高原明珠"洱海边上。这里白族和回族居多,刚做班主任时,我就发现有个小女生,别人一吃零食她就躲得远远的。你问她,她什么也不说,问其他同学才知道,她的父母已经分居,因为她是女孩,父母都不要她,只得住在奶奶家,没有人给她零花钱,有时连早饭都吃不上。在人们的想象中,周城是一块富饶而神奇的土地,人们生活优裕,尤其是洱海周围的村寨,是镶嵌在洱海周围的璀璨明珠,贫穷不会在此藏身。然而,你可能想不到,学校开运动会,小女生因无钱买运动鞋而不肯去参加运动会,我就先替她交钱买了运动服、运动鞋。有一天,她泻肚,我带她到医院开药,代她付了款,我想,一个孩子,可以被这样无情地冷落、遗弃吗?她应该有被爱的权利,我要帮她讨回公道!我一次又一次地家访,据理劝说,她的亲人终于被感化,答应今后不再歧视女孩了,把我垫交的钱也都还给了我。这个女孩又重新回到了亲情之中,学习成绩一直名列前茅,后来考上了上海的一所大学。

接下来又发生了一件奇葩的事。新学期开学新书发完了,有一个同学迟迟不交书费,我以为他家生活困难,就先替他交了书钱。可是,别的学生告诉我,你不要替他付钱,他家有钱。原来他爸是个工人,因为酗酒,他妈离婚走了,扔下他俩。后来,他爸酗酒更厉害了,还经常打骂孩子,孩子就不敢向他要钱。了解情况后,我登门家访,发现他爸提着酒瓶满嘴酒气,我按捺不住心中的怒火,大声呵斥他:"你身为人父,却不尽父亲的责任,天天提着个酒瓶子,毫不关心儿子的生活与学习,今天我来了,你只关心他在班上排第几名,为什么不问问你儿子吃饭了没有?吃饱了没有?书费交了没有?有谁在替你尽父亲的责任?"他低下头不再说话了。此后,我每天都要问问这个孩子吃过饭了没有,爸爸喝不喝酒,还打不打他,发现他爸爸真的改了许多,酒喝得少了,还每天给孩子一点儿笔墨钱和零花钱。当然,接下来,又反复过几回,甚至孩子也偷偷地喝酒,说是,他多喝一点,他爸就少喝一点,就不打他了,这个举动让我心疼死了。后来因为我支教期满,离开周城,看着这个孩子,我只能含泪在心中念叨着鲁迅的那句名言:"救救孩子!"但是,文科生的品质已在我灵魂深处开花结果,良知决定我不能放弃这个孩子。我把他的故事全部告诉了接我教棒的一位来自浙江的青年男教师,让他多多关注这个小孩的成长。一年后,在我和那位青年教师的竭力保荐下,小孩被接到上海培志班学习,现在已经在复旦大学读大二了。

回到家乡平江后,我在九龙县古潟湖初级中学任校长。在素质教育的潮流中我顺势而为,终于把古中打造成一所集人文、生态、活力于一体的现代化初级中学。我让学生们知道,对于沿海发达地区的学生来说,审美教育、视野拓展、梦想激励等"软性实力"的培养不是奢侈品,而是必需品。通过进行诗歌朗读增强孩子们的审美体验;通过参观博物馆、科技馆、大学校园,让学生认识最前沿的科技成果,拓展他们的认知边界,丰富他们的知识结构;通过梦想激励挖掘和激发他们的内生动力,为他们补上"博雅教育第一课"。2003年夏令营,我带着孩子们来到海南岛大海边,度过了快乐的一周。我给孩子们讲《山海经》,我还从《诗经》开始,按文学史脉络,选取了二十首代表山与海灵魂的诗歌,与孩子们一同鉴赏,体会诗歌的美好意境,希望对他们的学习、工作、生活、人生成长有所启迪。

做人的学问不外乎德才兼备,教育的目的全在于教人知书达理,成为对社会、对家庭有用的完善个体和"齐家治国平天下"的英才。因此,我乐于探索将素质教育与爱国主义、本土文化、求实创新有效结合起来。多才多艺是父母对孩子的期盼,也是素质教育的应有之义。古潟湖初中以及我后来任校长的沿河中学、援西时的西海省海神州民族高级中学,都在我的倡导下先后组织成立了戏曲、舞蹈、音乐、朗读、象棋、篮球、乒乓球等十多个兴趣小组,并坚持每周开展一次活动,以此来丰富学生的课余生活,培养他们的兴趣爱好,提升他们的综合素质。我常对学生讲,文艺能开发人的智力,增强人的涵养,净化人的心灵,美化人的生活,学校开展兴趣小组活动所追求的目标是繁荣校园文化、倡导精神文明、塑造优良品格、陶冶高尚情操,不断积淀学校深厚的校园文化底蕴。2005年中秋节,我把学生带到潟湖畔感受湖水的气息,也把梦想的气息送到孩子们的身边去。在湖畔田园边上,幕天席地,给学生开讲梦想课堂,寂静的村庄、绿色的田园、蜿蜒的小河,大家领略着家乡美景,心中向着诗和远方。

作为一校之长,我尽可能地为每个同学创造条件,让每个同学得到充分自由、和谐、可持续的发展,引导同学们观察美、体验美、表现美、创造美、培养审美情趣和审美能力。在朗诵兴趣小组,经典朗诵不仅提高学生的审美情趣和人文素养,还激发起他们对语文学习的兴趣,增强了表达能力。在航模科技兴趣小组,同学们可以自己动手做航模,并把做好的航模在室外放飞,其实,此时他们的心灵也得到了自由的放飞,他们在玩耍中学习,在游乐中不知不觉地养成了对科技的兴趣。戏曲小组的同学在老师的带领下,像模像样地学唱京剧和家乡地方戏垛剧。美术兴趣小组的同学用手中的画笔描绘着自己心中的梦想。运动场上,篮球运动员生龙活虎,尽情秀着球技。

兴趣是最好的老师,各种兴趣活动的开展把学生从枯燥的学习中解放出来,寓教于乐,给单调的校园生活增添了靓丽的色彩。孩子们在快乐中学习,在快乐中成长。学校也成了集琅琅读书声、优美歌声、欢乐笑声为一体的"三声"校园。培养德智体美劳全面发展的素质少年离不开学生的养成教育。在我任校长的学校,我都将《少年中国说》镌刻在教学楼上,铭刻在每个学生心中,但是,就是这样,我们学校还是发生过让人意想不到的惨剧。

晓晓从小懂事,学习刻苦,成绩优秀,读初三上学期时不幸陷入精神困境,被诊断为抑郁症。在治疗和休学大半年后,晓晓坚持回学校参加了中考,但是随后晓晓抑郁症复发,住进了医院。我去看望了几次,了解了一些治疗方案,跟他谈了几次心,又跟医院说好,把药带上,带他去内蒙古大草原旅游了十天,看着他精神状态越来越好,就又让他回到教室上课。可谁能想到,在大半个月后,晓晓走了,是在学校自杀的。那种深深的悲痛锤击着我的心,我想,有多少老师能够认识到孩子们的精神健康的重要性啊!我们的社会什么时候能够把孩子的精神困惑当作和感冒一样的正常现象来平和地科学地对待呢?美国诗人艾米丽·狄金森的一首诗中有一句"假如我能够让一只昏厥的知更鸟重回它的巢穴,我便没有虚度此生",可我作为一名教师,没能做到这一点,没能挽救晓晓的生命,我感到深深的自责。

去年我积极参加教育系统援西活动,担任了西海省海湖州民族高级中学校长。虽然刚开始还不能适应高寒地区的生活,常常因缺氧而头昏脑涨,但是在当地藏族同仁的关心下,我逐渐适应了高寒生活,也顺利地融入当地的教育教学环境中。我把沿海地区先进的教育教学理念、方法、手段植入到民族中学的教育教学中去,很受藏族师生的欢迎,特别是"三声"校园活动在民族中学搞得有声有色。去年底,我还被评为英语正高级教师,这既是对我以前工作的肯定,对我今后工作的鞭策,也是对我十多年来坚守师范属性的鼓励。

当然,我在西海省教学时也碰到了一些不堪回首的往事,今天说来让老师和同学们听听:这些高原上的孩子有小部分家庭生活困难,缺乏营养,皮肤黝黑,黑里透黄,他们的胎教是劳动的声音和母亲的叹息声,牙牙学语时就同泥土、山岩、野草、鸡犬、猪羊打交道。我曾重点跟踪过的一个班,让我看到了懒散、贪玩、不守纪律、没有时间观念、没有理想追求,更为可怕的是早恋,学生们的性成熟并不迟到,初二就已经一对一地谈上恋爱了,有些还保留了定娃娃亲的传统。有一个小女孩偷吃了禁果,怀孕了,不敢同别人讲,又不知道怎样处理,就一直等到生下来。不料,某一天早上,传来了她死了的消息,学生们诡秘地议论着她的死因。我走进医院太平间,里面有一个男生在凄厉地哭喊。走进去,我被一幅凄惨的画面惊呆了:扑在停尸床上悲痛欲绝的是一个小男孩,也就十四五岁。我不想打扰他,我感到一种莫名的悲哀,默默地离开了。我想,岁月抹不去这个小男孩刻骨铭心的悔恨,这阴影会伴随着他的一生,他被陋习和欲望打败了。通过此次事件,我非常警惕中学生的早恋,我发誓要站在陷阱边沿,挡住毁灭孩子的魔鬼,我开始更加紧密地陪伴孩子,因为陪伴也是一种教育。

高原的孩子还有一种普遍现象,那就是辍学。空座位意味着一个孩子命运的转折,是重复大山里的父辈母辈的命运。我曾经以一个空座位为起点,第一次上山里访问一个女孩子的家。一打听,这个小女孩家离乡镇还有二十多公里的山路,打的要五十多元钱。就是这样的袖珍小县,你坐了半天公共汽车也可能到不了目的地。我走到天黑才到了小女孩家,女生舀来山沟里的冷水给我喝,吊锅里煮着饭,还煮着牦牛肉,真香啊!这是他们待客的最好的食物。第二天我带着小女孩,用了九个小时,绕了八座山头,走了十八里山路,坐了四个小时的中巴车才赶回学校。当我们出现在教室门口时,全班同学报以热烈的掌声,而我已经两脚红肿瘫在讲台上。小女孩嘻嘻哈哈坐到座位上,表现出一点也不吃力的样子。

回想起自己的求学生活,师范属性深深烙印在我的心头。淮城师专的校训——"学高为师,身正为范"、东方师范学院的校训——"博雅兼上,知行合一"都是我的座右铭,我深记在心,时时反省自己。教师是育人的职业,教师的言行影响着学生,"师范"二字不可或缺。求学期间,我精研"三笔字"、绘画、普通话、声乐、钢琴、各种球类、班队会活动策划等。这些都是作为一名师范生必备的教育教学技能。一段情感充沛的朗读、一幅巧妙的板书设计,都是"真功夫""软实力",都会为我的课堂、课外教学添彩增色。当班主任期间,我带领学生每天练字,正是孩子有"向师性",愿意模仿老师,我任教过的班上的孩子都写得一手规范、整洁、美观的方块字,这是老师传递给孩子的宝贵财富。工作至今,我多次参加教师技能大赛、岗位大练兵、课堂教学展示、演讲、报告等活动。无论是板书还是朗读、演讲等,我都能得心应手,游刃有余,也取得了黄海市德育工作先进个人、平江省向上向善好青年诸多荣誉称号。这些称号的取得,离不开我作为一名文科生的属性和一名师范生的属性,离不开教师基本功的长期积累。

青春由磨砺而出彩，人生因奋斗而不凡。一个人要有一种高尚而又有情趣的生活态度、精神追求、责任意识，要把小我融入大我，把青春献给祖国，在不懈奋斗中让青春熠熠闪光。大学时代，我时刻提醒自己要让勤奋学习成为青春远航的动力，要让增长本领成为青春搏击的能量。勤学苦练本领，勇于创新创造。人生万事须自为，跬步江山即寥廓。我将用脚步丈量祖国大地，用眼睛见证中国精神，用内心感应时代的脉搏，用行动诠释责任担当，不断书写奉献青春的时代篇章，在奋斗中谱写新时代的《青春之歌》。

最后，我诚挚邀请各位老师和同学，在你们方便的时候去我们西海省海湖州观光考察，西海湖、拉梁山、龙虎峡、黄河大峡谷、贵德黄河奇石苑等景点有着别致的风景，让你流连忘返。

我在西海等你！谢谢大家！

大厅里又是一阵雷鸣般的掌声。这掌声是师生们对朱红梅同学挚爱教育事业，为教书育人奉献靓丽青春的由衷赞赏。

兰篇四　中山大学地理系学生的一封信

12月1日晚。东方垚垚做完作业,还想听爷爷讲故事。爷爷找出第四封信给他朗读起来,爷爷的普通话那么标准好听。爷爷读完信后告诉他,写信的是一位女同学,当年考上了中山大学地理系,毕业后,她做了几年大学教师,讲授旅游地理,前几年,她辞掉教职,干起了导游,现在在全球各地带着五湖四海的游客跑,已经跑了一百多个国家。

东方老师:

您好!

I'm sorry! 马上快上大二年级了,才敢提起笔来向尊敬的班主任老师写这封信,原因是前年高考我只考了535分,被中山大学地理系录取,而我的所谓强项英语只考了75分,据说在整个国栋班参考的同学中,我只排到第56名,而我在历次英语摸底考试中都是位列前三的,真是羞煞我也。也正因此,我无颜见各位老师,特别是兢兢业业、朝朝暮暮陪伴我们读书的班主任、语文老师您,还有对我特别器重,常常为我专门开小灶,辅导我英语的王丽妩老师。好在经过一年的大学生活的陶冶,我摆正了心态,恢复到了正常的心理状态,觉得高考有一两门学科考得失手也属正常。东方老师,您在课堂上跟我们讲的古语,"人非圣贤,孰能无过""甘瓜苦蒂,天下物无全美",我现在感触颇深,所以我今天已经放松心情,欣然提笔向您及各位国栋班老师报告一年来我在中山大学地理系学习的情况,也算是学生这厢有礼了!

东方老师,我去年刚踏上花城的街头就被这个南国城市的风光迷住了,花团锦簇,姹紫嫣红,苍翠如濯,正像昔人咏月季花的诗所说的:"花谢花开无日了,春来春去不相关。"您教过我们的秦牧的散文《花城》《艺海拾贝》中描写的广州美不胜收的视觉盛宴,我都实地欣赏过了,果然是名不虚传。瞭望越秀山、白云山秀色可餐的山景,观赏六榕楼、白云观古色古香的殿堂,让我在紧张学习之余感到身心放松。晚上珠江两岸成了灯的海洋、光的世界,高楼大厦金碧辉煌光彩夺目,江上大桥灯光闪烁,远远望去真像一条条金龙银蛇卧伏在辽阔的珠江上,微风吹过,灯光像无数的星星在闪烁。

中山大学的校园跟广州市的街景一样迷人。我们地理系在东校区,环境优美,交通便利,不仅设有图书馆和电子阅览室等常见的学习场所,还设立了配有最先进仪器设备的国家重点实验室，为我们地理学实验研究提供了强大的支持平台。

东方老师，其实我在拿到中山大学地理系录取通知书时，对地理科学专业还一无所知，到校后听教授们讲，地理科学是一门从地质、地表形态等诸方面对地球进行深入研究，同时也研究地域与人们生活关联的学问。对它的研究大致分为两大块：一大块是以地形、地质、气候、海洋等自然环境为对象的自然地理学，另一大块是以人口、城市、交通、文化等为对象的人文地理学，而我渐渐地喜欢上了人文地理学。我认为人文地理学是一门非常有趣的学科。我感到很幸运，因为人文地理学可以研究自己感兴趣的内容，比如我喜欢自然、喜欢音乐，就研究自然声景观和音乐地理学，下学期搞人文地理学专业的老师和他的研究小组可能会得到一笔国家自然基金的资助。再比如，我喜欢旅游，就可以研究旅游地理学、地貌学，我喜欢张家界、武陵源，就研究张家界、武陵源地貌风景成因与旅游市场地理结构。我喜欢书法，还可以研究书法地理学，真是妙不可言，妙趣横生。只不过在研究这些课题之前，我们必须先要学好二三十门专业课，像自然地理学、现代地貌学、环境演变、经济地理学、人文地理学、计量地理学、区域地理学、测量地图学、地理信息系统，等等。教授说了，对我们这些地理科学专业的学生的培养一定要以重基础、重技能、宽口径的人才培养理念为指导。为此，系里既重视地理科学专业基础课程的教学，也要强化地理实践与地理教学技能训练课程的教学，还允许我们凭个人兴趣选修课程，以拓宽我们的知识视野。

东方老师，不瞒您说，我特别喜欢旅游，虽然费用很大，但是我们有吃苦精神。我是从我们九龙县北四社（最穷的四个乡镇）走出来的大学生，我经历过缺吃少穿的生活苦难，而我现在的生活比我在农村时的生活要好上若干倍。我在中山大学学习，每个月有助学金四十五元，上学期还有奖学金、出差补助。有时住老乡家，人家也不收我们一分钱，还十分热情地炒上好多可口的、荤素搭配的菜，都把我们吃胖了。有几位好心的贵州苗族大娘还主动认我为她们的干女儿。我们下学期有一些生产实习活动，有海洋地貌、河流、喀斯特、丹霞和雅丹、第四纪地质等专业的实习。喀斯特地貌在贵州，河流在三峡，丹霞和雅丹地貌在新疆，海洋在山东荣城，第四纪地质在上海、浙江等地。去年10月份，我们跟着国内著名的喀斯特地貌专家周辉玉老师去了贵州安顺，去的路上我们还遛个弯儿去了一趟广西桂林，看了桂林的喀斯特地貌，顺便还游览了芦笛岩和燕子岩。我第一次见到了这些石灰岩溶洞里生长了几亿年，甚至几十亿年的各种奇形怪状的钟乳石。那冰凉的钟乳石尖上的水还滴到过我的脸上呢，让我感到莫名的惊诧和好奇。在贵州我们参观了黄果树瀑布，那瀑布飞流直下，水声激荡，龙吟虎啸，气势非凡，如同一首动人的交响乐。而在翠绿的山峦间，瀑布又如同一道白色的绸带，飘逸而灵动，令人流连忘返。这一次，我玩遍了中国的两个第一：甲天下的桂林山水，还有中国第一的瀑布黄果树瀑布。我想毕业后就在贵州工作，专门研究贵州的喀斯特地貌，看看在这些地方适宜种什么植物，帮助百姓致富。当然，主要还是因为这里景点很多，风景很美，可以吸引国内外游客来此一游，以发展少数民族地区的经济，改变他们贫穷的面貌。说起来这也是我与旅游地理学研究的缘分了，估计到时候在我的父母亲那边可能要费些口舌了，毕竟他们只生养了我这么一个宝贝女儿，如果在数千里外的贵州结婚成家，那不就苦了他们了？

东方老师，一学年下来了，我印象深刻的大学老师，有我们地理系的，还有地质系、数学系、中文系、物理系的老师，因为他们教给我的东西让我终身受用。我们系的任才华院士在开学典礼上曾经跟我们讲过，地理学知识太多了，浩如烟海，而且更新很快，更新周期大概也就在四五年。因为更新快，所以有两大基础最重要，一个是英语，一个是数学。他说只有英语好，听说读写样样精通，才能及时掌握国际地理地质研究最前沿的学问和最新的科研成果，从而指导自己的地理学研究，提高自己的研究水平。他要求我们这一届学生的数学成绩要好，要和数学系学生一样，所以我们在大一年级就是学的一类数学，难得要命，好几次因为复杂的验算险些晕倒。当然随着知识学习的深入，我对学好数学的重要性认识越来越深刻，数学思维对我们做地理学科研究，做定量分析很有帮助。我听教授们在上课时说，以前地理学研究不用定量，是凭经验和感性认识，是定性分析，但是这样不能传承，也不能形成文字让同行评议或者让人验证，是不符合地理科学研究规范的。以前的地理学更多的可以看作是文科性质，从我们这届文科生考上大学被地理系录取也说明这一点，但是这学期我们邀请了国外的一些专家来做报告，发现国外已经普遍使用定量分析方法，前几年的地理系老师数学往往不够好，但他们已经清醒地意识到我们这一代应该学好数学。任才华院士的观点就是我们要打好数学基础，掌握英语这个学习工具，未来一定很有用。

我想我在今后的地理学研究中就要运用推广实证方法，不能再洋洋洒洒，口若悬河，空谈大话了。地理系还有一些教授，我们只知其名，不见其人，因为有好多老师都在野外搞研究，像周宝龙教授我们很少见到，因为他经常去青藏高原，甚至到尼泊尔去研究冰川，据说他在跟学生授课时一再强调要有艰苦奋斗的精神。他夫人是研究海洋的，她经常说的一句话是，无论别人让您做什么样的工作，都不能说不会做。您说不会就永远不会，您说会就能钻研下去，最终会会。她虽是一名女教授，但她的吃苦耐劳精神在全系是有名的，她曾乘坐潜水艇深潜到一千多米深的海底，这在现今的女科学家中还是极为罕见的。做海洋研究非常辛苦，她在做浙江钱塘潮水文观测时24小时没有睡觉，因为她知道一旦睡觉错过了一个小时，跟您同步观测的其他船上的工作就会受到影响，甚至会前功尽弃。

东方老师，告诉您一个连我自己都不敢相信的消息，我，谈恋爱啦。其实我是一个很内向的小女生，在国栋班时您也是知道的，我就是宿舍教室两点一线，从不与人交往，性情甚至有点孤僻。就连男生说一句也不怎么低级趣味的话，我都会朝他狠狠地乜上一眼。我在大学里也不参加课外活动，也不和男同学跳舞，而且我觉得也不应该很早地恋爱，但结果我在两个月前，刚过完21岁生日时就开始恋爱了。男朋友比我大四岁，复习了三年才考上大学的，在大学里他也是一个认真学习的人，但他倒不是像我这样什么业余爱好都不要了，他是校足球队的主力前锋，身体很结实。穿背心踢足球，胸肌、背阔肌好大一块，暴露无遗。唉！不知道我怎么就不知不觉地爱上他了，而且我也听说，校园里有三对情侣，其中一对，女学生扎着羊角辫，一副小鸟依人的样子，而男学生白净文气，瘦高个儿，他们走在校园的椰树林下，文静优雅煞是让人羡慕。但是这三对情侣都没有赢得好下场，有两对毕业前分手了，而第三对郎才女貌，虽然坚守到毕业没有分开，但是听说学校学生处在工作分配时，把他们一个分到海南岛，一个分到哈尔滨，让他们天各一方，"千里共婵娟"。所以我有时也焦心，怕我俩的早恋像另两对那样也是"竹篮打水一场空"，但是，现在我说不出什么，也不想公开，不知是何原因。

　　东方老师，说给您听，您也可能不太相信，我们虽然是大学生了，但班级里的学习气氛还是跟中学一样浓。我们排队打饭的时候都是很整齐地站成一排一排，都是

"低头族",低着头背英语单词,排到自己该打饭打菜了才抬起头来离开课本。我们早晨六点钟起床,早上大喇叭刚播放跑步进行曲,我们就"呼啦"一声起来跑步了,围着致远楼跑上半个小时,然后都拿着英语书朗读。在椰树林里、棕榈树下,或在江边沙滩上,凉风吹来,头脑一片清朗,单词相当好背,读一个背上一个。我在学校很少参加课外活动,因为觉得时间真的是太宝贵了。其实我的体育成绩是够得上学校女子田径队水平的,这学期在地理系运动会上我拿了 100 米、200 米短跑冠军和 4×100 米接力亚军,所以系里的一位老师就劝我去参加校女子田径队,让我准备参加在北京工人体育场举行的全国大学生运动会。但我一口咬定坚决不参加,因为高等数学给我的压力很大,特别是微积分、数理统计、线性代数,而刚好有几位老师都是用他们家乡方言讲课,特别是粤语,我听了感觉一头雾水,甚至比外语还难懂,所以只能非常用功才行。那位老师劝了我几次没用,就找了系主任跟我讲,让我进校运动队参加广州市的运动会,我见男朋友也参加了,于是就报了名。

东方老师,我现在一心扑在学习上,还想跟男朋友一起考我校的研究生,不知道是不是天方夜谭?中山大学学生活动中心天天跳交谊舞,我挺传统的,坚决不去跳。我以前喜欢在业余时间看小说、写小说,现在也金盆洗手不干了,我跟我自己说要"戒断"。前几天我们辅导员老师告诉我一个我也完全没想到的好消息,说我这一学年在历次考试中成绩总分和单科都是全班第一名,听到这个消息我也流下过眼泪,真正是功夫不负有心人。我每天都是6点起床读书,读到六点半,然后去食堂,之后到教室上课,中午午睡一会儿,大概半个小时后又去教室,然后又是食堂,晚上又去教室一直到熄灯才回去,偶尔跟男朋友在珠江边散散步,在椰林下吹吹风,就是这么个生活和读书的节奏。上图书馆还和人家争过位置,甚至在上学期我还买了一把锁,把书包锁在座位上。因为图书馆座位少,来看书的学生很多,哪怕迟到一分钟就没座位了,所以需要抢座位,当然我知道锁座位是不好的,这学期我改了。

这一学年快要结束了,系党支部和学生会组织我们到附近的越秀区先烈中路79号瞻仰了黄花岗七十二烈士墓,它就在白云山南路,我们是步行去的。一进陵区,就见到孙中山先生题写的"浩气长存"四个烫金大字,接下来有默池、纪功坊(著名革命党人章炳麟书写的12字篆文,"缔结民国七十二烈士纪功坊")、红铁门石牌坊、黄花亭、龙柱、四方池、孙中山手植树、潘达微墓(潘是收集烈士遗骸葬于黄花岗的义士),最后是碑廊。参观下来,确实令人感到悲壮,七十二义士为推翻帝制建立民国英勇献身,可敬可佩,正如《黄花岗》这首诗中所赞的:"您是部耐读的黄封面的书,即使时间从这儿飞逝,但上面的标点仍凝满殷红的血。"东方老师,您有空到广州来,我一定带您游览花城,观赏珠江,也想陪您瞻仰这座黄花岗七十二烈士墓,真的,太有意义了。

东扯西拉写了这么多,耽误您时间了,还请东方老师海涵,实在是跟老师分别快一年了,有好多话要对您讲。好的,就到这里,祝您和师母工作顺利,万事如意！祝您家小宝宝白白胖胖,健康成长！

学生:葛玉媛

1990年6月28日于穗

竹篇四　三迁总工会职校

12月10日晚。今晚,爷爷告诉孙儿垚垚:"我们又搬家了,搬到总工会职校了,可是,两个发了财的私企大老板家的公子哥把教室门锁起来,不让我们进去,亏得县委周书记出面才圆满解决。"

九龙古潟湖的冬天特别冷,湖面结冰能走人。偌大的湖面就是一片纯天然的溜冰场。庄户人冬天没大事,一高兴就扛个榔头到沤田里去打冻鱼。这里的男男女女为啥冬天好动不怕冷呢?据说就是因为常吃鱼虾的原因,能量高,精气旺。大面积的湿地、白汪汪的水田,取不尽、吃不完的鱼虾蟹鳖,静悄悄无噪声的生态环境,善良和谐的打鱼人家,这就是美丽的古潟湖畔。

卫校门口,东方老师被前来报到的学生和家长围得水泄不通,他也不知道把学生带向何方。他也只是在今天上

竹篇四　三迁总工会职校

午才接到校办主任电话,说让他早上八九点钟到卫校门口张贴公告,然后等通知。当他接到公告时也蒙了,这得搬几回家才能安定下来呀?这不,从垛中校园到体育场主席台边上的大厢房,再到爬这四层楼的卫校,现在刚上了两个月的课又要搬了。这届国栋班真是命运多舛啊!难道这两个班的学生中将来真要出几个干出惊天动地的大事业的伟人来吗?难道真是应验了那句"故天将降大任于是人也,必先苦其心志,劳其筋骨"?

　　东方老师被围在楼梯口,感慨万分,啼笑皆非,坐等通知,可这通知什么时候能来呀?说曹操,曹操到!只见总工会办公室栾主任大喊一声:"东方老师,哪位是东方老师?"众人目光齐刷刷地向东方老师投来,栾主任看出来这个一身全毛中山装,戴着一副变色近视镜,头发三七开,还搽了点发乳,五官端正,文质彬彬的小青年应该就是东方老师了。他拨开人群,大踏步来到这位小青年面前:"你是东方老师吧?""我就是!""我是总工会办公室主任,我们总工会徐锦绣主席让我来带你们到工会职校教室去。""工会职校教室?"师生们还是第一次听说有这所学校。"在汇文路西,县高中斜对面,我这就带你们过去吧。"师生们喜出望外,刚刚消沉下去的情绪又一下子昂奋了起来,满心欢喜地跟着东方老师和栾主任,肩挑手提着,一路逶迤着就朝工会职校赶去。还好,跃进路是平坦的,全由水泥浇筑,在这个新春开年大喜大庆的节日里,同学们和他们的父母亲或是兄弟姐妹们一边看着街上喜庆的舞龙舞狮队的表演,一边兴高采烈地同才分别了三天的同学交谈着。他们刚刚还在迎着刺骨的西北风行走在乡间泥泞的小道上,此刻暖阳高照,身上开始燥热起来,有的男生索性敞开厚厚的大棉袄,而里头有的有一件开司米线衫子罩着,有的里头没穿内衣,露出了汗涔涔的胸膛。街上那些在节日里踩街的市民们都好奇地望着这一群穿着不是蓝色就是黄色衣服的老实憨厚、中规中矩的小伙子和姑娘们,他们一点都不知道这些人是干啥的,为什么在大年初三街上人过节的时候,出现在这里。不到一刻钟工夫,学生们便跨进了总工会职校大门。进了大门后是一个很大的水泥篮球场,两只篮球架分别矗立在东西两侧,崭新的篮网在风中飘忽着。家住在附近的两三个职高班学员在打篮球,他们还不知道十几天以后这些鸠占鹊巢的国栋班学生就要把他们赶跑了,尽管他们此刻还沉浸在节日的氛围中快乐地打着篮球。球场北面就是两层大楼,一楼是办公室,二楼是两间教室。同学们一窝蜂地冲进教室,赶紧找个前排座位安放好课本、文具,便各自回租住的宿舍去收拾了。

这时一位皮肤白皙的瘦高个的年轻人走进了一楼腾给东方老师的教师办公室。没有旁人,这个小青年便自报起家门来:"东方老师,我叫谷一,是丰收乡谷家荡人,今年23岁,是个复习了三年还没有考上的往届生,这三年都在丰收中学插班复读的。这个学校历史、地理是教政治和语文的两位老师兼教的,他们在课堂上照本宣科,把课本读一遍,谈不上旁征博引,然后就让我们根据课本上的练习题在课文中找答案,抄下来就完事了。我们根本就不会综合归纳,也不会举一反三,所以史地两门拉下不少分数,结果全丰收中学高考几年光头,有好多学生因为复习了多年始终考不上就放弃了,我今年想再冲刺一下,把史地两门恶补一下,请东方老师帮忙把我收下来。"

这个小青年话语诚恳,他长着一张团团的小脸蛋,细眉小眼,眼里有光,小鼻子高挺着,五官轮廓比较匀称,看上去还是个蛮秀气的小青年。小青年也不隐瞒自己是个六门学科除了语文都不出色的差学生,他直言英语、数学考了三年,也只能考个及格分,英语有一两次摸底考还考过40分,都是因为乡镇中学没有一个科班出身的英语老师,英语全是民办和代课教师上的。这些老师本身也只是初中或高中毕业生,而且还是小学五年制,初中、高中二年制的,他们在课堂上还经常把单词写错,时态也搞不清楚,去年高考英语自己也是连蒙带猜才考了62分,勉强及格。东方老师问:"那你语文呢?"提到语文,小青年来了精神,眼睛放光:"我唯一感到自豪的就是语文基础好,尤其是作文,无论是记叙文还是议论文,我都写得很好。去年作文在全县考生中排名第三,150分折成百分制算,得了85分,据说还被阅卷老师互相传阅过。"说到这里,谷一用军用棉袄袖子把刚刚吃过油端子留在嘴唇的闪闪发光的油斑抹了一下,显得很得意的样子。"那你还有一学期,你准备怎样才能把其余五门学科成绩提上去?""老师,我向你保证,我从今天起每天只睡五个小时,其余时间除了认真上课外,早自习一三五全部背英语课文和单词,二四六全背语文、政治,晚自修后回宿舍背历史、地理,每天背到夜里一点。我向你发誓,如果做不到我就誓不为人!"谷一信誓旦旦地说。"好吧,我开个单子,你到垛中后勤处交费后就到班里听课。"

"原来是连襟啊!"工会机关干部从大年初三开始就分成几个小组对接有职校的几个大局,今天大年初十,工会祁副主席在轻工局会议室刚坐下来,就听到轻工局陆大镇副局长在他耳朵边叨咕:"你晓得啊,你们工会徐主席跟政协陈鲲鹏主席是连襟啊。"祁副主席吃惊不小。这祁副主席年轻时也是教师出身,后来跳槽到总工会当秘书,干了十多年才从办公室主任岗位上提拔为副主席。这老祁也有点迂,下班后就在家里练习书法,大门不进,二门不出,不像别人喜欢在官场上钻墙挖洞,他也从不听小道消息,更不会说张家长李家短,工作上也从不拐弯抹角,只认死理,基本上属于一个老老实实干事业的副科级干部。大年初三,在工会会议室里刚听说要搬家腾空给国栋班用,他是喊得最凶的一个。他认为把办得好端端的一个职高班,而且又是总工会的一道当家招牌菜歇掉,更会招致社会上的人对工会的不满。社会上已经对从计划经济转向市场经济的过程中,私营企业里的工会组织的性质、地位和作用越来越模糊了,甚至消失了议论纷纷,那些贪得无厌,捞取第一桶金的企业主们,已经早就不把工会放在眼里了。"多劳多得,多干一个小时就多拿一份工资,这是个死理,要工会干什么呢?"这些已经成为一些私企老板们的共识。他老祁有时带领下面的科室人员到私营企业调研工会工作开展情况,工厂传达室看门的大爷连大门都不让进,而在工会工作面临滑坡的时候,有人点拨他们说,可以把职工培训作为工会工作的一个新思路,所以才有了今天的工会职校,才有了职高班,也才有了工会工作的新亮点。而现在竟然分流了,这对一心扑在工会工作上,在工会干了几十年的老祁来说,真是新年里送给他的闷头一棍。可现在陆副局长说起了徐陈之间的姻亲关系,却把他吓醒了。好在一把手主席肚子里没有多少花花肠子,基本上遇事也是就事认事,不扣帽子,不打棍子,这才让祁副主席跟一把手又平平安安地共事了四五年才全身而退,当然这已经是后话。

　　几天下来,八大局所辖职校接收总工会职校学生的所有事宜都已办妥,分流学生基本上安排就绪,只等上课。眼看着欢度春节的人们,一眨眼又要欢度元宵节了。县文化馆里用鹅卵石铺成的羊肠小道两旁的塔松上,已经挂上了各种形状的花灯,有走马灯、骰子灯、圆灯、关刀灯、兔子灯、吊灯等普通的,也有九龙特色的"鲤鱼跳龙门灯""双龙戏珠灯""单龙戏凤灯",等等。正月十五的晚上,市民们都出来看花灯,公园里张灯结彩,人头攒动,欢声笑语,通宵达旦。有几个猜中灯谜的小伙子把那奖励的毛绒兔、毛绒猴、毛绒狗等玩具送给小孩子们玩,有的拿去换了棉花糖吃,这几个小伙子中就有总工会职校职高班的学生。当大

文科班

家正沉浸在莺歌燕舞的欢乐气氛中,突然有一个小伙子冒出一句:"我今天到工会职校打篮球,怎么见到我们的教室有学生在上课呀?""不可能吧?我们明天就要开学了,怎么会有学生坐在我们教室里呢?"小青年们也没把这些话当回事,再加上晚上喝了点小酒,头晕晕的,大家就继续逛着灯会,直到夜深人静方才散去。

正月十六说到就到。工会职校学生兴致勃勃地背着书包上学,走到楼梯口猛然见到墙上张贴着一张《通知》,围观的职校学生如同炸开了锅。《通知》上是分流到八大职校的学生名单和各个职校的地址,要求今天上午就要分头到这些职校报到上课。开头事由只说了一句:"接上级通知,工会职校教室让给县政协国栋班学生上课。"当知道楼上是从卫校那边搬过来的高考国栋班的学生时,这些职校学历班的学生气不打一处来,有一个穿着雪白长羽绒服、脖子上围着一条大红围巾的蛮标致的小青年振臂一呼:"去找吴校长去!凭什么把我们的教室让给他们?走啊!"一呼百应,一群学生就朝一楼最西边的校长室走去。这位吴校长是黄海普师毕业,属于老中师生,从教多年,心理学、教育学方面有理论,有实践,算得上是一个老教育工作者了。他知道这些学生突然被迫进入一个新的环境和状态,会感到焦虑、无助、不安,容易生气和沮丧,无法顺利适应新情况,这时候应对办法就是沟通,沟通越早越好,因此他早早地就坐在办公室里等学生上门来了。

"白羽绒"第一个跨进校长室,碍于开学第一天,还在新年里，又是面对校长，他还是挺客气地先问候一声："吴校长，新年好！"然后就忍无可忍地大声质问起校长来。吴校长也不生气，他知道这时候需要舒缓氛围，把工作节奏放慢一些。他端着糖果盘，先发给每人一片大糕和一块大白兔奶糖，嘴里还一直不停地向每位学生问候一声："新年好！新年好！"毕竟已经跟吴校长和各位职校老师相处半年了，大多数学生还是怀有朴素的师生感情，学生们一边接过阜民大糕和大白兔奶糖，放在嘴里咀嚼着、吮吸着，一边安静下来，准备听吴校长解释。可是，吴校长又能怎样说服他们呢？他也只能把总工会徐主席在工会班子会上讲的一番话照着笔记本读了一遍，几乎一字不漏地传达给了学生，并且还发挥了他擅长做思想政治工作的特长，也像徐主席一样，从九龙需要高端人才回乡建设的高度谈了办国栋班的重要性。可谁知道"白羽绒"大吼一声："这些人考上大学，毕业了还能回九龙吗？人往高处走，鸟往远处飞，难道校长不知道这个道理吗？"一时间问得吴校长语塞。吴校长这才知道他过去的一套思想工作方法只能在中小学生身上奏效，面对这些成年人，这些工人小哥哥，他讲的大道理是多么苍白，他也认为"白羽绒"刚才讲的话是对的。僵持了五分钟，人群中一个梳着"二马分鬃"发型，看上去像抗日电影中的小汉奸模样的年轻人大手一挥："同学们，上楼啊，夺回我们的阵地。"于是，二百多名来自县属企业和几个办得好的乡镇企业的青年工人便一窝蜂地登上二楼楼梯，朝各自教室拥去。已经上了十几天课的国栋班学生突然看到比自己大几岁的青年男女拥进教室,大喊大叫要他们出去,吓得把课桌上的书籍赶紧往书包里塞。总班主任东方老师赶了过来,他也不知所措,吴校长在楼下喊话,让学生们下来,可无人理睬。在二班教室里上课的是从县中借调过来顶替政治老师谢梦友的薛丹老师,在一班上语文课的是郑老师,二人都二话不说,夹起备课笔记和讲义就回到教师休息室。看这阵势一时半会儿解决不了,上午的课是上不下去了,坐了一会儿就下楼,骑车回到各自的学校去了。

职校学生冲进教室,坐到了上学期坐的位置上,国栋班学生只好收拾书包退了出来。篮球场上刚刚还是职高班的学生,现在都换成了国栋班学生,他们背着书包站在篮球架下,像一个个无助的孩子一样,东张西望,盼亲人来帮助他们。余江、王中华等成绩上等的学生舍不得浪费分分秒秒时间,赶紧拿起袖珍英语单词本在凛冽的寒风中背诵起来,上下牙齿还在打颤。总工会徐主席赶过来了,几位副主席和工会机关的所有人都赶了过来。徐主席苦着脸好言相劝。"白羽绒""二马分鬃"和同伴们哪里听得进去,像定桩一样稳稳地坐在自己的座位上。他们说自己也是建设国家的栋梁,如果不是我们这些挡车工、汽修工、车床工、油漆工拼命干活,你们穿什么、用什么。争吵声中时间已经到了中午,国栋班学生在水泥场地上腿站酸了,眼见得楼上没有结果,他们也只好先回宿舍。"白羽绒"和"二马分鬃"带人去小五金商店买了两把铁壳锁,把教室门锁好后，扬长而去。

　　争抢教室事件传到县政协，也传到了县委。这一阵，县委正在筹备黄海市乡镇企业发展现场会，周侃侃书记正带着县委办、工业局、乡镇企业局一班人马在几个大的乡镇企业调研。调研结束就要决定两个样板现场放在哪儿。这事非同小可，是要在市领导和全市其他各县市区主要领导面前展示九龙形象。从大的方面说，将会影响到全县工业在全市的排名以及在年终能否得到综合奖的问题，从小的方面说，周书记已经做了五年县委书记，"民间组织部"说今年他要提拔到黄海市做副市长，所以这次现场会也是助力周书记提拔的一次绝佳机会。正在去兆海镇的路上，碎石子公路坑坑洼洼，车子颠簸得十分厉害，周书记的小吉普车像波浪一样上下跳动，人被颠得要散架。这时他收到消息，县委办公室钱副主任来电，向他报告县工会职校学生不肯让教室的事。周书记二话不说就回了一句"请陈主席解决"。县委办得令，立即通知政协秘书处，传达周书记指示。陈主席此时已经赶到工会职校，听到秘书处来电，本想立即召集相关人员开会，谁知道这里已是人去楼空。

　　下午两点开会，工会会议室里鸦雀无声，大家在静静地等着陈主席的到来。工会徐主席站在门口，迎接他的大连襟。不一刻，陈主席、杨副主席、朱秘书长到。寒暄过后直接进入主题。陈主席说："今天工会职校发生的事是谁也没有想到的，国栋班本来只是有一些外部干扰，主要是上面不允许办,而我们九龙又急需培养人才,所以经请示县委同意举办。大半年下来一波三折,已经搬过几次家,学生们就像难民一样,搬来搬去,让人很揪心。现在又出现了内部干扰,几个小青年又把门锁起来了,不让上课了,简直是'小秃子打伞——无法(发)无天'。事情已经发生了,总得要找到解决问题的办法,今天我们来就是跟各位商量,看拿出一个什么好的办法来。下面哪位先说说?"祁副主席吸取大年初三教训,坐在第二排,噤口无声,低头不答,怕他们连襟再演个双簧戏,让他惹下口舌之祸,到最后吃不了兜着走。几位副主席纷纷发言,有人说:"擒贼先擒王,先摸一下'白羽绒'和那个'二马分鬃'是哪个厂的,找到厂长严加教育,如不听劝告就劝其退学,学费一分不退。"有人说:"先报警,让公安局上门,先让他们把锁打开,再找带头闹事的谈话,该处罚的处罚,一点不得含糊。"陈主席担心如果上纲上线处理了这些小青年会影响到他们的前途,甚至在恋爱、成家、生小孩等事情上都会受到影响。他对这些工会班子成员的发言不满意,便让他的连襟徐锦绣说说看法。徐主席清了清嗓子,一上来连用了三个"没想到",说:"一、我们谁也没想到新年里工会职校会出现学生锁教室这件事。本指望我们跟八大局对接好了,把名单贴出来,每个学生对号入座,前去相关学校报到上课就完事了,谁也没想到这些青工学生不吃这一套。二、我们谁也没想到这件事情闹大了,县委周书记都知道了。刚刚接到县委办打来的电话,说周书记很生气,说九龙县各个方面情况都很好，唯独工会职校在新年里出了这样的事，简直是'一粒老鼠屎坏了一锅粥'，在县委看来，我们现在就是'一粒老鼠屎'。周书记还说在全市现场会召开之前，如果还解决不了锁门的事，那么工会班子集体引咎辞职。"会议室里一阵骚动，班子成员坐不住了，这是他们在官场上干了几十年从未听到过的狠话，一个个开始惶恐不安起来。徐主席继续说："第三个没想到的是，滕厚登大老板的儿子滕小远和王同富大老板的儿子王大成竟然带头闹事，这两个人，我们看在他们老爷子面上，上学期给了他们多少荣誉，又是共青团积极分子，又是入党积极分子，都准备进考察程序，吸纳他们入党入团了，你看看，他们原来是这路货色。吴为光校长要做检查，是你平常跟他们嘻嘻哈哈打成一片，老师不像老师，学生不像学生，'教不严，师之惰'，从今往后严禁职校校长和老师跟成年学生混在一起没大没小吃吃喝喝称兄道弟，要拿出师道尊严出来，真正办成一所职工学校的样子。否则，也将会跟我们总工会班子一样，各人引咎辞职。"

说到这里，徐主席眼睛盯着陈主席，心想他该讲的话都讲完了，接下来就请你县领导发话吧，谁知陈主席说了一句："今天就先开到这里吧，散会！"大家愣了一下便立即散去。原来陈主席想在小范围内研究解决的办法，他知道这两个大老板目前是九龙的大红人，纳税都过百万，据说每个吃财政饭的人拿的工资中就有三块钱是他们两个厂纳的税提供的。这两年各种头衔都在往他们两个人头上戴,什么人大代表、政协委员、纳税大户、慈善名人等光环一圈又一圈,所以听连襟说到他们,就赶忙撤下阵来,想小范围讨论这个事。在总工会小接待室里,只有徐主席和县政协的陈主席、杨副主席、朱秘书长四个人在密谈。总工会一栋三层小楼就在总工会职校围墙内,跟职校两层小楼面对面,平时学生下课也有人会走到总工会小楼上串串门,都是成年人,也没有什么距离,所以这些二十来岁的青年工人响应国家号召要做一个有知识、有文化的青年职工,就报名来参加职高班,一般都是小学、初中毕业生来学习高中知识,毕业后拿到高中毕业文凭,将来好参加进一步的深造,上电大、夜大、职大、自大,甚至可以参加全国高考,到全日制大学专科、本科就读。这是国家为了解决因停招大学生而造成的人才断层问题而采取的应急措施,为的是提高全民文化素质,为实现四个现代化储备人才。

徐主席的办公室也经常有一些小青年进来坐坐,他也很喜欢跟青年人交朋友,他知道那个穿着雪白羽绒服的小青年就是颜宽乡锦纶集团董事长滕厚登的儿子,而那个经常梳着油光闪亮小分头的是沿河乡飞达阀门管件厂董事长王同富的儿子。这几年锦纶服装集团已经把外省的一些工商局工作人员的制服加工承接了下来,所以产品不愁销路,一年产值就有三千万元,利税一百五十万元。滕公子含着金汤匙长大,他喜欢吃海产品,滕总就专门出车到山东蓬莱、烟台一带直接拖回海产品,厂里为此还专门买了两只冰柜冷冻着,随时满足"白羽绒"的口腹之欲。他想吃羊肉,就派车到内蒙古大草原上运回鄂尔多斯羊肉,说那羊肉膻味大,公子哥就喜欢闻那种膻味,膻味越浓,他吃起来越香。滕公子穿的是今年流行的雪花呢全毛短打和长羽绒服,正在恋爱中的女朋友穿的衣服都是他买的品牌时装。他来职校学习,厂里还特地配了一辆桑塔纳小轿车接送,进职校读书也不过是随大流、镀镀金,混个高中文凭而已。小分头王大成的情况跟他差不多,稍微不同的是王大成还敢动武,看人不顺眼就会来个全武行,因此成了派出所里的常客,但是每次出了事都能全身而退,所以提到王大成的名字,沿河乡老百姓的心里就会"咯噔"一下。昨天他俩锁了教室门后,又叫了两个青工学生分头到几个县属大厂,找职高班同学传达他俩的指示,坚决不同意分流到其他职校,必须在工会职校继续上课。听了徐主席一番情况介绍,陈主席觉得,现在要想把两百多名职高学历班学生召集起来训话,肯定是做不到了,因此一时也拿不出主意,协商一时陷入窘境,只好暂时休会。

国栋班学生被职高班学生撵出来以后,也只好先在各自家里或出租屋里自学。东方老师每天骑车穿大街走小巷,到其他任课老师家里取回刻好的模拟考试题蜡纸,送到垞中油印室,摇着滚筒把一张张试卷印出来,再骑到几位班干租住的小房子里,把油印的试卷分发给他们,再由他们分头送到每位同学手中,当然收不到试卷的同学也有不少,但这样做总算是把国栋班的学生收拢在一起,并没有给人一种解散的感觉。

文科班

经过多方协调,总工会职校的两间教室门打开了,国栋班又按部就班地上课了,分流的职高班学生也都到职校去了,一场关门风波就这样化解了。化解的内幕在政协和总工会机关传开了,说是县委周书记工作水平就是高,打蛇打七寸,四两拨千斤,"谈笑间,樯橹灰飞烟灭"。

一班的语文课有几天没上了,改为自习,不知道语文老师郑促生哪里去了。局党委书记许宝玉严厉批评了朱书记,指责他连手下人都盯不住。作为一名教师,三天不上课了,而作为学校负责人竟然一点都不知道,说他是失职渎职。顶头上司在电话里的一通斥责,把朱书记吓出一身冷汗。这位郑老师,跟他是师范学院的校友,他在政教系,郑在中文系。毕业后郑分在垛中,他找人留在了宣传部。在小县城里举办的同学联谊会上也碰过几次面,大家相处都很客气。自己后来到了垛中任书记,郑已经是垛中的语文骨干教师了,而且郑又喜欢抛头露面,自命不凡,性格倔强,不把学校校长放在眼里,连苗校长在会上讲话时也被他公开诘问过两回,气得苗万年牙痒,发誓要把他调出去,调到偏远的乡镇中学去。

他来垛中后登门拜访各科有威望的老师,郑也算是其中一位,彼此之间还算客气。他在台上讲话,郑坐在主席台下,还能坐上几分钟再离场。如果是校长或教导处、政教处主任主持召开的小会,他是一概不到的。他有句狂话:"我是教师,我只要把语文课上好就行了,谁能指出我语文课上的毛病,我就服谁!"就这样,他在垛中没有一个朋友，也没有一个敌人，整天课本一夹上课，课本一夹下课，天马行空，独往独来。回到家里，小书房门一关，改改学生作文，看看经典名著，倒也独得其乐。

春节过后，郑老师曾被朱书记请到支部活动室交过一次心，时间还不短，谈了两个小时。这次谈话，朱书记先以同学之谊拉近彼此的距离，再以称赞郑的语文教学水平高温暖郑的心，最后才道出交心的主题，劝郑老师要和学生保持距离，说是这样下去会影响垛中老师形象，也会耽误这位女生的前途。

郑促生就是郑促生，他有一张三寸不烂之舌，能把稻草说成金条，能把腐朽化为神奇。在朱书记慢条斯理讲了一通大道理后，他又开始发挥他的雄辩大师的才能，然后摔门而去。

朱书记百思不得其解，一个上午抽了两包红牡丹香烟，还是想不出制服老郑的点子。

他想出校门走走，呼吸一下校园外面的新鲜空气，可刚从院子里推出飞鸽牌自行车，又不知往哪里去。刚叉开腿，一个鱼跃跨上车座，突然想起自己手下还有一个在外面开办的县政协国栋班，虽然名义上是叫县政协国栋班，但实际上就是他垛中办的，现在除了政治和英语两门学科还在请县中和兆海中学的两位老师任课，其余学科的老师都是垛中派出来的。收的学杂费也是先入了垛中账户，然后打进财政专户，再由财政局返还给学校使用。管理上也是垛中派出的东方老师做总班主任，这个东方老师上学期两头奔，星期一三五在彩云中学上课，星期二四六在国栋班上课，一学期下来，要师德有师德，要学问有学问，要干劲有干劲，早就赢得了师生的好评。县政协陈主席很爱才，舍不得东方老师两头教学受苦，于是就找到教育局许书记、李局长商议，想让东方老师丢掉一头，专门抓国栋班，上国栋班语文课。陈主席已经发话了，谁敢不从？而且确实是因工作需要，东方老师在春节后就正式成为垛中的教师了，每个月拿五十元的总班主任津贴费。

如此看来，国栋班就是垛中的一个驻外单位，他朱书记实际上就是国栋班的最高负责人，他来国栋班就是巡视，就是视察，如此一想便浑身爽快起来。今天可以说是轻车简从微服私访，一个人踏着他的飞鸽牌一"哧溜"就冲出垛中大门，经过顾家大桥拐进后街，抄小路来到县政府大院门前，然后一路向北在岗亭处拐弯向西，骑到一公里长的水泥大马路上。到底是才学上骑自行车的，他手握龙头，目不斜视，遇到三三两两行人便摇铃不断，生怕撞上行人，又或是行人撞上他。约莫一刻钟工夫便到了工会职校大门口。正要出门办事的东方老师，见到朱书记，便把他接住，引领到自己的办公室。此时急促的下课电铃声猛地响起，吓了朱书记一跳。垛中上下课是打铃铛，慢条斯理，不很急迫，这电铃一接上电流便"滴滴滴"地响起来，非常刺耳，朱书记初来乍到，浑身像触电一样抖了一下。学生们下了课便纷纷走出教室，有的趴在栏杆上向远处眺望以保养一下视力，因起床迟了赶不上吃早饭的学生三五成群地向校门外大街两旁的粥店拥去。

对了两节英语课答案的汪奋进老师下课后走进了教师办公室,抬眼望去,只见朱书记坐在室内最北边的一张办公桌旁抽着香烟,汪老师赶紧趋前几步,一边放下腋下的课本讲义,一边从海军蓝大棉袄夹层口袋里掏出红塔山香烟递给朱书记。朱书记问:"上课还吃力吗?""不吃力了,马上进入模拟考试阶段,我从家乡如皋那边要了一套如皋中学复习迎考模拟考试英语试卷,一堂大课做一份,再弄一堂大课讲答案,答案也是那边寄过来的,现成的。我现在在课堂上主要就是跟学生对答案,学生也习惯了,他们也不要我扯开来讲,这些学生大多是县中、巨中、垛中毕业生,英语都不赖,我也就省心多了。"汪老师是从兆海中学校长位置上借调过来的,搞学校行政工作是一把好手。但是就因为在大学里学的是俄语,英语是自学的,所以上学期开学后,他在课堂上常把英语单词写错,学生有意见。当时又没有其他英语老师替换,就从上学期教到这学期。学生们也习惯了他刻讲义、发讲义、对讲义答案的教学方法,大家相处和谐,学生英语也有所长进。

垛中教务处教务员史五龄来到工会职校国栋班教师办公室。史五龄都五十大几了,怀里却抱着一个看上去像是他孙子的小男孩,不知道的以为是爷孙俩,知道的都晓得是父子。这小孩名叫史慢慢,意即对史五龄来说,这儿子来得有点慢了,是的,这是他快到五十岁的时候才生下的儿子。拨乱反正后,县里看史五龄是南大高材生,又对历史地理学科有研究，就聘请他到垛中当了一名史地老师。后又发现他做事仔细严谨，讲着一口流利的普通话，就安排到教务处，在主任手下当一名教务员，编全校的课程表、日程表、考场安排表、学校运动会赛事表，等等。他做得井井有条，百密无一疏，令师生都十分佩服。就在他的工作干得风生水起时，他的终身大事却无人过问，自己也觉得有点自卑感。就这样一拖再拖，直到四十七八岁时才跟马沟乡某生产队养猪员、寡妇何仙姑成了家。婚后不到一年生下了一个胖小子，取名史慢慢。今天他来到国栋班就是通知总班主任东方老师迎接黄海市第一次高三摸底考试准备工作，国栋班全体学生都要参加，分数参加全校排名，以便对参加高考的学生教学成果来一次检验。所有国栋班学生都回垛中高二年级教室考试，一人一桌，教室前后各安排一名教师监考，遇有作弊考生一律以零分处理。史五龄说，这次国栋班参加高三应届生摸底考试的目的就是要看国栋班学生的成绩在全县乃至全市的排名情况，如果两个班有一半学生能进入全市前三百名，根据往年经验，这三百名都是能考取大学本科的学生，也就是说，国栋班如果能有七八十人考进全市前三百名，那就标志着九龙县今年最起码有七八十名本科大学生，这就为实现今年高考目标保了底。因为应届生考上的很少很少，县中也就几十名，垛中、巨中加起来二三十名，所以县委、县政府全力支持县政协举办国栋班，为本县培养人才。如果没有这么多的人进入前三百名，那就有可能面临解散的风险，因为省厅已经盯上了九龙县政协国栋班了,社会影响太大,应届生家长很有意见,群众来信满天飞,市、县教育部门快要扛不住了。

史五龄还对东方老师说,这次考试成绩以及个人在班级和整个国栋班的排名,学校教导处都将邮寄给学生家长,让家长知道他们的孩子在学校的学习情况,做到早知道早有数,免得到时参加高考名落孙山而怪罪国栋班。交代完毕,史五龄把史慢慢放到绑在车子大杠上的竹编小凳子上,跨上车,用劲蹬着两个脚踏板,车铃拨了两下,算是跟东方老师道别,就回垛中去了。

东方老师把两个班学生集中在一班教室,宣布了学校教导处关于国栋班参加全市第一次摸底考试的安排方案。当说到要将成绩邮寄给各人家长时,教室里像油锅里滴进了水珠一样炸开了。学生对参加全市摸底考试的安排没有异议,就是想不通为什么要把考试成绩和排名告诉家人。其中跳得最凶的就是那个手拿斧头砍断船上缆绳的马相宇,他自从进了政协国栋班以来,就发誓要痛改前非重新做人,可就是沉静不下来。春节过后也下决心学习了一阵子,但就是数学基础差,好多题目不会做,而且因为脑海里常常想着那些乱七八糟的事,导致记忆力下降,古文、历史、地理前学后忘,他都不知道能拿出什么分数向父母亲交代,所以刚听说要将成绩告诉家长,怕家长看到他的一塌糊涂的成绩而断了他的生活费,让他打道回府,便第一个站起来表示异议。同学们已熟知他的秉性,默默地看着他表演,奇怪的是有两个男生跟着凑热闹,还有一个叫张玉芹的女同学也大声地附和。东方老师心知肚明,这几个不想让家长知道成绩的学生都各有各的特殊情况,所谓"事出反常必有妖"。他们有他们的难言之隐,不必跟他们较真,于是便安慰他们说:"好吧,愿意寄的就寄,不愿意寄的就不寄,但是李宁泽和马相宇是一定要寄的,因为你们当初是拿着斧头,对着父母亲发誓要考上大学的!"这才把一场小小的邮寄成绩单的风波平息下去。接下来就是要考虑如何组织考试的事情了。会后有一两个学生竟然提出不参加摸底考试,东方老师毫不留情,予以痛斥,他们只好乖乖地回教室去了。

出了工会大门向右拐,有一爿路边小吃店,店名叫"小芳小吃部",是西边阜民县公兴乡大登村的一个高中毕业落榜生周小芳和她的丈夫一起开的,夫妻俩在这里开店已经两年多了。食客主要是工会职高班的学生。这些学生大多数是上了班的国营工厂的工人,属于带薪学习,每个月也有十几二十几块钱工资拿着,所以隔三岔五请要好的同学到这里炒几个菜,吃碗小面。当然菜也是拣最便宜的点的,有猪血炒青蒜、红烧青菜大肠、涨鸭蛋糕、韭菜炒粉丝,最后上一道番茄鸡蛋汤,高兴起来还能开一瓶竹叶青酒或汤沟大曲麻麻嘴。同学们酒足饭饱后,红光满面,嘴一抹开溜。彼时也没有面巾纸,如果有空闲,小芳会打一盆热水,挤个热毛巾让大家揩揩嘴。

今晚下了自修,马相宇请了班上成绩比较好的余江、王中华两个同学吃小面,外点一盘熏烧猪头肉,那猪头肉是用红曲熏的,一大盘端上来,有如鲜血一样红,只不过有两个猪眼珠黑黝黝的夹在中间叫人害怕,但是有的吃货就喜欢吃这两个黑猪眼,说是吃起来香喷喷的,耐咬嚼。这熏烧猪头肉外表通红,拨开来撵起一块,里面是白花花的,扯肥带瘦吃,别提有多香了。三个人你一块我一块,吃了一通以后,马相宇开口了:"两位好兄弟,你们都不晓得我家里的情况,我今天也只好家丑外扬了。我老子(父亲)是在西边荡口里打鱼的,一年到头也打不了多少鱼,我念书的复习费、生活费都是我老子风里来雨里去,扳罾扳上来的几斤小杂鱼卖的钱。今年是我复习的第五个年头,我也快二十五岁了,如果再考不上,我就回家投河自尽,我没脸见人了。"一番话差点让余江、王中华把吃到嘴里的猪头肉吓得吐出来。两个人便好心相劝:"哪至于投河自尽啊!考不上就没有其他出路了?每年考上的毕竟是少数,那些考不上的学生都像你这样,大河没盖子纷纷跳下去,那世上都没什么人了,可事实是社会需要各方面的人才,工农兵学商都能在各自的岗位上干得很好的。不是说'条条大道通罗马'吗?你难道忘了这句名言啦?看你已经认识到自己的不足,知耻而后勇,你今年准能考取理想的学校。"

两位在班上常常争第一、第二名成绩的好学生吃了人家的熏烧猪头肉嘴软,好话说尽,谁知冷不防马相宇突然冒出一句:"我有一事想请两位仁兄帮忙!"两位在文化课学习上聪明绝顶的尖子生万万没想到,今天晚上吃的是鸿门宴。尖子生都比较老实,比较迂,于是两个人急不可耐地异口同声问道:"什么忙要我们帮?""我想请你们在考试的时候把卷子竖点起来,让我把不会的题目抄一抄,特别是选择题,让我看三秒钟,我就能把答案记下来,也好把我总分拉点上去,不至于我这个老复习生考个全班垫底,让人家发笑!""啊,这怎么可能?"两个尖子生满脸惊诧地问道:"我们不一定坐在一起呀。"马相宇胸有成竹地说:"我昨晚跑了几十里路,回老家取了两条野生大黑鱼送给史教务了,他答应把我们三个人的位置安排到一起,下一步就看你们的啦!"这一来搞得余、王二人面面相觑,哑口无言。想不到两条大黑鱼竟然能把学校里受人尊敬的史教务买通了;排座位号也会有人送礼,有人收礼,真是大千世界无奇不有。可马相宇在班上的为人,他们是有目共睹的,心狠手辣,目空一切,翻脸不认人,只要他想办到的事没有办不成的,毕竟他比我们多吃了四年饭、多跑了四年路,见多识广,黑白通吃,两个人的社会阅历加起来也赶不上他。既然吃了人家猪头肉,又吃了人家叫小芳上的阳春面,那就只好屈从便双双宣告投降。

　　教务员史五龄在教室里张贴着考生座位号,贴得慢条斯理。此时,国栋班的学生已经从工会职校那边过来了,他还在贴最后一个考场的座位号。监考老师看看手表已经到 8:20,还有四十分钟就要开考了,史教务还在不紧不慢地贴着座位号,就在他贴完最后一个座位号,把四个角又摁了摁的时候,国栋班的考生已经走进考场了。其实史教务平常做事并不这样，都是当日事当日毕，而且都有个提前量。那天他在通知东方老师国栋班要参加全黄海市高三年级第一次模拟考试后，就着手考场布置了。当天他就从工会职校出来，顺道去教育局大楼西边的县招生办公室，向招办主任柳正舜报告国栋班考生将回垛中斜楼上的高二年级教室考试，高二年级放三天假，腾出四间教室的一百八十套桌椅让学生一人一桌考试。柳主任同意了他的这个安排，并说要在考前去考察一下，防止发生意外事件，包括这座在发洪水后援建的斜楼已经斜到什么程度了，有没有安全风险。史教务望着这个后背上鼓起一个大瘤子，走路都弯着腰的行动不便的残疾主任，有点不忍心地对他说："柳主任，我做事你放心，垛中考场布置安排绝对妥帖，不会出现任何失误，就请你在招办坐镇指挥就行了。"

平常史五龄做事都有个提前量，今天只因为到菜市场去寻两条大黑鱼，把时间给耽搁了。前几天，国栋班一个学生提了两条大黑鱼送给他，就是想请他把两个成绩好的同学安排在他的前后或左右，能让他打打小抄，把分数提高一点上去。史五龄心想又不是高考，是摸底考试，何必这样干？后来想，马相宇家的情况特殊，于是就答应了他，但是要他把黑鱼拿走，谁知马相宇一个箭步就冲到夜幕中，追也追不上。而这黑鱼也不能久放，就在当晚趁着新鲜下锅煨了，第二天，一家三口美滋滋地吃了一顿鲜美的黑鱼汤。今天开考了，"君子不受桃李之馈"，他想到马相宇肯定来考试,就想到菜市场买两条黑鱼还他。可是跑了几个鱼市,看到的都是小小的黑鱼管子。直到寻到湖中大菜场才看到两条大一些的黑鱼,但是还是赶不上马相宇送的大。他心中有愧,就又包了一个红包,里面放上十元钱,想到时连鱼带钱一并还给马相宇。于是他车龙头上挂着盛有黑鱼的袋子,紧赶慢赶才赶到学校,拿上座位号标签奔向考场来。

摸底考试开考的钟声敲响,四个考场鸦雀无声,主考老师在分发试卷。马相宇抬头一看,果然左有余江、右有王中华,他的一颗忐忑不安的心终于平静下来。刚进考场的时候他还看到了史教务,心里还在嘀咕着:"我的礼物都到位啦,他能否网开一面?"现在看到这个情形,他真相信麻友们打麻将时常说的一句话了:"钱到,骰子就跳!"又或是"有钱能使鬼推磨"。现在他正拣会做的题目先做。四个考场里都是笔尖划过试卷纸的"嚓嚓"声,所有学生都在聚精会神做着试卷,到了上午10时,有人已经做好语基,开始写作文。作文是一篇材料作文,要求根据文意写一篇记叙文或者议论文,题目自拟,800字以内。余江、王中华凭着过硬的语文功底和写作水平,在不到11点钟的时候就写好了作文,进入复查阶段。马相宇的语基部分也写出来了,刚要写作文,只见坐在他右边一张课桌的王中华悄悄竖起了试卷,马相宇立即扫了一眼,把王中华选择题的答案ABCD记了下来。而余江则稳如泰山,只顾埋头复查自己的试卷,好像把前几天在饭店吃小面时的约定忘到脑勾后面去了,直到考试结束铃声响起,也没有看到余江把试卷竖起来。垛中大门外,马相宇连跑几步追上余江,大声责问余江为什么失信,余江说,他爸不让他这样做。马相宇破口大骂:"关你爸屁事!他真是狗拿耗子多管闲事。"马相宇唰地拉下他的长驴脸,就在人群中撒起野来,余江又急又恼,匆忙离他而去。

　　余江的父亲是中国人民大学新闻系毕业生,毕业后在黑龙江一家报社当记者,后回到九龙县工作。他在工作中谨小慎微,明哲保身,连树叶子掉下来都怕被砸了头。前几天下班回家听儿子余江跟他说,有人要抄他儿子试卷,便甩下正在看着的《人民日报》,说了句:"剽窃可耻!想都不要想。"一言千钧,掷地有声。平常在家父子很少说话,余父修养很好,惜话如金,儿子聪明伶俐,自然领会了老爸的意思。王中华出生在沙岗乡农村,父母亲都是面朝黄土背朝天的老农民,大字不识一个,他们不知道用什么道理来教导孩子怎么去面对人生,平时只在儿女身边小声叨咕,人要做好事不做坏事,王中华从小到大一直记着父母亲这句简单得如白开水一样平淡的话。几天前吃过马相宇的猪头肉和小面后,他就一直记着要把自己做好的试卷给马相宇看,他认为这是在做好事,是在积德行善,更是"赠人玫瑰,手有余香",相信将来在他遇到困难时也会有好心人帮他一把。王中华的想法就是这样简单朴实,所以马相宇在质问过余江后,就立刻紧追几步跟上王中华,请他到小芳小吃部吃碗肉丝面。王中华为了节省父母亲给他的为数很少的生活费,也就跟马相宇走了。中午他省下了两角钱。三天考试下来,余江宁愿食言,也没把答案给马相宇看过一回,气得马相宇朝他直翻白眼,想打他一顿。而从此以后,他跟王中华就成了刎颈之交。第三天考试刚结束,史五龄就找到马相宇,在大街上硬生生地把两条黑鱼塞给马相宇,还撕破脸皮大吼一声:"下次不准这样,你把我看成什么人了?"马相宇一点儿不觉得脸红,还嬉皮笑脸地对史五龄说:"史教务,你黑鱼不要,下次送甲鱼给你!"气得史五龄无言以对。马相宇拎着黑鱼袋,朝鱼市口奔去。

考试结束后放假一天,农村里的学生都纷纷拿起空米袋回家向父母亲要钱、要米,趁假日有的在农田里帮父母栽小秧,有的铲了畹埂上的七角菜、富秧子等小野菜喂小猪,有的把稻子扛到村部电灌站机米房机出来雪白的大米,而城里的学生像余江、孔令学就去电影院看了场电影,也有的同学就在职校篮球场打了半场篮球赛。

学生放假,老师被集中到县中改考卷。九龙县中是一所省属高级中学,抗战时称为南沙中学,1958年改名为九龙县中学。校园里有十几排青砖黛瓦的平房,分为教学区和宿舍区两大块,教学区东南角的两排平房,现在被用来做高考摸底考试阅卷点。国栋班所有老师都加入到语数外政史地六个阅卷小组中。阅卷老师两人一组,面对面而坐。作文小组的阅卷办法是,由老师甲根据考生作文的主题思想、篇章结构、语法修辞等书面答题情况,对照评分规则,先打出一个分数,老师乙认可对方打出的分数就打上同样的分数,如不认可也可以打出自己的分数。分差不大就取二人平均分定分,分差超过十分就得上报阅卷组组长。

阅卷组长由县中语文教研组组长刘学儒担任。刘老师满脸大麻子,大家当面尊称刘老师,背后都叫他刘大麻子。刘老师是苏南人,讲着一口悦耳动听的流利的普通话,南大中文系毕业,对当代文学颇有研究,自己也有小说、散文见诸报端。县中有老师叫他干脆把名字改成刘大儒,乐得他合不拢嘴。这次作文阅卷,他对一些奇好奇差作文的评点让人心悦诚服。但他就是有点儿小心眼儿,自视甚高,一心想要永远占据全县语文教学的霸主地位。可是,这天上班后,大家突然听到他像一头愤怒的雄狮在怒吼:"这是谁批阅的作文?这些作文值这么高的分数吗?"只见他狂甩着一头蓬乱的长发,用右手大拇指不停地往上推着眼镜架,唾沫分流在嘴角两边,一副无比生气的样子,让所有阅卷老师大吃一惊,大家印象中温文尔雅的刘老师今天好像变了个人似的。正在这时,满头白发的副组长于万明老师走上前来,拿走了刘老师手中一本厚厚的贴着封条的作文考试答卷,并用劲拉着刘老师的手退出了教室,作文阅卷组这才慢慢安静下来继续阅卷。中午吃饭才传来小道消息,原来是两位来自乡镇中学的语文老师,正好组成一个阅卷组,其中老师甲在考前为了给自己这所乡镇中学三十名学生增强高考自信心,竟出了一个馊主意,让所有学生将作文卷中各自拟定的作文题目最后一个字的笔画写得粗一点,便于阅卷老师辨认。昨天凑巧,正好是老师甲和一位来自乡镇中学的老师乙组成一组改作文,而甲和乙是师范同班同学,于是便配合默契,让这一本作文平均分要比同类卷高到十分以上。昨晚交到复核组,组长刘老师亲自把关,他一眼就看出这一本作文答题水平整体平平,与所得分数明显不相称,他感觉有老师在作弊。刘老师无事不急,有事便急,而对不正之风更是眼里容不得沙子。这一急,一夜都没有睡着,第二天一早便来到阅卷组咆哮起来。拆开封条,查到是乡镇中学的两位老师共同作弊的。为了不伤害两位老师的自尊心,年届花甲的老教师于万明跟刘老师商量了一下,在中午就餐时把那两位老师悄悄地叫到一间小房间里批评了一顿,两位老师当场认错,表示永不再犯。虽然这样,这次阅卷后,县招办从此以后就再也没有通知过这两位乡镇中学老师参加阅卷组了。

本来刘老师在看到这本有作弊嫌疑的作文卷子后,第一反应以为是跟他直接构成竞争对手的省属巨龙中学的文科班王老师干的。王占贝祖籍上海,华东师大中文系毕业,天资聪颖,相貌堂堂,获得过全市、全县语文公开课一等奖,是黄海市语文教学青年骨干,已列入巨中领导班子成员后备人选。县中和巨中在每年的全县高三年级教学大比武中都会暗暗较劲,特别是高考成绩出来后都会比谁家从花炮厂拖出来的花炮多,花炮越多,放得越多;而谁家放得越多,说明谁家高考成绩越好,社会美誉度越高,来年报考该校的学生也就越多。今年担纲两所中学高三文科班语文教学的分别是刘学儒和王占贝。上学期也考过两次联考,县中略胜一筹,刘老师志得意满暗自欢喜。这次是第三次掰手腕,刘老师处处防着巨中,担心巨中超过县中。昨天发现这本作文考卷打分奇高,就以为是王占贝在作祟,于是就像一头怒吼的雄狮想当众敲打一下他的竞争对手,结果拆开封条一看傻了眼。幸好也是语文教学权威的于老师劝他息事宁人,注意维护老师形象,这才悄悄地收起了已经出鞘的尖刀。作为青年才俊,一年后王占贝直接被提拔做到了巨中校长,三年后又被省城南都十三中聘为副校长、校长,后来又被闻名全省乃至全国的平江师范大学附属中学聘为校长。在全国教改进入深水区以后,他又被粤东省教育厅挖走,到改革开放最前沿的深江市担任深江中学校长。这位拥有教育学、社会学博士头衔,具有高端前沿办学理念的王校长,在做了若干公立学校校长后又创办了民办书院,在全国教育界独树一帜,成为全国有名的教育家。

第一次全市摸底考试成绩揭晓,国栋班有近五十名同学进入全市前三百名行列,近八十名同学进入全市前三百至一千名行列。陈主席不理解为什么要划这两道杠杠,东方老师告诉他,根据1977年恢复高考以来的统计数据,全市每年大概有三百多名学生考进本科院校,有一千名左右的学生进入专科学校,所以按照这次摸底考试成绩,参照以往录取数据,国栋班有一百二十名左右的学生能考上本专科学校,占到国栋文科班学生的大半。陈主席、杨副主席脸上露出了笑容,陈主席说能考到这个数字,我就有脸见周书记了,我这大半年的心血没白费,我和杨主席这把年纪能看到我们一手创办的国栋班向国家输送这么多的人才也心满意足了。杨副主席原来是巨龙中学高三文科班语文老师,对教育教学自有一套经验,看到有好多学生总分上不来,都是其中有一门课分数很低而造成的,对于这些有所谓"瘸腿子"学科的学生,他叮嘱东方老师要把这些学生的情况告诉相关学科老师,让他们在课堂上多提问这些学生,课后要给这些学生开"小灶",愿意让老师补补课的,也可以收一些补课费,下午两节课后或者晚自习下课后把这些学生留下来,集中到教师办公室,让有关老师给他们再讲一讲。杨副主席认为百看不如一讲,老师的点拨比学生自学效果要更好。东方老师把杨副主席的想法在两个班讲了,有一些"瘸腿子"学科的学生,家庭经济条件相对好一些的,便在下课后主动到办公室报名。结果除了语文、政治两门外,数学、英语、历史、地理四门都有十几名学生要求加开"小灶"。这样,老师办公室的灯光每天都要到夜里十二点才熄灭。在坚持了一个多月后,也有几名体质差的学生退出了"小灶",原来是补课太迟,回到宿舍已经是子夜了,由于睡眠不足,第二天上课呵欠连天头昏脑涨,老师在课堂上讲的是什么,一句也记不住,有点得不偿失。又过了个把月,补课的学生全部退出,"小灶"停开。

"张道华跟李玉高打起来啦!"晚自习时间,二班的教室里突然骚动起来。"砰"的一声,一张桌子被推倒,张道华踉踉跄跄举起拳头朝李玉高脸上打去,李玉高不甘示弱,又一拳朝张道华脸上打来。这一拳把张道华打得够重,"哇"的一声,张道华把胃里的酒和饭食一起喷出来,一股酒气混着菜肴的恶臭立刻在教室里四散开来。同学们实在闻不了这股气味,纷纷离开座位朝教室外奔去。班长孔令学一边上前拉架,一边叫学习班委胡本爱快去请总班主任东方老师过来。东方老师从办公室奔过来时,张李二人已经从挥拳相向到扭打在一起了,双方紧紧地缠扭住对方的衣领互相撕扯着。东方老师见此情景大喝一声:"住手!谁再打立刻开除!"李玉高听话赶紧松开手,但手背已经被抓破,鲜血流了出来。而张道华还不松手,借着酒劲嘴里还在骂着:"狗娘养的,老子就要打死你这个狗杂种!"一个飞腿蹬过来,只听见李玉高大喊一声:"哎哟喂!"手捂裆部,哇哇叫个不停,慢慢地向后面倒下去,躺在地上不能动弹,痛苦地喊叫着:"不得命了! 不得命了!"他头上渗出大滴的汗珠,声音也渐渐地低沉下去。正在此时,打红了眼的张道华还要弯下腰去扇李玉高耳光,就在他的手掌挥舞到空中的时候,人高马大的生活班委卜嘉玉一个箭步上前,把他的手掌挡住。张道华还要向前挪动,东方老师又大吼一声:"张道华,你再动手,立刻滚蛋!"这才把发酒疯的张道华震住。

李玉高躺在地上直哼哼,东方老师问:"怎么样了?"

"不行了！不行了！疼死了，求求老师，我要上医院！"东方老师立即吩咐卜嘉玉去街上喊出租车。这边跟同学们一起把李玉高架到楼下，抬到路边，塞进出租车。到医院后，李玉高服下止痛药，疼痛渐渐缓解，由人搀扶着去做了B超，医生怀疑睾丸有扭转症状，需要复位，是否动手术治疗，要观察一阵再说。东方老师问手术费多少，医生答少则三千元，多则一万至两万元，在场的东方老师和学生们被吓了一大跳。医生还说，如果真是扭转就要及时动手术，否则血液输送中断会导致睾丸组织受损，甚至发展为坏死，尤其像这个同学正处在青春期，非常危险，治疗不及时会导致绝育。东方老师想起这个国栋班打去年下半年起，一路走来坎坎坷坷跌跌撞撞，不由得悲上心头。而想起张道华这个顽劣异常的学生，自进国栋班以来干过多少龌龊事，让他操了多少心，气不打一处来，不由得挥起手中的拳头朝走廊上的木头座椅狠狠地砸着，气愤之情无以言表。

　　张道华本不是九龙县人，是阜民县公兴乡青灯村人。去年在公兴中学高三中途辍学在家，但是公兴中学已帮他高考报了名，高考分数下来后，竟然离录取分数线只差一分，于是他盯着在村里开小店的父亲要求复读，父亲问他：现在要复读，那为什么高三下学期念到中途不念，回家玩了呢？这句话戳到了他的痛处。张道华在公兴中学读高一时就遇到几个不肯念书的孩子，经常结伴在文化站的小录像厅里看武打片。他在班上看谁不顺眼就来个全武行，打得同学鼻青脸肿，有的门牙都被他打掉了。老师一个星期要到他家家访两三次，都是为他在校打架骂人的事。当张道华的父亲关上村里的小商店，送儿子进国栋班时，父亲指望他好好复习，重新做人，特地买了一身新衣服，添置了一套崭新的被褥，在垛中附近邮政局业师傅家租了一间房把他安顿下来。怕他挨饿，还买了一台煤油炉，好让他下晚自修回来能煮上一碗热气腾腾的面条吃。

开学后一两个月里，张道华还真是一心扑在学习上。渐渐地他又感到课程不是很紧张，特别是英语课汪老师的刻讲义、做讲义、再对照讲义讲解答案这一套教法让他感到厌烦，于是便又开始溜到街上瞎转悠，转到电影院门口，看到当晚放《大上海1937》，他想一天下来不是刷题就是听课，脑子里全是功课，非常枯燥。他要换换脑筋，便买了票进去看电影。电影还没有放，就看到场内东北角上打起了群架。冯垛街上的"二斜子"和"三夹头"两帮地痞今晚约好在此决斗。张道华一看到打架，交感神经立刻兴奋起来，凑上前去想看个热闹。谁知"二斜子"看他往前钻，以为他是"三夹头"的人，二话不说就是一拳，打得张道华眼冒金星，晕头转向。他哪能吃这个哑巴亏，待回过神来，也不管"二斜子"是何方神仙，竟也抡起铁拳向"二斜子"回击过去。这边"三夹头"一帮人见有外人帮他们打"二斜子"，便一哄而上，向"二斜子"那边蜂拥而去，群殴开始，打骂声一片。

这天晚上的电影张道华没有看成，参与打架的人都被后来赶到的城中派出所干警逐出电影院。"二斜子"这边的人记住了张道华极具辨识度的三角眼、尖下巴的脸相。用了几天时间终于摸清他是县政协国栋班的学生,于是找了一个中午放学时间,"二斜子"带上几个小喽啰蹲守在职校门外。等张道华到小芳小吃店吃中饭的当口,便从小巷里冲出来,先一把扯下他的近视眼镜猛地一甩,甩到大街对面去,然后一拥而上,把他摁倒在地拳打脚踢。可怜好汉不敌双拳,双拳不敌四手,张道华被他们打了个半死。正在他们把张道华还要往死里整的时候,东方老师带着王中华、卜嘉玉、胡仁华等几个学生扛着板凳出来支援张道华了。原来班上有个"瘸子"学生胡仁华,小时候得过小儿麻痹症,走路一拐一拐的,但智商还是蛮高的,成绩一直在班上排前二十来名。按高考成绩,张道华和胡仁华两人坐在了一张长凳上。张道华怜悯胡仁华的贫困和饥饿加上残疾,常带他到门口小芳小吃店隔壁更便宜的刘小胡子开的饭店吃碗阳春面,上一碗红烧肉,有时也能到远处的游祝山小老板开的包子店,买上几个刚出笼的大肉包给他尝尝。胡仁华几次小考中冲进过班级前几名,如果课堂小考试不排名次,胡仁华还能让张道华抄抄数学题答案。数学是张道华的死穴,他也正要向胡仁华讨教一些数学大题目的解法,于是两人渐渐玩到一起。刚才张道华又带胡仁华到小胡子饭店吃面条,便发生了"二斜子"带人打张道华的一幕。胡仁华知道自己帮不上忙,便连忙一瘸一拐地跑到办公室告诉东方老师。东方老师也不知道张道华有过前科,是个打架斗殴的高手,念他是外县来的插班生,举目无亲形单影只,听到报告顿生恻隐之心,就带着几个学生赶来了。"二斜子"见老师带人来了,赶忙用大拇指和食指把嘴巴左右支开,用力吹气,打了一声唿哨,带着小喽啰落荒而逃。后来张道华又在校外打过几次架,东方老师都不知道。

现在李玉高躺在病床上挂水,疼痛在慢慢缓解,生活班委卜嘉玉守着他,其余同学回到教室继续晚自习去了。几位女同学葛玉媛、潘安娥、梁海燕等已把教室里的秽物清除干净,又冒着料峭春寒,把北面的窗户打开,通了几分钟的风,把恶臭味吹散。东方老师回到办公室,把张道华叫来,见他还是一身酒气,就倒了杯白开水递给他,让他醒醒酒。谁知道张道华喝了两口后竟号啕大哭起来,东方老师赶紧关上办公室的门,怕影响两个班的晚自习。哭就让他先哭去吧,等他头脑清醒过来再谈话。这一等就等了一个小时。快到10点钟了,张道华才像小孩子一样一把眼泪一把鼻涕地诉说着。

原来今天下午他收到了一封来自新疆乌鲁木齐的信,拆开一看,是公兴中学坐在他前排的女同学寄给他的。信里还夹着一张她跟一位小伙子的合影照,她告诉张道华她结婚了,让他为他们祝福。而这位姑娘曾跟他在公兴街上的小旅社里开过好多次房,偷尝过若干次禁果,曾经信誓旦旦一起上大学,毕业后在一起工作,然后结婚成家,然后生两个胖娃娃,过上平平常常的小日子。可是高考结束知道张道华的成绩后,这个女同学便不辞而别。张道华也不知她去哪儿了,直到有一天他父亲上冯垛街来送生活费给他,才告诉他有一个陌生人打听张道华现在在干啥。他父亲告诉这个陌生人,他儿子现在九龙县总工会职工学校国栋班复习。张道华猜到这个陌生人可能就是那个女同学派来的。不见信则罢,见信和照片后,他咬牙切齿怒火中烧,都已经跟他山盟海誓过,怎么才几个月时间就反悔了呢?下午放学后他就到刘小胡子饭店点了一盘花生米、一碗红烧大肠,开了一瓶五醍浆大曲,也没喊胡仁华便自斟自酌起来。前后一个小时,本来就不胜酒力的他喝得酩酊大醉,向教室跟跟跄跄走去。谁知到了教室刚要坐下,坐在最后一排的李玉高看他满脸通红酒气直喷,便抿嘴一笑。张道华正在醉酒状态,他以为对方在嘲笑他的高考和爱情双失败,于是一怒之下便挥出了只有看过武侠片的人才晓得的那个梅超风的九阴白骨爪。伸出的五指仿佛要穿透李玉高的脑袋,当场便把李玉高击倒在地,然后又在正面踹上一脚。还好,亏得东方老师和几个同学及时把李玉高送去。第二天早上,李玉高忍着隐隐伤痛,艰难地迈着细碎脚步走了一个多小时,才走到教室坐下来上课。东方老师息事宁人,怕陈主席和朱书记知道后会对国栋班产生不好印象,便在对张道华一通严厉训斥后,让他各写了一份检查书和保证书,才让他进班上课,保证书上写到再发生打人骂人行为,立即自动退学。

高考的脚步越来越近,接下来是四月初的第二次摸底考试。而五月初的全省预考将要淘汰40%的考生。按此比例,一百八十名考生只能留下一百零八名,这意味着,七十二名学生将要卷铺盖回家。到了这个地步,谁也不想被淘汰,于是两个班的教室从早到晚除了老师讲课的声音外,其他时间里,连根针掉到地上都能听得清清楚楚。晚自修下课的电铃声早就响过,同学们还不让看大门的刘爹爹熄灯。生活班委卜嘉玉十天前就自掏腰包买了两包香烟和五只金刚脐送给刘爹爹,跟他打了招呼,说是学习紧张,时间珍贵,高考要万无一失。刘爹爹也理解,他不识一个字,年轻时老实巴交,三拳打不出一个闷屁,家里又穷,没讨上老婆,无儿无女,成了老鳏夫一枚。他深知没有文化的痛楚,刚来职校传达室上班,遇到跳闸,他听人说过,只要把断掉的电线连起来就行,结果他把电线连起来,灯还是不亮,直到吴校长赶来发现他没有把电线上的绝缘皮层剥掉就直接打了一个死疙瘩。吴校长哭笑不得,只得拉下电闸,重新用打火机烧掉外包皮,把电线接上,灯才亮。刘爹爹还是一直不明白是什么道理,问吴校长,吴校长回了一句:"不怪你,你没读过书。"所以刘爹爹看到这么多的青年天天天不亮到校,晚上10点钟放学,他很感动,也很支持。就是卜嘉玉不送金刚脐和香烟给他,他也肯陪着学生。

晚自修男生清一色裹着一件从大旱桥西桥头人武部大楼下的小卖部里买的仿制的军棉大衣,女生围着厚厚的围巾。窗外,西伯利亚寒流一阵阵袭来,玻璃窗上结着晶莹的霜。有的学生趴在桌上小憩,过了几分钟重又睁开了惺忪的睡眼继续看书做题。他们的心是忐忑着的,生怕比别人少学了一个单词或少做了一道题目,到时在考场上就少了一分或几分。

清明过后,天气还是非常阴冷,学生身上的大棉袄、大棉裤都不敢褪去,西北风还在呼啦啦地刮着。陈主席不放心学生们,昨天上午,他骑着自行车来到职校,他看到男生一队队从二楼通道顺着楼梯踏步下来,捂紧棉袄转过一楼的拐角处再向北面的公共厕所奔去,然后又是一队一队地往二楼奔。陈主席一看便知道学生是在抓紧时间上厕所,但是又怕冷,一个个急匆匆地奔跑。他是一个喜欢现场办公的实干型干部,见此情景立刻叫门卫把住在家属区楼上的吴校长找来,当场请吴校长帮忙,明天去叫工勤员买来两只粪桶、一条大扁担和一块大木板,就在二楼西边的走廊拐角处,放下粪桶,用木板隔开外面的走廊通道,让学生小便就在西墙根解决。这就省得楼上楼下来回奔跑了,每天早上请工勤员将粪桶挑下楼进行清理。陈主席看到这些学生们脸上、嘴唇上干燥起皮非常显眼,就晓得他们缺少水分、缺少维生素。学生家庭条件差,公家财政也紧张,补充维生素难以做到,但是让学生多喝一点开水也是好的,便叫吴校长派人去买了十只保温瓶、十几只大碗,放在两张旧课桌上,搁在教室外面的走廊上,让学生下课能喝上开水,增加体内水分。第二天,同学们看到陈主席布置的两件事情都被学校办得妥妥的,心里非常感激。

第二次摸底考试正在进行。只不过这次就在职校教室里考。史五龄临考前跟大家讲明了，考试是自己的事，不是考给别人看的，只有通过真实的考试看到自己真实成绩才能对症下药、补齐短板，为预考打好基础。三天考试下来，有几个学生垂头丧气，彻底绝望了，因为每门学科都在二三十分上下，排名垫底，看样子即使焚膏继晷不吃不喝连轴转也赶不上来，因为欠账太多了。过了几天，两个班的教室里已经空了十多个座位，那个被张道华踢伤下身的李玉高，胡仁华，经常倒数第一第二的难兄难弟高彩旗、陈志福，还有嫡亲表兄妹的朱国怀、祁厚花纷纷不辞而别，东方老师也不知道他们是回家了还是外出打工了。这些辛辛苦苦待在学校里十二三年的学生退出了竞争，既有智力达不到的因素，也有招生录取率太低的缘故。一大批想通过读书改变自己命运的男女青年只能止步高考另觅前程。坚持下来的学生就像家蚕在完成四次蜕皮后，身体会变成浅黄色一样，他们看上去更加"老渣渣"的（指面相显老），身体消瘦，嘴巴都尖起来，颧骨都高起来，眼睛布满血丝，眼睛凹陷下去，近视度数加深。这些莘莘学子跋山涉水，披荆斩棘，纵使撞了南墙也不回头，他们相信，撞倒了南墙就一定能飞向诗和远方。

　　四月下旬，万物复苏，柳树吐蕊，桃花初绽。学子们解开厚厚棉袄的纽扣，迎接东南方吹来的暖风。教室北面的窗户在中午时分被学生们推开了，南北空气对流让大脑更加清醒，背诵的古文记得更牢了。这时候县政协陈主席、杨副主席来看望大家,接着朱书记、苗校长也来看望了大家,为学子们鼓劲加油!沉寂多时的教室,随着春暖花开,渐渐有了欢声笑语。不久,教务处教务员史五龄在统计学生人数,为预考做准备,招办柳主任来了,气氛又开始紧张起来。他在核对考生考试资格,好像是在政审,不过已经不看家庭成分,而是看学生品行,经审核,全部过关。接着又连续两天辅导学生填写高考预考报名表,截至4月30日,两个班一共有一百六十九人参加预考。预考由市教育局统一命题,全县学生的名单统一放在一起,按照姓氏笔画排名。第一场考语文,前面的语基部分题量太大,接下来的语法、修辞、现代文阅读、古文翻译纷繁而又复杂,以至于当监考老师提醒还有最后十分钟时,好多学生作文才开个头。当他们以飞快的速度写到结尾时,铃响起,连检查一遍的机会都没有。有人出了考场后,脸上露出了沮丧的表情。东方老师不断地安慰大家:"没关系的,像语文这样的科目有时检查起来,说不定会把正确的改成错误的。请大家调整一下心态,全力以赴投入下一场考试。"东方老师这些宽慰人心的话语给大家以慰藉,大家骚动不安的心情也渐渐平复了。

　　三天紧张的预考结束了,一些国栋班学员回到出租房,把自己的被窝行囊打包准备带回家。只有成绩特别好的,一直在两个班级中保持前四十名的同学有一点自信,没有收拾行李,他们怀着一腔期待,但是预考分数没出来,每个人心中更多的是忐忑和紧张。城里的孩子还能得到家长的几句宽慰:"不必多虑,尽人事,听天命,如果不行就再复读一年。"农村的孩子这些日子跟家里人一起,有的在承包田里育小秧,准备麦收后插秧,有的在麦田里清沟理墒。繁重的农活压得他们喘不过气来。比起来,还是在教室里复习功课轻松些。这些农家子弟都盼望着重回学校继续复习,迎接高考的决心更加坚定了。

预考成绩揭晓了,两个班有六十一人落榜,黯然离场。他们要么准备来年复读,以期东山再起,要么就扎根农村种田,准备娶妻生子,过"面朝黄土背朝天""老婆孩子热炕头"的生活。对后者而言,这段复习的经历就成了他们人生旅途中一次难忘的记忆。

通过了预考的学生又集中到了工会职校教室,因为淘汰了三分之一的学生,先前人满为患的教室,现在略显宽松些。而就在这时,县委办公室又传来了一个好消息。

这两天九龙官场人事变动,县委书记周侃侃被提拔到黄海市做副市长,县长魏福宝调省水利厅工作。经中共平江省委常委会研究,决定王广兴任中共九龙县委书记。王广兴,山东东阿人,几年前从部队转业到省粮食厅工作,业绩突出。此人典型山东大汉,方脸大耳,虎背熊腰,身体健硕,特别喜欢洗冷水浴,寒冬腊月照洗不误。

县文化馆是冯垛街最好的去处。一进大门就是一栋四角翘檐、花窗镂空的古典式三层小楼;楼前有一座假山,用太湖石垒砌而成;假山前有一眼喷泉,每逢节假日,按钮一摁,冲天的水柱倏然而起,惊煞众人,每隔一分钟冒一次水柱,水花四溅,人们嬉戏躲闪,欢声笑语不绝于耳。这样的场景引得市民常常在此驻足,流连忘返。两条用鹅卵石铺成的甬道从左右两边延伸到大楼后面长着翠绿冬青的大花园,楼阁长廊雕梁画栋,小桥流水杨柳依依,宛如来到江南水乡。甬道两侧是几十株参天的塔松,蔚为壮观。花园北侧是一个小会堂,县里的一些一二百人的会议就在这里召开,地方垛戏也在这里演出,闲暇时,武术团的功夫小子们也借这个舞台练功。晚上承包给生意人放一些新出的电影或录像,票价都是一块钱,来此观看的都是三观很正的小市民,因为这里从不放三级片或少儿不宜片,所有放映的片子都经过文化局文化股嵇股长的审查。花园左右两侧是两排青砖青瓦的平房,东边几间是职工住房,西边是能容四五十人的大教室。两个大教室刚办了一期垛剧票友培训班,此刻票友们都转到垛剧团去看现场表演了。等到七八月份,这里会再办一期武术学员培训班。垛剧和武术已经成了九龙县的两块闪亮的招牌。提到九龙,人们就会自然而然地想到垛剧和武术,当然还有一家专做皮鞋的民营企业,鞋子已经卖到意大利了。

　　王书记初来乍到,正在密集听取各方面情况汇报。前些日子,县政协党组到县委汇报工作,党组书记陈鲲鹏在汇报政协工作安排后,又专门提到他为了多出地方人才而牵头领办的国栋班,说到目前为止,经过预考,国栋班有一百零八位学生进入到全市前一千名。这个数字,对于来自孔孟之乡的王书记来说,比听到新办十个乡镇企业还高兴。他从小就受到浓厚的儒家文化的浸润和熏陶,"敏而好学""不耻下问""鸣琴而治""箪食瓢饮"等儒家经典语录和动人故事早已浸透到他的灵魂中，且助教兴学本来就是他这个一方主官的责任和义务，因此，当听到陈主席说起春节期间为了找教室而辛苦奔波，找到了又被人家锁住教室门一个星期不让学生进的心酸往事，王书记勃然大怒，操着一口标准的北方普通话说了一句："岂有此理！"前天他跟陈主席到工会职校去看了一下，走到二楼，有一股刺鼻难闻的尿骚味。陈主席向他解释，这是在冬天为减少学生下楼次数，避免学生感染风寒而临时在二楼西走廊根下搭起的一个简易小便房发散出来的。王书记皱紧眉头。这时"砰！砰！砰！"拍打篮球的声音又从楼前的篮球场上传来，声音很大，重重地撞击着他的耳膜。他立刻感到这里不是读书的好地方，环境很不安静，也很不卫生，他第一时间就想到要调换教室。今天早上他看到文化馆内安静整洁，桃红柳绿，春意盎然，而两间教室又空着，当时就想到应该把国栋班搬到这里来。他打电话给文化局长把这个想法说了，局长忙不迭地说道："照办！照办！"早上王书记刚到班，县长、局长一顺排坐在接待室，等着向他汇报工作。他让他们等一下，他想，他首先要做的是叫县委办立即打电话到政协秘书处，让国栋班在今天上午就搬到文化馆里的两间大教室上课。

消息传来，可让这些经过预考留下来的成绩优良的学生乐开了怀，一个个笑得合不拢嘴，赶忙收拾书包，肩背手提直奔文化馆而来。

菊篇四　县委书记余江的爱民情怀

12月16日晚。孙儿垚垚说:"爷爷,今天跟我讲讲联谊会上第四个发言的同学,好吗？""好的,这第四位发言的同学还是一位县委书记呢,他姓余,叫余江,很有政绩,后来做到了某地级市的市委书记,真是我们国栋班的骄傲！"

"下面请余江同学发言。他发言的题目是'心中有民在路上'。我先介绍一下余江同学的有关情况。余江同学当年以575分的好成绩被武汉大学中文系录取,大学毕业后,作为选调生,他担任了湖西省山兴县团县委副书记。二十八岁时,当选为该县最大乡弯月寺乡乡长,1997年,他考取清华大学研究生,脱产学习深造两年。毕业时,他们班里大部分同学选择在北上深广等大城市工作或出国继续深造,一开始他也打算到国家机关工作,但经过一番深思熟虑后,觉得基层群众更需要他,于是又回到了湖西省。2004年,他被任命为山兴县委书记,目前,他正处于被湖西省委组织部考察提拔阶段,正值公示期间。昨天,他从江城乘飞机回九龙,晚上受到九龙县委热情接待。今天一大早,他就来到会场跟同学们交流工作和生活情况。现在请让我们用热烈的掌声欢迎余同学、余书记的到来,并请他发言!"卜嘉玉的介绍赢得师生的热烈掌声。

尊敬的各位老师、亲爱的同学们:

你们好!

时光荏苒,日月如梭,一晃二十年过去了,但是,当年老师认真教、学生认真学的场景还历历在目。在此,请让我向诸位老师鞠一躬,感谢你们当初对我的辛勤栽培,才让我抓住机遇,考上重点大学。我于1999年又回到湖西省工作,先后任弯月寺乡党委书记、山兴县委常委、常务副县长、县长、县委书记。

山兴县是国家级贫困县,全县山地面积占到80%,俗称"一面山、一个坡、一组人",全县总人口三十万人,面积五千多平方公里。大山绵延,奇峰不绝,山大沟深,山道崎岖,往往看起来很近,走起来却很远。

要致富先修路。我任山兴县主官后,走遍了全县所有的村组,一天下来,我的一双蓝色运动鞋沾满了泥疙瘩。在贫困的山兴县,穿着运动鞋轻车简从下乡是我的工作常态。主政山兴三年来,每一个村组都留下了我的脚印,"心中有民在路上",我希望通过自己兢兢业业的努力,为群众办些实事,让湖西省这个贫困县可以走出一条"既能守住绿水青山,又能带动群众脱贫致富"的发展新路。最终,在我坚持不懈的协调主抓下,短短三年时间,山兴县路难行的面貌基本改观:全县行政村通车率达到80%以上,村通公路硬化率超过60%。去年下半年,我又带领县委班子全体成员以及全县人民一起努力,让村组内的道路开始硬质化,让群众在相互串门的时候,彻底告别脚上沾泥巴的日子。今年初,在县委、县政府的协调努力下,山兴县火车站完成升级改造,目前有四趟快车在本县停靠,山兴人可以在本县坐火车去北京、上海、武汉、成都等地。一位学生家长告诉我,现在孩子上大学,可以从家门口登车出发,不用再到三百公里外别的县去乘车了,听到这话我非常高兴。

山兴县有两项指标既让大城市艳羡,又让山兴人骄傲:山兴境内森林覆盖率达78%,植被覆盖率达89%,是纯天然氧吧,是可以跟广西长寿之乡巴马媲美的地方。今年端午节,山兴县的五溪神龙风景区和红色文化革命老区迎来周边省市的众多游客,一时间让这个仅有三万多人口的小县城变得热闹非凡,来这里的游客说,到了山兴就进入到了一个美妙的森林公园。

除此之外,我们山兴县的矿产资源也很丰富,基层干部提出,若能将这些矿产资源充分开发利用,不仅能直接带动当地百姓就业,还能带来大量财政收入,让当地各项经济指标快速提高。但是,经过充分调研,我和县委一班人反复研究,形成了适合山兴实际的发展思路,即"宁愿慢一点,也要守住绿水青山",坚决不让会造成污染的采矿企业进入山兴。我一直跟大家讲,把良好的生态环境保护好也是对老百姓的贡献。我们坚持走绿色发展的路子,全力打造红色文化和生态旅游"两张牌",尽管在推进的过程中曾一度遇到种种困难和阻力,但我和县长从来没有动摇过。坚持正确的发展方向,作为一名县委书记,必须要有这个担当。随着当地旅游业的发展,越来越多的人知道了山兴,越来越多的人走进了山兴。去年我们接待游客达二十万人次,旅游人数超过前十年的总和,营业收入达到一千万元,旅游业正在成为拉动我县经济发展和群众脱贫的新动力。

　　作为一名县委书记,我最大的心愿就是让群众尽快脱贫奔小康。根据县委"每一个科级以上干部都要结两个穷亲戚的规定",我每年都要看望梁溪乡青竹村的残疾老人梁山戎,逢年过节给他送腊肉、茶叶、衣服等食品和物品。老人一辈子喜欢种菜,我掏钱帮他建成了一个蔬菜大棚,让他干着自己擅长的蔬菜育苗活计,每年能多收入六千多元。左安龙也是我的联系户。有一次,他打电话给我,希望能帮助他解决养羊的资金问题,我在电话里了解清楚后很快帮他联系了县信用合作社,拿到了一笔贴息贷款。他一家四口人的人均收入由两年前的两千四百元,快速增加到现在的八千多元,基本摘掉了贫困户的帽子。当然,作为一名县委书记,我不只是把我的两个联系户放在心上,山兴全县的贫困群众都装在我的心里。

　　这几年在我的协调带领下,山兴县大力发展猕猴桃、山楂、食用菌、生猪饲养等特色产业,形成种加养、产加销一条龙,全县贫困发生率从前几年的 65% 下降到 31%。全县农村自来水实现了人口和区域全覆盖。我还在全县推广电商扶贫等新方式,圆梦乡电商中心,去年一年网销香菇就达七十七万多元,销售猕猴桃、核桃等达二十多万元,农民的土特产不仅卖得出去,还卖出了好价钱。

山兴县城是座小小的古城,有楚王殿、屈原庙、武侯祠、关公道等历史古迹。当旧城改造遇上文保区,有人选择直接推平,拆旧建新,有人是拆古董建仿古。客观来看,山兴县城市政基础薄弱落后,70% 的小巷只有一两米宽,有的仅容侧身而过,而且不少居民用不上暖气、天然气,还在烧蜂窝煤,甚至柴草、牛屎饼。产业低端,不少非遗面临后继无人的窘境。即使这样,我还是横下一条心,拒绝粗暴的推倒重来,虽然那样做很简单,还能迅速通过土地出让获得巨额资金,城市面貌也能立竿见影得到改观。面对短期经济利益和长远发展这本账,我有不同算法,我们按照老城区的肌理重新规划,精雕细琢,短期看确实多花了时间,少赚了钱,但基本保留了文物,而这些往往是难得的历史文化资源,是一笔珍贵遗产,是无价之宝。我想,这个道理,在座的文科生都懂的。

在我和县委、县政府一班人的大力推动下,老城区改造采取了"有机更新"的笨办法:搬迁自愿,百姓想走就走,想留就留;建筑整体修缮保护、改善居住条件;文化改善业态,重塑商业特色。我认为,"只有耐得住寂寞,才能经得起考验",去年国际建筑三年展,山兴县古楚一条街保护修缮项目代表中国参展载誉而归,笨办法得到了国际社会认可。我县正以新兴文化产业集聚区的勃勃生机勾勒出中国古老街区和谐宜居可持续发展的新途径。

说来让老师、同学们发笑呢,我这个县委书记的办公室只有八个平方米,如果你们一次去十几二十几位师生到我办公室小坐,怕连坐的地方都没有,但是,我墙上挂的一张图表却很显眼。上面列明了十五项权力,我对大伙说:"我作为县委书记的所有权力都在这。清单挂在墙上,挂在网上,如果我干的事超过这十五项权力界限,不管是党员干部还是普通百姓都能监督。"如何建设高效透明廉洁政府,我的办法是把权力关进制度笼子,主动接受社会监督。几年来,在我的推动下,山兴县以县委权力公开透明运作为龙头,带动各级党组织推进党务公开、开门决策和政务信息公开,让权力在阳光下运行。在山兴,人大代表、政协委员列席政府常务会讨论民生问题已成惯例,只要不涉及敏感和机密内容,每次常务会都会通过电视向社会全程直播,这在湖西省还是第一次;公开是常态,不公开倒是例外。

我在山兴一边发展经济改善民生,一边重拳反腐整顿吏治。还在基层工作的时候,我就曾被当地的贫穷和贪腐震撼,我暗暗发誓,要让山兴旧貌换新颜。在任县长、县委书记的几年里,人们都知道我清正廉洁,不收贿赂,对歪风邪气毫不退缩,一度也曾遭到过致残甚至死亡的威胁。县公安局在我的公车上专门安装了防爆装置,即便这样,在常务副县长、县长任上,我还是被地方黑恶势力围殴过两次,被打断了三根肋骨和两根手指,但我最终将二十多名贪官和奸商送进了监狱,其中就包括一名副县长、一名人大副主任和一名政协副主席。

"衙斋卧听萧萧竹,疑是民间疾苦声。"郑板桥的这首诗饱含浓烈、真挚的爱民情怀,而爱民富民始终是我工作的主线。我的每一项工作步骤都涉及人民群众的切身利益,都关系到人民群众的冷暖安危。我们是人民群众的公仆,不能辜负人民群众的信任,更不能愧对人民公仆这个神圣的称呼!

各位老师、同学们,我因为回到了千里之外的家乡,看到我二十年前的老师、同学感到很激动、很亲切、很温暖,所以就多说了几句,也是向老师、同学表明自己的心迹。我作为一名文科班的学生,自然会受到中华民族传统美德的熏陶。"温良恭俭让,仁义礼智信",这些儒家经典语录已经深深地烙在我的脑海里,我一定不辜负老师、同学们对我的期望,在从政的道路上行稳致远。

不好意思,我现在就要回老家平沟镇接我的父母亲,然后去黄南机场赶下午一点钟的航班飞到山兴县。我虽在公示期间可以小憩,但是在新的工作岗位还没有确定下来之前,我还是山兴县委书记,我要站好最后一班岗!

再见了,老师!再见了,同学们!

大厅里全体师生一下子站立起来,用最热烈的掌声欢送这位极具爱民情怀的余书记,大家衷心祝愿,余书记一路平安。

兰篇五　浙江大学哲学系学生的一封信

12月17日晚,爷爷在阅读信匣子里的第五封信。他告诉我,这封信是浙江大学学生朱守湖写来的,此人后来做到了大学校长。爷爷还说,哲学是科学的科学、最高的科学,是居于人类知识体系最高层级的知识,这封信可以当作哲学的入门来看。说得我半懂半不懂地听着,感到爷爷也是有点儿学问的。

东方老师:

您好!

我因急性阑尾炎发作,现躺在杭州市人民医院的病床上。"暗想病榻何时起,真情浓厚感无比。"不知怎么的,只有在这时,在生病卧床休息时,在我已在浙江大学读大二时,才又想起了那不堪回首的在国栋班的学习时光。前年,我在您和各位老师的辛勤教导下,通过自己含辛茹苦、夙夜不息的努力,终于考出了较高的分数。但是,当初,我心气太高,想报考一所我心仪的大学和喜爱的专业,那就是北京大学中文系,可是我后来才知道我的分数跟北大录取分数线相差15分,而当我第一志愿没能录取时,因我在"是否服从调剂院校和专业"一栏都写了"服从"两个字,所以在等了几天以后,我就收到了浙江大学哲学系的录取通知书。哲学,什么是哲学?我一无所知。我只知道它可能跟思政课有得一比,而思政课,我在高一、高二年级时,没有政教系毕业的正规老师上课,都是教语文、数学、历史等课的老师兼教一下,所以有不少同学不是睡觉就是逃课,能认真对待的寥寥无几。一堂枯燥乏味的思政课只有班长、团支书,还有几个课代表正襟危坐撑到下课铃响。可是当我来到浙大哲学系,听了几位教授的讲课后,才发现他们授课的风格各树一帜,他们都不会一味地按照书本讲述,每次讲课都会将自己的观点和经历融合进去。一堂堂人们本来印象中抽象僵硬的哲学课,到了他们这里都变成了金句迭出、妙不可言的演讲,让我慢慢地进入到一种学术的境界,拓展了我的思想的疆域。这就是大学!

于是我爱上了哲学,知道哲学是一门特殊的学问,是与通常局限于某种具体对象的知识体系不同的学问。"哲"其实就是聪明的意思,在希腊文中意味着爱和智慧,所以按照定义解释,哲学是一种使人聪明、启发智慧的学问,而且中国的哲学是人生哲学,是升华人生情感的哲学,但是哲学又极其深奥。大一时我们的周泽教授在给我们讲哲学的原理时,就一下子把我们讲晕了头,他讲了"元理"和"原理"这两个词,我就不能一下子搞懂。他说哲学的任务就是对现实世界进行"元理"层面的把握,大学哲学系是现实世界的精神中心,是追求真理的地方,是一个圣所,而科学以及玄学、艺术等是原理、方法、事实。"元理"与"原理"划分并非绝对,实用依据是:"元理"是需要时刻记着即时可用的元初理论,而"原理"是可以查工具书利用的基础理论。周教授还说哲学是有严密逻辑系统的宇宙观,它研究宇宙的性质、宇宙内万事万物演化的总规律以及人在宇宙中的位置等一些很基本的问题。好像把整个自然界和社会都纳入自己的视野中去了,这样,哲学似乎就在人类的知识体系中居于最高等级,是科学的科学、最高的科学。

老师您是知道的,"哲学"是外来词,源出希腊语,哲学实际上是社会意识形态之一,它是关于世界观的学说,也是自然知识和社会知识的概括和总结。周教授认为"哲"这个词在汉语中出现很早,历史很久远,如两千多年前的"孔门十哲"、古圣先哲等词。"哲"或"哲人"专门指那些善于思辨、学问精深者,用西方话语表达,他们就是哲学家、思想家。中国虽然没有西方意义上的哲学博士的概念,但中国人的学问传统向来就是哲学,考科举的时候,写的文章大多就是哲学论文,所以哲学的传统向来也是我们民族的传统。而且中国哲学起源也很早,以孔子的儒家、老子的道家、墨子的墨家以及稍晚的韩非子的法家等为代表。下课前他还留了一道题:"20世纪后西方哲学主要有两大分支。一派是大陆哲学,重点在人生哲学。包括对生命的体验、生命的价值等。另一派是分析哲学,专门讲逻辑分析、语言分析。试详细解读这两大流派。"老师还列出了十二本参考书。那几天,我天天泡在图书馆里。

东方老师,我由衷地佩服我们的哲学课老师们。他们的授课风格极富魅力,激情洋溢,见解深刻,深得我们学生爱戴。正如李奇玉教授在课堂上所讲的:"在艺术当中,在哲学当中,我们得到的是心灵的愉悦,这种愉悦是无可名状的,它给我们以心灵的充溢和伟大。真正的伟大属于心灵。"李教授就是浙大哲学系本科毕业生、德国波恩大学哲学硕士、希腊雅典大学哲学博士,是一位学贯中西的哲学家。在浙大,他曾主要从事马克思主义哲学的当代意义及当代艺术哲学等方向的研究,发表过哲学专著三部、译著三部、学术论文二十余篇。他常常鼓励我们独立思考、要有独立见解,引导我们欣赏学问,而不是用某些武断的结论抑制我们的思考,允许我们在学术思考上有错甚至大错。他说,在我课堂上听我课的学生,随时可以打断我,随时可以跟我争辩。伟大的哲学典籍,虽然能给我们以极为重要的启发,但这些启发彼此也很不相同。叔本华认为他讲得有道理,黑格尔也认为自己讲得有道理,而你只要在辩论中去体会,体会到一种命运性的因素,借助有关典籍获得一种自由的态度,你就在真理中了,从而使我们养成一个真正的学者才会有的那种真诚和善于理解他人的人生态度。他常把老校长竺可桢的一句话讲给我们听:"切莫以为来到大学就是为了将来能做工程师、医生,人们来到大学做学问应该是为了将来能够担当大任,转移国运。"

他还用黑格尔在柏林大学授课时讲的话反复告诫我们:"年轻人在大学里面应当干什么?只有一件事情是最重要的,那就是追求真理。"李教授还十分关心我们的人生梦想。有一次他在西湖雅苑餐厅请我们吃饭,在饭桌上他询问我们的在校生活和对今后工作的设想。浙大的教授们,我们的老师们其实不仅仅是书斋里的学者,他们对社会现实和民族前景的认识是很透彻的。

东方老师,我们浙大哲学系真正是一个名师云集、金句满堂的地方。陈曙老师是《实践是检验真理的唯一标准》的作者、南京大学胡福明老师的得意门生。他给我们最重要的教诲就是紧密联系实际,学习理论是为了推动社会改造,即实事求是。孙博奎老师是浙大某校长的老师,他最激励我的就是"坐冷板凳,搞真学问"。他是研究马克思早期思想的,主攻西方马克思主义,在他的影响下我们都读原著,要求我们见到证据,见到真貌,杜绝人云亦云。他写的《真实马克思》《还原马克思》条理清晰,逻辑严密,娓娓道来,引人入胜,让我们懂得了做学问就要忠于原著,尊重历史,找到思想的源头,把握学术发展的脉络,同时也要坚持为人民、为国家、为社会而做学问。大家的理论基础得到了加强,研究视野得到了拓展,认识和分析问题的能力得到了提高,真可以说得上是受益终身。

我们哲学系绝不是男老师一统天下,更有一批高知女性撑起了半边天,其中尤以李璐璐老师知名度最高,不仅名闻全系、全校,还火遍大江南北,到了人尽皆知的地步。只要听她三五节课,就可以看到,她是一位把哲学和工作生活结合得非常紧密的智者。她用哲学思想影响现代年轻人的生活态度,学生都对她的课产生了深厚兴趣。两年前,她受中央电视台之邀讲哲学,镜头中的她知性又大方,滔滔不绝,侃侃而谈,把深刻晦涩难懂的哲学知识和浅显的人生哲理相结合,用她独特的演讲风格吸引了台下和电视机前的观众。她是一位以学术和专业知识为立身之本,以教师身份走红的学者。我们通过系里的其他老师得知,李老师出生在一个高知家庭,从小她不但学习成绩出色,而且也在不同的求学阶段担任过学生干部。大学时,她成了哲学系学生会主席,"只有用哲学帮助困境中的人,让正确的哲学思想更好地指导和纠正人们的生活,这才是该专业的研究者们工作的最大意义",李老师就是秉持这样的宗旨开展学生会工作的。成了大学老师的李璐璐老师,把一门看名字就让人没什么兴趣的哲学选修课讲成了学生争相报名的热门课程。我们这些台下的学生会被她的讲授带入到知识的海洋中,直到下课铃声响起,大家才恍然回神,暗叹时间过得太快。东方老师,她的讲课别具一格,等您啥时有空到浙大来,我一定会把她介绍给您,让您也一睹她的风采。

哲学系的课程很多,总体上分为两大块,一是哲学,一是科学。数理化天地生都要学,数学要学两年,物理学一年，其他科目如化学、地理、地质、生物都只上一学期。有一种说法是，哲学是各门科学的概括和总结，因此，自然科学也是要学的。哲学这一块又分成两类：一类是哲学著作，一类是社会科学著作，也就是法学、历史学、经济学、文艺学，还有社会学、政治学、国际政治学。哲学的著作主要是西方哲学、中国哲学和马克思主义哲学这三个方面。总之，要上的课很多，要看的书也很多。我们图书馆就有一两百种汉译哲学名著，卢梭、孟德斯鸠、黑格尔、费尔巴哈等人的书就有几十种版本。它们大多是商务印书馆出版的，其他出版社也出版过一些书，主要是把毛泽东的著作翻译成外文，把马列著作引进国内。我们看书喜欢做卡片，把书上的内容摘抄下来，我已摘了两千多张，我们班有的同学已摘了五千多张，真是吓人。

浙大师生之间处得非常融洽，学生在课后或在老师办公室围着老师不停地问问题，老师很像您教过的课文《论语》(《子路、曾皙、冉有、公西华侍坐》)中的那种场景一样，让学生各抒己见自由发挥。就这样，你说说他谈谈，到快吃饭的时间，老师回家，学生上食堂，我们之间的关系就像中小学时的师生关系一样，几乎天天都能见面。

东方老师，我现在对杭州的风景区已了如指掌了，自从大一那年国庆节放假开始，我就开始遍逛杭州。首站必然是西湖。您知道的，西湖素有"天堂"的美誉。秀丽的湖光山色和名胜古迹远近驰名。断桥残雪、白堤、花港、苏堤、雷峰塔，白堤上的"曲院风荷""三潭印月"，苏堤上的

"平湖秋月""望湖楼",还有西湖西边的"杨公堤",都是中国文化中的经典之作,也是人们游览西湖的必到之处,这些景点对于了解中国文化和历史具有重要意义。在游览白堤时,我听到导游介绍白居易时,用两个字概括他的一生,那就是"放下",令我感慨万端。其实"放下"包含了辩证法。东方老师,您也曾告诉过我们,在群星璀璨的唐代诗坛上,白居易是继李白、杜甫之后最著名的唐代诗人之一。听导游说,白居易年少成名,风光无限,却因性情耿直,得罪权贵,一生经历跌宕起伏,却从中悟出生活的哲理,懂得"放下"才是人生的真谛。有哲人曾说过,生活并没有欺骗你,只是它没有满足你的期望而已;放下期望,释放心灵,白居易便是在幻海沉浮的挣扎中学会"放下"才换来一生的平安与闲适。

东方老师,我从白居易的事迹中得到一个启示,人生太苦,生活太难,或许心中的负累从未消退,或许对成功的追求让人欲罢不能。但是人生只有"舍得"才能获得,懂得"放下"才能强大,"死生无可无不可,达哉达哉白乐天"。他一生随性,寄情于山水,不与狡诈之人同流合污,他体察民间疾苦,他一生写出三千多首诗,虽仕途坎坷,但一生平安喜乐且盛名流传千古。

东方老师,通过查阅有关史料,我知道伟大的政治家、诗人白居易是一个哲人、一个智者。我已发誓,这一生要向白居易看齐。当然,带着人民修筑苏堤的苏东坡同样值得钦佩。"竹杖芒鞋轻胜马,谁怕?一蓑烟雨任平生",那种把一切流言蜚语、诬陷、诽谤都当作蛛丝一样轻轻地从身上抹去的潇洒、豁达,同样蕴含着深刻的哲理,这些都是我在进入哲学系读书后,游览西湖景致时,悟出来的道理。看来有哲思伴随,会使人轻松愉快地度过一生。有时我想,我们人生几十年可以拥有多少个安静的四年?远离喧嚣,不带任何功利性地追求一种真理,探讨一种学问,获得精神上的重大体验,这是多么宝贵呀,应该好好珍惜。

东方老师,若您有空到杭州,我除了陪您游览"三堤"外,还想请您游孤山路。还有宝石山,可以在山顶俯瞰西湖全景,是看日出日落的绝佳位置。法喜寺,求姻缘超灵;满陇桂雨,是秋天杭州最诱人的地方,桂花香气四溢山谷;小河直街是老杭城的缩影;还有良渚古城遗址,距今有五千多年,被誉为中华第一城。这里有世界上最早的水坝,是迄今所知中国最早的大型水利工程。现在建成的公园里小鹿很多,走进去,会有一种误入宫崎骏漫画的错觉。最后我陪您到浴鹄湾,杭州本地人最喜欢去的地方,人少景美。最近几年,杭州周边的一些古镇也热闹了起来,像乌镇,素有"鱼米之乡、丝绸之府"之称。南浔古镇有750年的历史,文化底蕴深厚。还有西溪湿地公园,是国内唯一集城市湿地、农村湿地、文化湿地于一体的国家湿地公园。当然远一点的还有千岛湖,是杭州的"小京都",世界上岛屿最多的湖,据说那里湖水清澈见底。

东方老师,我通过复习考上浙大,有幸来到杭州读书,真是托诸位老师之福。在此,请让我再次向辛勤培养我的诸位老师表达感激之情,你们有空时,请到杭州一游,我一定当好东道主,让你们吃好、住好,游得尽兴。

我在杭城恭候你们!

学生:朱守湖
1991年7月1日于杭州

竹篇五　末站文化馆

12月26日晚。孙儿垚垚问:"爷爷,那你们在总工会职校就一直待到高考了吗?""不!这还不是最后一站,最后一站是县文化馆!是新调来的山东大汉、县委王书记的悉心周到的安排,让国栋班学生度过了一段美好的迎考时光。"此时,爷爷又陷入到沉思之中。

九龙古潟湖的春天来啦。一群群燕子回来了,它们像春游的孩子一样各回各家。除了"莺歌燕舞",除了"两只黄鹂鸣翠柳,一行白鹭上青天",还有"喜鹊登枝喳喳叫,山蛮争窝闹吵吵"。各种各样的美丽鸟儿占满枝头,站满田埂,飞翔于蓝天碧水之间。

全县最好的一块宝地,让给国栋班的学子,让孔令学、余江、卜嘉玉、王中华、葛玉媛、梁海燕、朱红梅、朱守湖这些轻松跨过预考关的学生的心情无比舒畅,发誓要考上更好的大学。小桥流水,曲径通幽,这是苏州园林一样的环境。每到自由活动时间,文化馆五角亭子间,塔松下面的水泥基座上,甚至在那硕大的梧桐树的枝丫上都坐满了国栋班的学生。背诵古文佳句或英语单词的琅琅读书声,从文化馆的各个角落响起。小会堂两侧的左右厢房,西厢房是一班,东厢房是二班,二班的隔壁是教师休息室,正常情况下还是总班主任东方老师一人在此值守。当然,随着高考的临近,六门课的任课老师比以前更加尽力了,上完课后都能留下来,在休息室接待有难题需要请教他们的学生。

  年轻的数学老师赵京把他在华师大学到的微积分也搬到课堂上讲给学生听,当然也只是一些入门的常识,地理老师鲍霞客有时竟讲与航空航天上有关天气知识,东方老师也把他在大学中文系学到的文艺理论、古代文学史等知识穿插在讲课中。这些增加知识的深度和宽度的大课,整体文化知识水平较高的学生听来并不吃劲,反而感到这些迎考前的复习课质量很高。本来要请假在宿舍里自己查漏补缺的学生也不敢请假了,担心漏掉老师讲的当今科技方面的一些前沿知识和没有听说过的文史常识。国栋班开班以来每天都排三堂大课,上午两堂大课,所谓大课就是把两节四十五分钟的小课连着上,中间不休息。老师就能全面系统地讲上一个单元或两个单元的知识,学生也能完整、连贯地跟着复习一遍。

  这天上午正在上第二节大课,朱书记、苗校长分别踏着雾中闪闪的自行车到文化馆检查工作来了。刚上完第一节大课的总班主任东方老师见领导来了,急匆匆地向东边家属区奔去,不一会儿便扛来两条长条凳。办公室里只有一张办公桌和一张靠背椅,朱书记刚想坐上那把唯一的木椅,忽然又站起身来朝苗校长笑着说道:"这椅子你来坐吧,你比我大一个小人呐,我42,你54,卖茄子还要让一个老呢!"苗校长说:"年纪大不值钱,还是你坐吧。"朱书记这才坐上了这把木椅,苗校长和东方老师在两张长条凳上坐下。

朱书记说:"今天和苗校长一来是看看今天上课的老师,好长时间没来了,想念大家。二来临近高考,我和苗校长再给学生们加加油、鼓鼓劲,你马上在第三节课后把两个班的学生集中到小会堂,我和苗校长要做一下考前动员。""好!我这就去办,请两位领导稍坐片刻!"可怜国栋班没拨一分钱公用经费,东方老师到了馆外的小商店自掏腰包买回三包牡丹烟,给他们一人一包,余一包拆开让这"两把大烟枪"零抽。这边一声令下,一百单八将齐聚小会堂,考前动员马上开始。朱书记显然是有备而来。他一上来就说他要讲五点:一要胸怀奋斗目标;二要树立必胜信念;三要讲究方法技巧;四要端正考试态度;五要有坚定顽强的意志和毅力。"目标"中他指出想上普通本科要低进高出,想上重点本科要冲天高飞。"信念"中他阐述"信心是基石,拼搏是保障"。"态度"中他说"态度决定一切""爱拼才会赢"。"意志和毅力"中他指出"心理素质是增强剂"

"响鼓还得重槌敲"。

朱书记口吐莲花滔滔不绝,学生如逢甘霖如沐春风。特别是讲到"方法和技巧"时,他声若洪钟穿人耳膜,要学生"管好口不懂就问,管好题题目会做,管好脑独立思考"。苗校长则从微观角度,具体指导了学生考前和考试时要注意的事项,他要求学生调整好自己的心态,说高考是选拔精英的考试,因此是考考生的知识和能力,是解题策略与技巧的竞争,也是心理素质的竞争。适当的紧张和焦虑不是坏事,反而有利于提高意识的觉醒程度和思维的敏锐性,不紧张、不焦虑反而是不正常的;在知识功底确定的情况下,考分的高低主要取决于临场发挥。他提醒大家要好好回忆历次摸底和模拟考试中的一些成功的经验方法和考得差的教训,答题时审题要慢,答题要快;运算要准,胆子要大;先易后难,敢于放弃;先熟后生,合理用时;书写规范,书面整洁。总之,容易题不丢分,中档题尽可能不失分,难题能得多少分就得多少分。要保证吃得香,睡得沉,这样正式考试时就会头脑清醒,思路流畅,获得理想的成绩。苗校长凭着十几年的送考经历,还特地对学生的文具、穿衣、乘车等细节列出一张明细单,要学生考前贴在墙上对照着看。同学们看着这位长着一张慈善面孔的苗校长,调侃中带着敬重,敬重中又嫌他啰嗦。

接下来大家又一次把自己送进了"炼狱"。教室里的日光灯彻夜不熄,很多学生基本就以教室为家,学到凌晨三四点钟就和衣趴在桌上睡觉,待到6点到班的学生拿起课本发出了读书声时才蓦然醒来。于是到厕所里,拧开水龙头,把头埋下去,嘴里大喊一声:"让这冰凉的自来水来得更猛烈些吧!"脑细胞在冷水的刺激下一个个被激活,此时学子们神清气爽,耳聪目明,赶忙回到教室,拿起一本袖珍英语单词本冲进树林里去。

天气越来越热,同学们都喜欢在下午二节课下课后到凉亭里和小河边的草地上背古文和英文。文化馆的各个角落都塞满了学生。此时,看大门的周大爷看到一男一女推着自行车进来了。男的是垛中总务处主任尤心祥,后面跟着的是他的下属,垛中会计丁兰珍。尤主任来到教师办公室气哼哼的,劈头盖脸就朝东方老师大发一通牢骚:"岂有此理!四个学生不交复读费就让进班上课了!""啊!还有这等事,哪四个学生?"东方老师听完也是一头雾水。

总班主任负责教学管理这一块,至于学生的后勤伙食、学杂费缴纳等事项都是总务处直接去跟学生对接。上学期和这学期的复读费各交五百元,都是由学生本人到总务处缴纳后凭交款收据才进班的,没有发现一个学生没交费就进班。所以自从通知学生到垛中总务处去交小班复读费二百元后,东方老师就没有再过问这个事,哪知道还有没交复读费就进班的。丁会计核对名单后,发现还有四人未交费:周红印、曹前进、陈东海、殷俊才。东方老师叫学生分头去找他们,不一会儿,几个人便齐聚办公室。尤主任脾气暴躁,不由分说,便"啪"的一声拍了一下桌子:"胆大,胆真肥!竟然不交费就进班了。还有一个月就要高考了，你们就要散伙了，到时候你们的学费我跟谁去要？这些费用都要上交财政的，上面查下来还以为我尤心祥贪污了这八百块钱呢！""凭什么还要收小班补习费？这学期开学我们就交了五百元，跟上学期一样。这学期难道是四月底就结束了吗？你们这是在巧立名目乱收费！"四人中个子最矮最瘦小的周红印不服尤主任收小班费，理由是这学期应该是到七月上旬结束，跟高中所有学生在校时间一样。尤主任也是一位老师范生，从教三十多年，后来学校安排他专抓后勤，他也最讲究师道尊严，最忌讳学生当面顶撞，看到周红印竟敢当着这么多人的面驳斥他收小班费，突然如五雷轰顶，顿觉天旋地转，血压急剧上升，连喊"头昏！头昏！"便一头瘫倒在长条凳上。

丁会计见状大呼"不好"。她知道尤主任有高血压病，一直在不停地服药。大概是这两天住校生交带伙的米，他站在旁边监督司磅过磅太劳累了，又忘了服药，加上听不得学生半句逆耳之言，这才出了事。东方老师赶忙让人找来一块靠背垫在他脑后，让他平躺下，又跟文化馆家属区的人家要了杯开水，在门外风头上晾了晾，就用汤匙一勺一勺地喂进他嘴里。看着他眼睛半睁着、半昏迷的样子，东方老师和四个学生都吓呆了，他们从来没有看过一个大活人突然倒下的样子。过了十几分钟，天也渐渐地黑下来，尤主任突然两手向后撑起坐了起来，嘴里大声吼道："再过几天就要高考报名了，你们不交钱就休想报名！"说完便带上丁会计出了门。谁知道两人刚推着自行车转过椭圆形花池,突然"轰隆"一声响,尤主任,一个后仰,后脑勺重重地跌向了甬道路面上的鹅卵石,顿时鲜红的血流了出来,吓得丁会计连声大喊:"来人啦!来人啦!"学生们从树荫下、草地上纷纷围拢过来,东方老师和四个学生也大踏步赶了过来。看着倒地的尤主任已双目紧闭,嘴角歪向一边,流出了口水,东方老师赶忙奔到馆长室抓起转盘拨号电话机,盯着墙上贴着的电话号码表,查到县医院急救室的电话,便赶忙打了过去。不一会儿,一辆急救车开进了文化馆,众人七手八脚,在医生的指挥下,把体重一百九十斤的尤主任抬上急救车。

经诊断,尤主任脑血管破裂。朱书记、苗校长闻讯赶到了医院。医院王院长听说垛中后勤主任突发脑溢血住进ICU,也连忙奔过来。他是垛中的毕业生,是垛中的名校友,朱书记代表学校请他尽全力抢救。此时正是下午班和晚班交接的时候,王院长奔到广播室,打开广播对着扩音话筒呼叫:"脑科、心血管科、呼吸科、麻醉科等科室主任立即到急诊室会诊。"

CT片夹在电子屏上,病人的出血点和出血情况清晰可见。会诊后,由脑科李主任宣布紧急治疗方案:脱水、降颅压、调节血压、预防感染等。医生告诉朱书记,尤主任属于重度脑出血,亏得抢救及时,能在一两个小时里止血、减压,病人没有生命危险,但是如果迟到一二十分钟就很难说了。医生还说尤主任虽然抢救过来了,但是已经是半边身子失去知觉,需要三至五个月康复训练,保不准今后会弯着左膀子，拖着右腿，竖起"五只手"走路了。学校领导松了口气，东方老师和刚到的王中华、余江等同学也松了口气。而没交小班费的四位同学感到非常自责，第二天就把费用全部交齐了。

风波停歇后，东方老师找到周红印，交谈后才知道，爱顶嘴的周红印，父母前几年离异，母亲嫁到河南商丘，跟一个潘姓农民结婚，又生了两个小孩。法院判周红印随父亲生活，母亲按月给予二十元的抚养费，可几年过去了，周红印没有收到母亲一分钱，父亲又整天游手好闲，家里就靠三亩承包田生活，这两个学期一千元复读费还是跟邻居家借的，答应人家三年后还上。复读期间，他借宿在另一个村的初中同学曹前进的一间小阁楼里，春节后，又随曹前进搬到垛中斜对面供电局职工业长空师傅家的"鸽子洞"里，两人睡一张窄窄的单人床，常常是天亮醒来才发现被子已滑到地上。每天也只是用柴油炉子煮一锅干饭，一天三顿就着萝卜干把干饭咽下肚，没有任何油水，所以长得又矮又瘦，皮包骨头。好在成绩还行，他跟班上这三位家境最差的同学都通过了预考进了小班。听说进小班还要交两百元学费，他愁得三天三夜没睡好觉，老师在课堂上讲课一个字都没有听进去。他本来想交不起学费就回家去，在家里自学两个月参加高考，可看着其他三位同学都没交钱也进了小班，他就抱着侥幸心理跟他们一起留下来，可每天心里像十五只吊桶打水七上八下，担心被垛中的校长、主任知道了，怕被逐出教室……那是多么让人难堪的场景啊，而大丈夫是可杀不可辱的！别看他又矮又瘦，但却非常注意仪表，从头到脚干干净净，裤子用盐水瓶装满热水熨了又熨，非得熨出两条裤线才穿上身。有时候出门前还会向卜嘉玉等几个家庭条件好一点的同学蹭点发乳抹抹头发，直到头发油光闪亮起来，才俏正正地夹着讲义昂首走向教室。不交这两百元的学费，他也想不出不交的理由，但他就是认为一个学期应该到七月而不是五月结束。可尤主任反驳他，如果到七月，那些被月考淘汰掉的学生四月底就离校了，是否要退两个月的学费给这些学生呢？周红印当场语塞。但就是想交，他也拿不出两百块钱来，学杂费事情只好拖着，最后还是跟卜嘉玉借了钱才交上。

东方老师又分别叫其他三个学生进来，逐一聊交费的事。一问才知，曹前进父亲得了胃癌，借钱看病又落下了一屁股债。陈东海是去年家里失火，三间茅屋烧成一堆灰烬，家人至今还睡在猪圈里，父母亲正在东拼西凑重砌大屋，哪里有闲钱交复读费。殷俊才家里做黄豆生意，常年向邻村的一爿豆腐作坊供应黄豆，谁知从去年至今，豆腐坊欠的黄豆钱一分没还，前些日子豆腐坊关门，店老板拖儿带女逃往东北去了，说是中俄边境绥芬河那边黄豆便宜，到那边开豆腐店能赚大钱，直把殷俊才的父亲气得瘫在床上一个多月爬不起来。这真是幸福的家庭都相似，不幸的家庭各有各的不幸，东方老师也无可奈何。

已经进了六月，离高考还有三十天，天气越来越热。

男生都已褪去绒线衫或纱线衫，上身只在里面穿件长袖衬衫，外套一件涤纶或棉布褂子，下身永远是一件蓝布或黑布裤子。城里的学生也就是一条牛仔裤，有人已经蹬掉黄球鞋，穿上一双泡沫凉鞋或塑料拖鞋，那拖鞋吧嗒吧嗒的声音在教室里大声地响着。女学生也有穿上连衣裙的，街上的女生还蹬上了一双高跟的皮凉鞋，像冯垛街上的花妍玉，还有巨龙街上的梁海燕，走起路来，那高跟鞋的声音特别响亮，这两位女生还没进教室，大家就都知道是她们来了。

高考越来越近了，招生办柳主任带着一个办事员和垛中教务员史五龄来到文化馆，向东方老师讲明省市招办来电，国栋班还有十名学生的身份信息要核对一下，要求这十名学生在下周一把户口簿原件带到垛中教务处史教务那里，需要核对一下出生地点和年龄。东方老师把他们的名字记下，把招办精神传达到位，就等着下周一核对信息了。可大家做梦都不会想到，临近高考时，却发生了一件意想不到的悲剧。

古潟湖东部地区是一片沙土地，这个叫盐东的地方盛产棉花，棉花耐旱，适宜在沙土地上生长。盐东有一个叫火炬的村子，村名是"文革"的遗物，原名叫沙坝村。国栋班里要核实信息的十名学生中，夏阳就是沙坝村人。他家祖祖辈辈种棉花，到了他父亲这一代已拥有承包地和帮人家代种的棉花田一百多亩，一年下来除了上交农林特产税外还能净赚一万多元，成了七里八乡闻名的万元户。夏阳是家中独子，父母亲把继承家业、延续香火、荣宗耀祖的全部希望都寄托在他身上。县城里的孩子能穿上的新衣服他都能穿上，县城里的孩子穿不到的衣服他也能穿上。盐东虽处九龙县东部，但却紧邻黄海市区。盐东人上黄海比上九龙近，所以盐东人就到黄海市区去买东西。又因了盐东农民种棉花比九龙县西部湖荡地区农民种水稻收入高，盐东人有钱，盐东人能在黄海市区买到比九龙更好吃的食品、更漂亮的衣服，还有更好的房子。夏阳整天被父母亲像宝贝一样捧着，读小学时脖子上挂了个银项圈，读中学时脚上套着银脚镯。现在复习了，已经二十岁了，但在父母亲眼里他还是一个小孩子，银项圈已经换成了从老凤祥黄海店里买来的足金项链，有半斤重。盐东乡在中华人民共和国成立初隶属巨龙镇，后来又隶属巨龙人民公社，20世纪70年代初脱离巨龙镇，单列盐东乡。夏阳的户口簿上的出生地是巨龙人民公社，而招办的高考考生信息栏上现在要改成盐东乡火炬村二组。

得了东方老师传达的招办精神后，夏阳下了晚自修便骑着崭新的凤凰牌轻便型锰钢二八自行车，沿着巨龙大道骑了五十多里路回到家中，拿到户口簿，吃了一碗母亲做的鸡蛋面条，为了不耽误明天早起背英语单词就又往回赶。

穿过巨龙小街的一条乌黑的小巷，来到西边的国道，他猛蹬踏脚想冲上国道左拐向南，谁知一辆由北向南行驶的重型大卡车风驰电掣般开来。夏阳刚骑上国道左拐，

"轰隆!"一声被大卡车撞翻在地,并从身上碾压过去,卡车司机竟没有停车,一直向前开去。可怜地上的夏阳已经是血肉模糊,当场一命呜呼,母亲为儿子装在饭盒里的肉圆、鸡汤、咸鱼洒了一地,溅上鲜血的户口本甩在远处。直到第二天下午,巨龙交警中队才查明死者身份并通报到垛中。噩耗传来,国栋班学生惊恐万状,谁也不敢相信,离高考不到一个月,会有同学离他们而去。虽然夏阳作为一个农民子弟,因家庭得益于土地承包而先富起来,平常穿着有点显眼,令人嫉妒,但总体上他不是一个叫人讨嫌的同学。他的不幸罹难,令同学们悲伤不已。

1989年7月4日,文化馆大门东侧,学生们正在看县政府在城区的主要街道上贴出的《关于做好1989年全县高考组织保障工作的通告》。通知中写道:一、全县各级教育、公安、交通、建设、保密、电力等单位要按照分工认真履行职责,密切协作配合,切实做好高考期间各项服务保障工作,气象部门要密切监测天气变化,及时为考生和考试服务保障单位提供高考期间气象信息;二、高考期间,全县所有工程一律停止在夜间进行可能产生噪声污染的施工作业,在考点周边五百米范围内的建筑工地,全天都不得产生噪声污染,各建筑施工企业要合理安排工程进度,制定并公告施工现场噪声污染防治管理措施,积极做好减噪、降噪工作;三、为减少对考点的噪声干扰,部分线路公交车辆将分时段对考点周边站点甩站绕行,出租车不得在考点周围线路行驶,请广大市民给予理解,合理安排出行；四、不得组织高考作弊，凡是充当场外"枪手"、场内替考者，都将依法严惩。提醒广大考生一定要增强法律意识，知法守法，诚信考试，不要一时糊涂抱憾终身。

全县考点设在县中和县垛中。

大战即将来临，文化馆内两个教室里气氛肃杀，虽然是雨水充足的夏季，树木葱茏，赏心悦目，但是学生心里就像寒冷的冬天，苍凉萧瑟，同学间已无言语和肢体的交流，人们的目光从早上到深夜一直没有离开过书本。大街上开始沉寂下来，塔吊林立的老城区拆迁现场已经全部停工，出租车和公交车再也不敢大声鸣笛。有考生的家庭已经没有人敢在家里大声说话，考生家长正在排出考试三天的食品购买清单，为如何做到荤素搭配、咸淡相宜、粗细适中绞尽脑汁，生怕这三天的家庭后勤工作有什么闪失耽误了孩子的前途。

考前两天，准考证发下来了，伴随准考证的发放是放假两天。说是放假，实际上就是跟班级老师告别、跟垛中书记校长告别、跟县政协主席副主席告别，意味着本届国栋班就此终结。

复读一年，国栋班学员承受了沉重的精神压力和体力损耗，男生才二十岁或者二十岁出头，看上去却是胡子拉碴、衣衫不整、面容憔悴，像是三四十岁的油腻大叔。女生这一年久坐不动，好多人开始发福。而对于那些高考预考落榜的学生来说，复读是他们人生历程中一段难以忘怀的伤心经历。经过十多年寒窗苦读，到最后按常人看法就是

"竹篮打水一场空",人生的起点就此跟金榜题名的同学拉开了距离,他们中的好多人注定要把世上的脏活、累活干一遍,当然,也有少部分人会从中崛起;但是,不管怎样,他们接受了政史地语数外六门学科的学习,他们进入社会的身份已经深深地烙上了文科生的印记。

垛中大门对面,人民路路东业长空师傅家三间两厨的平房,却有着一个三百平方米的院落。去年,国栋班开学时,一百多名学生没法安排住校内学生宿舍,全部在外租房,学生为了上课方便,就在校门外老百姓家租房住。业长空师傅见一批又一批学生和家长到他家租房,喜不自禁,认为天上掉下了大馅饼,他家发财致富的机会到了。于是连夜请瓦匠、木匠就地砌墙,到砂石场、砖瓦厂运来材料,起早摸黑,五天五夜一口气砌了二十多间、每间一两个平方米的小屋,学生们称之为"鸽子洞"。租金不贵,一个月只要三元钱(后来涨了一次到五元)。房屋墙面还没有干,地上泥土还没平整,就被学生抢租一空。这些学生的上课地点虽然屡经搬迁,最后落脚在文化馆,离住处比原来的垛中教室远了四五里路,但始终租住在他家没有换过房。一来租金少,二来房东业师娘为人热情好客。她每天起五更烧好二十五瓶开水,送到各个鸽子洞,让这些学生天冷时能有热水漱口洗脸。下午又烧二十五瓶,让学生下自修回来可以泡炒面、煮面条,剩下的还能泡泡脚。

后天就要高考了,业师娘发现每一间鸽子洞都已经一片狼藉。课本、作业本、讲义都被学生塞在墙上放书的小洞里。有些学生看一本撕一本,到了第二天下午,"鸽子洞"地面白花花一片。这些曾经陪伴学子们的课本、讲义、作业簿,上面的每一个字,对他们来说都是那么熟悉。他们爱这些课本、讲义,因为凭借它们才能找到"黄金屋",才能找到"颜如玉",又恨之,十多年来他们为了弄懂它们的内容,没有踏踏实实睡过一个好觉。到了发育的年龄得不到正常发育,眼窝深陷,骨瘦如柴,真正是"为伊消得人憔悴"。现在离高考还有一天,有人将它们付之一炬,有人对它们恋恋不舍。

7月6日晚,考生们听东方老师的劝告,都到出租屋周围转了转,呼吸一下新鲜空气,有的还到附近垾中的操场上轻轻地走上一两圈,街上的学生还能看上一两集电视剧,都是为了放松一下心情,晚上能安然入睡。当然也有几个信心不足的同学焦虑不安,比如孙雅兵,以前就有过失眠,昨天上医院找医生开了几颗安神药,今晚十点服下,才能安然入睡。可因为睡得太沉,第二天差点延误了考试。

国栋班的考生分布在县中考点的十八个考场。唯一一个临近开考才进场的是王青松,他是到了县中考场门口才想起忘了带准考证,亏了一位热心的机关干部用自行车带着他到总工会隔壁小巷的租住屋里取回准考证,在开考前的最后一分钟踏进考场。上午是语文考试,时间是九点至十一点半。

作文题是:你的好朋友某某是某重点中学高三年级中

上水平的学生。他对历史特别感兴趣,从高一开始就立志报考某重点大学历史系,现在毕业在即,班主任李老师动员他报考一般院校,认为这样录取的把握比较大。他母亲认为学历史出路窄,由于他外语成绩好,所以坚决主张他去报考经贸专业,将来容易找到工作,待遇也比较优厚。他为此感到苦恼,想听听你的意见,请给他写一封回信。总分50分。

这样的作文题对国栋班学生来说并不难写,平常这样的思辨性议论文是经常训练的。好多学生都从三方面提了建议:一是父母和老师都是从关心学生的角度出发,虽然意见有一定的道理,但也可能对你填报志愿造成干扰;二是首先要遵从自己的内心做选择,毕竟是你自己将要走上社会,从事你喜欢的职业很重要;三是坚持自己的意见,但也要争取父母的理解和班主任的支持。语文考试结束,余江、王中华、孔令学等学生在县中大门外遇到等候他们的总班主任东方老师,简单聊了几句作文考试情况。东方老师告诉他们,这篇作文首先要符合书信格式要求,然后应该写出两方面的内容:一、选择院校的矛盾;二、选择专业的矛盾。如只写一方面内容,恐怕最多不会超过二类卷的基准分,即得分在35至45分之内。这个题目中的某某同学、老师、父母三种人对填报志愿的意见实际上代表着三种观念、三个方向。一种代表自己的兴趣,一种代表求稳,一种代表热门专业。只要理清题意,亮明你的观点,给出理由并反驳其他两个观点加以认证,自圆其说,就不会跑题了。因为下午还要考试,东方老师催同学们赶紧回去吃午饭,午休一下。下午考历史,学生们选择题做得飞快,虽然感觉难度比模考或摸考要大,但凭借一年的刻苦复习,大多数人很快就做好了。接着填空、列举、史料分析题量很大,但都一路过关斩将,直到最后大论述题,大多数学生感到答案很长,答题时间不够,答到最后,根本没有时间回头检查。

接下来的数学、英语、地理、政治四门依次进行。

最后一场考试结束,平时在班上成绩一直居于上游的几位同学,像余江、孔令学、高才广、卜嘉玉、王中华,在县中大门外围绕在东方老师周围,兴高采烈、无比兴奋。压在身上的千斤重担终于卸下了。

再有十天左右的时间,高考成绩就出来了,就看这些历经十多年寒窗苦读的学子们谁能蟾宫折桂,谁能执整个国栋班之牛耳。马上又要到几家欢乐几家愁的时候,但是不管是谁家在愁,大家依然公认高考是天底下最公正、公平的人才选拔方式。赢得豪迈,输得心服。对高考这种考试制度的公正性,国栋班历史老师褚寅恪最有发言权。他经常对学生们讲中国历来是重视考试的,延续一千多年的科举考试制度就是明证。

"失火啦!业家失火啦!快救火啊!"从垛中斜对面的鸽子洞里传出了声嘶力竭的呼救声,这是1989年7月10日傍晚。这一天,住在"鸽子洞"里的学生孙长斌被大火烧得满脸黑灰,火势凶猛,他已顾不得屋里的财物,一头冲了出来，所有住在这里的学生都惊慌失措地逃出了业家的小院子，任由大火冲天而起。

昨天考试结束，从连续数年高强度紧张状态下解放出来，像散了架似的考生们回到租住房，饭都不想吃便蒙头大睡。酣睡，酣睡，还是酣睡，一直睡到第二天上午十点钟，才有几个人慢慢醒过来。孙长斌、张义和、赵斌等几个被高考缠得精疲力竭的青年人也都睡醒了，他们看到满地的课本、作业本、讲义等，顿时生出了发泄之心，孙长斌拿起火柴，擦亮，不一会儿，火势就起来了，呼啸的火苗把黑暗的鸽子洞里照得格外明亮。

"噼里啪啦"的响声吵醒了所有蜗居在鸽子洞里的学生，他们有样学样，一个个"鸽子洞"里，浓烟滚滚，彼此呼应。然而，谁也没有料到，孙同学无意中闯下了弥天大祸，只听"砰！"的一声，一串碧蓝色的火苗从孙长斌的鸽子洞里升起，蹿上了芦柴铺的屋顶。原因是他用来做饭的煤油炉着起火来，而这两天炉中装的不是煤油，而是汽油。一霎时火光冲天，火势越来越旺，不时传来了一两声爆炸声，那是各个鸽子洞里的小煤油炉被引爆的声音。同学们都始料未及，赶忙拎起水桶往屋顶浇去，却已是杯水车薪无济于事了。可怜二十五间鸽子洞瞬间大火冲天，火势还在通过院子里的丝瓜藤架，向正屋的三房两厨蔓延过去。一时间，整个业家大院已被淹没在一片火海之中。生活班委卜嘉玉眼看着火势难以用桶装水、盆装水浇灭，用百米冲刺的速度奔向垛中校长室，还没征得苗校长同意就拿起转盘电话拨通了119。

不到十分钟时间,在县城中心地带的消防大队就开出了两辆消防车,可此时正遇垛中学生放学,顾家大桥被堵得水泄不通。朱书记、苗校长赶来了,大批老师赶来了,大家扯着嗓门大喊,做着向后退的动作。又过去十分钟,消防车终于开了过来。此时业家大院还在燃烧,业师娘披头散发,在屋后大马路上大哭大叫。消防大队武警官兵举起了一条长长的水管喷出了一条巨大的水龙,不到五分钟,大火便被扑灭。业长空眼睁睁地看着自家的一排"鸽子洞"和三间两厨的房屋化为废墟,亏得众多学生帮忙冲进火海把他家里的家具、棉被、墙上的相框等能搬动的都搬了出来。

"这是谁点的火?这是谁点的火啊?"业师娘声嘶力竭地喊叫着。租住的学生趁着火势还没散去,背起被窝行囊,扶起业师娘,怀着深深的歉疚和同情向她辞行,这天正好就是租期结束的日子。班长孔令学、生活班委卜嘉玉站在东方老师前后,陪同朱书记、苗校长,无奈地看着这一大片灰烬。不一会儿,孙长斌带着父亲来到了城中派出所,主动交待自己不小心点着了汽油烧了业家大院的事。父亲答应赔偿业家损失,大家对孙长斌勇于承担责任,不做逃避的懦夫的行为表示肯定,同时业长空夫妇也对孩子们的行为表示了谅解。两个月后,孙长斌同学到黄海教育学院报到了。

菊篇五　法官王中华的柔情断案

12月30日。今天,爷爷跟我讲起联谊会上最后一位发言的学生,他就是毕业于西南政法学院的王中华法官。爷爷讲,王法官守住一颗初心,让法徽照亮他的人生路,在平江省台南县政法系统和民间百姓中留下了很好的口碑。

下面请王中华同学发言。他发言的题目是:"以责任铸就公正 用担当守护天平"。今天,法官王中华虽然没有穿法官制服,但是,眉宇间英气逼人,眼眸深邃,眼神坚定,自然展现出不徇私情、刚正不阿的神态,令人肃然起敬。

老师、同学们:

大家好! 1993年从西政毕业后,我就到平江省台南县人民法院工作。我在审判工作中恪尽职守,勤奋勤勉,带头履行人民法官的职责义务,坚持不懈追求办案中法律效果与社会效果的统一性,在历年年度法官考核中均被评为优秀等次。

群众利益无小事。在人民法庭工作多年的我,能深刻理解这句看似平常的话语。在我看来,老百姓不到万不得已,不会选择到法院打官司,一旦选择诉讼,哪怕是一件微不足道的案件,都会影响到百姓的切身利益,甚至是今后一生的生活,更会影响到百姓对法院和法官的评价。因此,对来法院的每一位当事人,我都热情接待;对每一件案件,都悉心处理。我时常告诫自己,要学会换位思考,真正做到"想当事人之所想、急当事人之所急、忧当事人之所忧",以高度的责任心对待每一件案件。

2001年5月,93岁高龄的周某哭诉自己瘫痪在小儿子家中,另外两个儿子却未能尽到赡养义务。我深知家庭的亲情是唯一的和解办法,为减少老人的来回奔波,我当即决定联系老人所在的村委会开展巡回审理。庭审结束后,我邀请邻居亲朋向老人儿子谈论社会公德、做人的良心和原则,同时又耐心讲解法律规定,让他们充分认识到自己有赡养老人的义务和责任。最终老人的两个儿子均表示愿尽赡养义务,老人激动不已,握着我的手,一遍又一遍地表示感谢。

在办理相邻权纠纷案件中,李金贵和仇大伯是前后屋的邻居,和睦相处多年,却在仇大伯去世后,因五棵树与仇家三个女儿反目成仇。庭前调解多次无果,李金贵又拒绝参加庭审。冤家宜解不宜结,我便尝试了各种办法去寻找李金贵。就在庭审前一天,我第三次前往李金贵家,李金贵的女儿感动于我的诚意,告诉我她父亲的去处,我连夜在四十里外的虹桥粮库找到了李金贵,并说服他第二天出席庭审。调解的结果也是各退让一步,仇家三个儿女同意砍伐,李金贵赔偿仇家子女财产损失。我想,法庭是人们要求对纠纷进行公断的地方,是人们实现正义诉求的场所,法官解决案件不仅仅是适用法律的过程,同时也是当事人自觉接受法律的过程。

堰东人民法庭管辖头灶镇、条子泥镇两个重镇的案件,这里有大大小小的企业近两百家。在担任堰东法庭庭长期间,我深入企业内部,及时了解经营情况,采取多种形式为企业服务,对于园区内重点招商引资的发动机制造、环保科技、纺织织造等企业,我主动到企业开展法治宣讲活动,切实提高企业防范和抵御安全风险能力,帮助建立和谐劳资关系,减少企业发展后顾之忧。

园区内中小民营企业也是我关注的重点。2002年底,辖区一小型包装公司因拖欠货款被起诉,公司账户被封停,资金链断裂,正值年底工作繁忙时期,这将给公司带来不小的损失。我了解情况后,立即组织双方当事人调解,一方面批评包装公司拖欠货款的行为,另一方面也希望原告方给予适当宽限。经过耐心沟通,最终促成双方和解,公司账户立即解封,没多久,该包装公司便提前还清了货款。

还有一件事给我留下的印象也挺深的。我曾办理李某和王某离婚案件,财产当时并未分割,后来面临拆迁,王某意图独自霸占赔偿款。李某将王某起诉到法庭,要求分割赔偿款。李某担心我会偏向有一定社会关系的王某,竟一路尾随到我家里,扔下两条烟拔腿就跑。第二天,我将两条烟送还,李某当场泪如雨下,我跟她说明情况,先打消李某的顾虑。案件审理结束后,我送上李某胜诉的判决书,真诚地说"公道自在人心,请相信法律的权威,相信法官的公正。"

我不仅这样约束自己,也严格要求身边人,我带领部门干警一方面实行定期检查制,对日常工作和生活的廉洁自律进行监督和检查;另一方面实行互相监督制,要求全庭人员彼此对廉政和作风建设督查、提醒。同时,我还不定期与每一位干警谈心,发挥情感教育的积极作用,我想,这既是对部门干警的一种负责,也是一种爱护。

办案之余,我还喜欢总结办案中的经验教训并形诸文字。我撰写的一篇调研文章被评为优秀论文,报送的一篇案例入选市法院环境资源十大典型案例,办案期间也多次参与录制了一些法律科教节目。

老师、同学们:求索之路不悔,向道之心不移。我进入法院工作十五载,岗位虽然发生多次变化,但始终不变的是对法官职业的热爱之情,今后我将继续以无限忠诚的内力、以坚韧不拔的毅力、以公正办案的魄力,为法官这个光荣称谓增添一道最美最亮的光芒。

谢谢大家!

大厅里再次响起雷鸣般的掌声。

……

卜嘉玉同学宣布上午的会议到此结束,请大家休息十分钟,在原桌就餐。

九龙国际大酒店餐饮部服务员动作麻利,转瞬间,会议大厅便成了餐厅。每张餐桌上已经摆齐餐具,摆上八冷:松花蛋盘、凉拌海蜇、卤猪手、白灼金针菇、柠檬酸辣无骨凤爪、拍黄瓜、油炸花生米、熏烧黄牛肉。老师们坐的那张大圆桌上的"桃李满天下"盆景已经撤下,换上了一盆硕大而鲜红的伽蓝花,象征着健康长寿、吉祥如意。九龙县中卜老师、证券公司高管胡本爱、教授贺南翔、老板盛英俊、法院副院长王中华陪同老师就餐。

一道道美味佳肴端上桌来,味蕾可以瞬间感受到酸甜苦辣咸,而心头递增的记忆却持久保留,等待无意间的触发,让人回味无穷。老师来回敬学生了,还是总班主任东方老师走在前面引导。学生见老师来了,纷纷起立,低低地捧着酒杯,前倾着身体恭候诸位老师来到桌前。年长的政治老师谢梦友、数学老师夏榆槐、历史老师褚寅恪、地理老师鲍霞客都已经两鬓斑白、满头银发,但精神矍铄,不失当年风采。数学老师赵京、带过两个月政治课的老师祁立春、英语老师王丽妩正值壮年,年富力强。学海无涯遇知音,师生团聚是缘分。此时,犹如一家人相聚一堂,其乐融融。

此时宴席上的最后一道菜上来了。作为吉祥菜,清蒸桂鱼意味着"年年有余",也象征着师生情、同学情长长久久。老师们用完餐起身了,扩音器里开始播放歌曲《友谊地久天长》:"让我们亲密挽着手,情谊永不相忘;让我们来举杯畅饮,友谊地久天长……"这时,盛英俊同学为大家安排的一本相册、一只保温杯、一枚银质纪念章和一袋五谷杂粮,还有司马茂盛同学的一套五卷本《瀛州方言大词典》初稿送到了师生们的手中,老师们还另发了床上用品五件套。伴随着悠扬的旋律,师生们握手告别,互道珍重,愿来日再见!

梅篇二　尾声

东方老师用了两个月时间,把三十五年前的一段九龙县政协国栋文科班的办班经过,以及这些年来这些学生所走的道路都讲给孙儿垚垚听了。垚垚虽然才是一名小学六年级的学生,但他从爷爷给他讲述的这段故事中,对文科、文科班和文科生有了一个懵懵懂懂的认识。爷爷讲的学好文科的好处,他基本听懂了,并且也在晚上做完作业后更喜欢读小小说和散文、诗歌了,还让爷爷讲历史故事给他听。这天,东方老师在大学里任教的儿子和儿媳也在家,东方老师同他们闲聊着,借着这个话题,深有感慨地告诫他们说:"在现实生活中,顺利地度过一生的人少之又少。人生路上总会有坎坷,当命运中的坎坷到来时,我们心灵的力量将面临着考验。怎样涵养心灵?就要靠我们民族的文化精神。如果一个民族足够伟大,有悠久的文明,有伟大的人文典籍,那么心灵就会得到滋养,这个民族的成员就是有福的,而我们伟大的中国人民是有福的,璀璨的未来在向着我们招手,满天的星辰已经呈现在我们面前,这星辰在天上,也在我们心中。当我曾经教过的那一百八十位文科生,连同你们,以及全国文理兼备的书生们一起努力,中华传统文化、中华人文情怀和中华民族赖以生存的精神家园和民族共同体意识将会世代绵延,万古长青!"两位大学老师点头赞同。

此刻,一位网红正在直播,他天赋异禀,思维敏捷,口若悬河,激情四射,文采飞扬,文科知识储备极其丰厚,他开讲的《国学》引人入胜,东方老师和孙儿垚垚、孙女曦曦正在屏神静气地聆听着他的讲座。